MW00709731

LO RARO EMPEZÓ DESPUÉS
Cuentos de fútbol y otros relatos

Eduardo A. Sacheri

LO RARO EMPEZÓ DESPUÉS
Cuentos de fútbol y otros relatos

Galerna

Sacheri, Eduardo
    Lo raro empezó después : cuentos de fútbol y otros
relatos - 1a ed. 10a reimp. - Buenos Aires : Galerna, 2007.
    304 p. ; 20x14 cm.

    ISBN 978-950-556-451-4

    1. Narrativa Argentina-Cuentos. I. Título
    CDD A863

Tirada de esta reimpresión 1.000 ejemplares

© 2007 Galerna S.R.L.
Lambaré 893, Buenos Aires, Argentina.

Hecho el depósito que dispone la ley 11.723.

Impreso en la Argentina.

Este libro se termino de imprimir en el mes de junio del
año 2011 en los **Talleres Gráficos DEL S.R.L.** E. Fernández
271/75, Piñeyro, Avellaneda. Tel: 4222-2121

Ninguna parte de esta publicación puede ser reproducida,
almacenada o transmitida en manera alguna, ni por ningún
medio, ya sea eléctrico, químico, mecánico, óptico, de
grabación o de fotocopias, sin permiso previo del editor y/o
autor.

ÍNDICE

Los cuentos que componen este libro fueron escritos entre 2001 y 2003, mientras los argentinos comprobábamos dolidos, una vez más, lo lejos que nos queda el Paraíso. Vayan entonces, estas historias, dedicadas con profundo cariño a esta patria triste a la que llegaron mis abuelos, y en la que mis hijos tienen, pese a todo, el privilegio de crecer.

PALABRAS INTRODUCTORIAS

Uno de los mejores regalos que me hicieron mis papás cuando era chico fue un velador minúsculo, apenas un portalámparas de plástico negro con una perilla blanca, que atornillamos a la madera de la cabecera de mi cama. Yo dormía en una cucheta, en la litera de abajo. La oscuridad me daba miedo y me costaba conciliar el sueño. Pero desde que tuve el velador las cosas cambiaron. Le perdí el miedo a la noche. Cuando me mandaban a dormir me arrodillaba sobre el colchón, cerraba unos imaginarios portones corredizos en los cuatro costados del lecho y me acostaba fantaseando que mi cama era un vagón de un largo y lento tren de carga, que traqueteaba suavemente sobre las vías durante un viaje que cruzaba la noche y soltaba un chasquido profundo cada vez que las ruedas pasaban la unión de dos tramos de rieles.

Y a la luz de mi velador leía. Cuentos, novelas, lo que fuera. Los exprimía, los devoraba, los absorbía.

Aprendía, en esos viajes nocturnos, que dentro del mundo caben tantos mundos y tantos caminos como palabras hay escondidas en un libro.

Ojalá estos cuentos le sirvan a alguien para algo parecido. ¿Existe, acaso, para una historia, mejor destino que ayudar a alguien a atravesar inmune la desolación de su noche?

PRÓLOGO

En oportunidad del prólogo del primer libro de
Eduardo Sacheri, *Esperándolo a Tito y otros cuentos
de fútbol*, editado por Galerna en el año 2000, me
atreví a cerrar mis consideraciones imaginando que
su autor se encaminaba a constituirse en uno de los
"dueños del área" en cuanto a literatura futbolera se
refiere. Hoy puedo decir que aquella proyección
optimista de mi prólogo anterior se ha confirmado:
Esperándolo a Tito se transformó en un clásico y le
permitió a Sacheri mezclarse legítimamente con
autores de una trayectoria mucho más dilatada, a
partir de un estilo, una manera de contar, una
cualidad para describir situaciones que, con la excusa
de la pelota, se abren hacia la pintura de la vida
misma.

Poco después Sacheri se aventuró en un nuevo
libro, *Te conozco Mendizábal y otros cuentos* –Galerna,
año 2001–, en el que los relatos futboleros dejaban el
centro de la escena para dar paso a otros de temática

fantástica, naturalista o sentimental, y en los que el autor demostró su capacidad para generar climas y situaciones, más allá del tema elegido.

En éste, su tercer libro de cuentos, se reúnen esas dos vertientes insinuadas en sus obras anteriores, y el resultado es impecable. En los cuentos de fútbol incluidos Sacheri interpreta al milímetro aquello que afirma Alejandro Dolina con respecto a que en el rectángulo de juego caben infinidad de novelescos episodios, algunos evidentes, relacionados con la destreza, la habilidad, la fuerza del deportista, y otros más profundos y esenciales, con temáticas como la amistad o el coraje, la solidaridad o la avaricia, la grandeza y la bajeza del hombre. Y de ese caldo de pasiones el autor extrae combinaciones nuevas. Sirva de ejemplo una de las piezas más logradas de este conjunto de cuentos: *Lo raro empezó después* me parece uno de los más fascinantes de toda su producción, por esa mezcla que propone de lo espiritual, lo místico, con las argucias terrenales, y por la picardía absolutamente humana que un grupo de pibes pone en juego para ganar un desafío, avalados finalmente por el Gran Maestro de la eternidad. *Por Achával nadie daba dos mangos*, es una historia trágica, conmovedora, llena de matices, que ha logrado el privilegio de ser el cuento inédito más solicitado en mi programa de radio "Con afecto", a partir de la primera vez que leí el borrador que Eduardo me envió hace casi dos años.

Una mezcla distinta es la que propone *Un verano italiano*, en el que el amor entre un hombre y una mujer se pone en juego con el telón de fondo de Italia

'90, y la frustración, la pasión, la indiferencia, la ilusión, la esperanza y el desamor se filtran y se funden en el mismo argumento. Y otra es la que ofrece *El Apocalipsis según el Chato*, un cuento que cabalga con maestría entre el fútbol y el odio que dos primos se obsequian sin tregua desde la infancia, en uno de esos paisajes barriales del conurbano que Sacheri dibuja con inteligencia y sensibilidad.

En cuanto a los otros relatos que no tienen que ver con el fútbol, destaco un bello, breve y nostálgico cuento llamado *Fotos Viejas*. Es una reflexión conmovedora sobre el paso del tiempo a través de la cámara fotográfica de la vida: tiene la melancólica belleza de los adioses. También en estos otros relatos de Sacheri las emociones giran, se combinan, se aproximan y se transforman. *La multiplicación de Elenita* propone el tránsito desbocado de una mujer desde una neurótica cotidianidad hacia la alucinación y la locura, en un lenguaje opresivo y dinámico que contagia al lector. *Lunes* ofrece un viaje lleno de angustia en compañía de un chico que atraviesa, a los tumbos, el día más difícil de toda su vida. *Los informes de Romero* y *Reuniones de egresados* nos pintan a hombres que se empecinan en el amor, en la lealtad a sus sentimientos más profundos y secretos, aun a contramano de sus propias conveniencias y el sentido común.

Los cuentos de Eduardo Sacheri, a través de la radio y la lectura, han sido capaces de acompañar a gente a veces desesperada, a veces inquieta, a veces redondamente triste, a veces levemente alegre y lograr el alivio, al menos por un momento, de lo más duro

Eduardo A. Sacheri

de sus angustias. Han servido para atraer la atención de los adolescentes de todos los rincones del país y para aproximarlos, desde el lejano mundo de la vida de hoy, tan computarizada y mediática, a la eterna y gloriosa idea de leer un libro. Han conseguido despertar, en lectores asiduos y en lectores que habían olvidado que lo eran, el placer de dar vuelta la página para encontrar cuanto antes lo que hay al otro lado. Leer un libro no será una salvación definitiva. Pero aproximarse a estos cuentos de fútbol y otros relatos de Eduardo Sacheri, captar su cuerda y su tono, sumirse en la mezcla de actitudes grandiosas y cobardes, aleccionadoras o diminutas que sus personajes encarnan, puede constituir uno de los caminos posibles que nos quedan abiertos en la vida: si no la felicidad para siempre, por lo menos mejorar el rato.

Alejandro Apo

LO RARO EMPEZÓ DESPUÉS

El único que se dio cuenta de que pasaba algo raro fue el Peluca, que como es un loco por los pájaros se apioló de que de pronto habían dejado de volar y se habían quedado callados. Además Peluca es el arquero, y ése es el único puesto en el que tenés tiempo de ponerte a pensar, salvo que justo te estén reventando a pelotazos. O capaz que el Peluca nos verseó, y después de que pasó todo se mandó la parte de que había sido el único que había visto ciertos signos misteriosos.

No sé por qué empecé a contar la historia por el Peluca, porque pensándolo un poco, si la quiero contar como Dios manda, me tengo que ir bastante más atrás de la tarde esa en la que se callaron los pájaros. Por lo menos a dos semanas antes, y al turro hijo de mil puta del Cañito Zalaberri. No creo que en el mundo exista un guacho más guacho que ése. Por empezar es un bruto. Tiene los ojos chiquitos y fijos como una laucha, los dientes para afuera y un montón de pecas

17

en la cara. Es más callado que las lombrices, salvo para insultarte. Eso sí le sale. Te putea por cualquier huevada. A sus amigos y a todo el mundo. Es malo como la hepatitis, y en el campito se las da de jefe. Nadie le hace frente, porque por más boludo que sea mide como dos metros y si te pone una mano te sienta de culo. Una vez se peleó con Pablito y le dejó la cara tan estropeada que parecía que lo había atropellado un tanque. Por eso nadie se mete con el cornudo del Cañito Zalaberri. Porque le tienen miedo. Y como el otro lo sabe, aprovecha y hace lo que se le canta.

Todavía hoy no entiendo cómo se animó el Luli a hacerle frente con el asunto del desafío. Supongo que lo que pasó es que le llenó las pelotas con eso de hacerse el capo del campito, y el Luli dijo basta y se le plantó. A veces el Luli tiene cada idea que lo aplaudís o lo matás, como aquella vez que nos hizo salir a probar por el barrio un sistema nuevo de ring-raje que resultó un fracaso y no hubo vecino que no saliera a recontraputearnos, pero ésa es otra historia.

Nosotros teníamos el campito hasta las cuatro de la tarde, más o menos. Después venía la barra del Cañito y teníamos que rajar con el rabo entre las patas. Y el modo con el que nos daban el raje era tétrico. Desde afuera, desde la calle, el Cañito le pegaba un chumbazo a su pelota, que caía desde los cielos en cualquier punto de la cancha. Era el anuncio de que venían. Mientras la pelota picaba algunas veces y quedaba mansita, asomaban sus cabezas sobre la tapia y empezaban a descolgarse para el lado de adentro. Ni siquiera se tomaban el trabajo de echarnos. Simplemente entraban a la cancha conversando entre ellos, recuperaban el balón y se ponían a practicar en uno de los arcos mientras algunos pisaban en el mediocampo para armar los equipos. Ni siquiera nos dirigían la palabra. Suponían (y no les faltaba razón) que nosotros íbamos a rajar con la cabeza baja y el paso arrastrado. Cuando el balón del Cañito bajaba de los cielos era como si se acabara el mundo. No importaba cuánto nos faltaba para terminar, ni el resultado de nuestro partido ni nada. Aparecían estos tipos, que tenían todos como quince pirulos, y desaparecíamos del planeta. Una sola vez Pablito pretendió hacerles frente, porque el partido estaba empatado y el que hacía el gol ganaba, pero saltó el Cañito y fue entonces que le llenó la cara de dedos, aunque eso ya lo conté. Desde entonces preferimos todos el perfil bajo. Caía el balón de ellos desde la nada y salíamos disparados como cucarachas cuando se prende la luz.

Es el día de hoy que no sé qué carajo se le cruzó al Luli por la cabeza cuando ese sábado lo encaró al Cañito Zalaberri y a la manada de bestias de sus amigos. Capaz que porque ya estaba terminando noviembre, y jugar de dos a cuatro en el campito era un infierno. El sol se te clava en la sabiola, y desde que el vecino anuló la canilla de afuera para que no le vaciemos el tanque, si queremos conseguir agua nos tenemos que caminar como tres cuadras hasta la casa de Agustín. Y Luli es de esos tipos que odian el calor, así que a lo mejor fue por eso, yo qué sé.

La cosa es que ese sábado, en lugar de enfilar como un cordero para el lateral como el resto de nosotros, encaró para donde estaban los tipos

19

armando los equipos. Cuando lo vieron lo miraron como quien observa a un perro que ha decidido cruzar la ruta justo después de que el semáforo acaba de ponerse verde: con una mezcla de sadismo y de curiosidad por saber en qué momento exacto el animal quedará hecho puré sobre el asfalto. Pero el Luli siguió avanzando con la frente alta hasta que se encaró con el Cañito Zalaberri. Nosotros veíamos, pero no escuchábamos lo que hablaban. Además enseguida los energúmenos lo rodearon al Luli, de manera que nos quedó tapada la visión casi por completo. De vez en cuando alguno se corría un poco y divisábamos al Luli, hablando y moviendo los brazos, y nos alegraba ver que seguía vivo.

Al rato se abrió un pasillo entre esos brutos y salió el Luli muy campante para el lado nuestro. Cuando llegó anunció la cosa en algunas frases cortas. Había armado un desafío contra esos elefantes para un jueves a las tres de la tarde. Si ganábamos, nos quedábamos con el horario de las cuatro por el resto del verano. Y si perdíamos, teníamos que buscar otra cancha hasta mayo porque si nos veían por ahí nos iban a moler a patadas. Un diplomático, el Luli. Lástima que Atilio se le fue encima para asesinarlo, porque tardamos como diez minutos en separarlos del todo y el Luli se hizo un rato el ofendido y se hizo rogar un poco hasta que se decidió a contar el resto de la idea.

No era tan ridículo su plan. Los tipos eran grandes, es cierto. Creo que ya dije que tenían como quince, y la mayoría de los nuestros acababan de terminar sexto o séptimo grado. Pero eran bastante perros. Ojo que ellos se creían una pinturita. Pero eran un asco. Tenían uno o dos que la movían. Federico Angeli, el petiso que juega de diez, es bueno gambeteando y poniéndole pases al otro que es peligroso, Cachito Espora, que es flaco como un alambre pero alto como un campanario. Mete goles de cualquier lado porque le pega como con un fierro, y cabeceando dentro del área es una pesadilla porque para marcarlo de arriba tenés más o menos que tirarte en palomita desde el travesaño.

El Tití González, que juega de líbero y es, de los nuestros el que mejor sabe mirar el fútbol, nos dijo que los había visto perder feo contra los pibes de la Diagonal, que tampoco son nada del otro mundo, y que no teníamos que dejarnos impresionar por el tamaño de portaaviones que tenían, porque en general eran una manada de caballos y en la defensa eran un cotolengo.

Todos, quien más quien menos, estuvimos de acuerdo en que el Tití se hiciera cargo del manejo táctico. Sobre todo porque en nuestra barrita somos como dieciséis, y en el desafío íbamos a jugar de once, y nadie quería decirles a tipos como Beto o como Lalo –que son horribles jugadores pero pibes macanudos– que tenían que quedarse afuera. Pero al Tití esos detalles sentimentales le importan un carajo, con perdón. Él dice que un buen técnico tiene que saber evitar los amiguismos y las camarillas y que los hombres de carácter se ven en los momentos difíciles. Al final nadie le hizo problema. Primero porque armó el equipo con lo mejorcito que tenemos y segundo porque el Tití cuando quiere es medio loco y no le gusta que lo contradigan.

Eduardo A. Sacheri

El día del partido salí de casa a eso de las tres
menos veinte. Hacía un calor de infierno, propio de
las siestas de diciembre. Pasé primero por lo del Gato,
que estaba comiendo fideos con tuco. Me llamó un
poco la atención que el tipo siguiera almorzando a
esa hora, tan encima del partido, pero me explicó que
eran órdenes del Tití, y aunque me pareció raro no
pregunté más. Ya cerca del campito se nos unieron
Lalo, Beto y José, tres de los que se iban a quedar
afuera. Venían del lado del ferrocarril con las remeras
infladas de piedras grises del terraplén. "Por si acaso
la cosa se pone jodida", dijeron, y yo pensé que
teníamos buenos amigos.

Antes de empezar hubo que acordar a cuánto
jugábamos. Uno de ellos propuso hacerlo por tiempo,
pero nos negamos porque nosotros no tenemos reloj.
Bueno, el que tiene reloj es Luis pero es un tacaño
que no lo saca de la casa porque dice que si lo rompe
la vieja lo mata, así que ahí en la cancha no teníamos,
y seguro que los del Cañito, que sí tenían como dos o
tres, nos iban a meter la mula. Quedamos en jugar a
doce goles, o hasta que se hiciera de noche. Ese es un
asunto delicado. Cuando vas ganando, se hace de
noche apenas las primeras nubes se ponen rosaditas.
Cuando vas perdiendo, te parece que sigue siendo de
día aunque la bola la veas sólo cuando la tenés a veinte
centímetros de la jeta y necesites una brújula
luminosa para ubicar el arco contrario. Al final hicimos
el arreglo que tienen los veteranos para los partidos
que juegan ahí los domingos a la tarde. Se haría de
noche cuando se encendiera la luz de mercurio del
poste blanco de la calle, delante del campito. Con eso

no podía haber confusiones. Igual parecía una precaución innecesaria, porque el partido arrancaba a las tres de la tarde, y siendo diciembre había como cinco horas de luz todavía. Me acuerdo de que el Cañito los miró a sus alcahuetes con cara de que no iba a hacer falta esperar lo del farol, porque nos iban a llenar la canasta mucho antes que eso. Pero hizo eso porque el inútil no tenía ni idea de lo que estaba por pasar.

Apenas empezamos a jugar me di cuenta de que era cierto eso de que eran unos cadáveres. Eran grandotes, sí, pero eran unos perros. A tipos como el Luli o Nicasio no los agarraban ni con un mediomundo. No me quiero mandar la parte, pero en el mediocampo estuve lo bastante tranquilo como para armar unas cuantas jugadas. Nos complicaban solamente los que ya dije: Angeli y Espora. Pero el Tití tenía algunos ases en la manga. Cuando íbamos ganando dos a uno le hizo un gesto al Peluca justo antes de que ellos tiraran un córner. Al llegar el centro llovido al segundo palo, dirigido al goleador Espora, Peluca salió del arco a toda velocidad como para despejar con los puños, pero lo que despejó fue un terrible bollo en la sien derecha del delantero. Lo último que vio el pobre Espora fue una mancha negra y verde fosforescente (los guantes del Peluca son horribles, no cabe duda). Fueron tres sonidos sucesivos: el Peluca gritando "¡Mía!", el topetazo de sus puños sobre el cráneo del delantero y el choque del cuerpo cayendo desmayado sobre el área chica.

Ellos se gastaron como tres botellas de agua tratando de despertarlo, pero lo máximo que lograron fue que abriese los ojos y confundiera al marcador de punta con su mamá Liliana. No les quedó más remedio que arrastrarlo hasta los árboles y meter un cambio. Por supuesto que cobraron penal, y la yegua de Zalaberri casi lo incrusta al Peluca en el arco del chumbazo que pegó, pero bien valía el dos a dos a cambio de haber neutralizado a uno de sus cracks.

Ahora le tocaba el turno al pobre Angeli, el petisito gambeteador, que no tenía ni noción de lo que le esperaba. Creo que ya dije que cuando lo pasé a buscar al Gato estaba en pleno almuerzo. Se había pasado todo lo que iba de partido parado sobre su lateral, con cara rara. Diez minutos después del knock out de Espora, y mientras nosotros teníamos un lateral a favor cerca del área de ellos, el Gato se acercó sin prisa al tal Angeli, que esperaba un poco afuera del tumulto con la idea de armar el contraataque. El Gato se detuvo a treinta centímetros de la nuca del rival. Lanzó un eructo poderoso. Y a continuación le vomitó encima los fideos con tuco. Mientras veía resbalar el vómito por la espalda de Angeli, yo pensaba que el Tití es un genio, porque sabe explotar a fondo las habilidades de sus jugadores. Hay tipos que escupen bien. Otros que saben tirar piedras como si fueran artilleros. Otros pueden lanzar el chorro de pis a dos metros. Bueno, lo del Gato pasa por el vómito. Puede vomitar cuando se le canta, sin necesidad siquiera de tocarse el paladar con los dedos, por puro efecto de concentración mental.

La primera cara que puso el pobre Angeli fue de incredulidad, porque no estaba listo para semejante ataque. Cuando se fue apiolando de lo ocurrido se puso como loco pero seguía confundido. No sabía si gritar, si ponerle un tortazo al Gato o si largarse a llorar como una nena. Supongo que cualquier vómito que te echen encima es espantoso, pero el de fideos con tuco debe ser de los peores. Angeli caminaba de un lado a otro y era gracioso porque trataba de acercarse a sus compañeros para que le diesen una mano, pero los tipos le rajaban con cara de asco. Creo que ya anoté que conseguir agua en el campito es un problema y, de los seis botellones que se habían traído, los monos se habían gastado la mitad tratando de resucitarlo a Espora. De modo que no iban a derrochar el resto en limpiarlo al petiso y correr el riesgo de una deshidratación colectiva. Además creo que no les hubiera alcanzado, porque estaba enchastrado de vómito desde la nuca hasta las medias, y querer asearlo con un par de litros de agua hubiese sido tan al pedo como pretender regar el Sahara con una bolsa de rolitos. Así que la estrella de la gambeta no tuvo más remedio que enfilar para su casa a pegarse una buena ducha. Pobre tipo. Tuvo que irse al trote porque ya empezaban a rondarle las moscas. Después de discutir un poco los fulanos cobraron tiro libre. El Luli, de canchero, les dijo que no había ningún artículo del reglamento que hablara de vomitar a un rival y que en todo caso habría que juzgar la intención. Pero lo hizo por joderlos, nomás.

Según los cálculos del Tití se suponía que, sin esos dos jugadores, el partido tenía que ser pan comido. Pero no fue tan así. Eran muy grandes. Demasiado. En cada pelota dividida nos tiraban a la mierda. El Tití reclamaba calma y serenidad para

aguantar los sablazos, pero estaba preocupado. A
duras penas, y a costa de que nos pegaran hasta en
las encías, pusimos la cosa ocho a cinco. Pero no
alcanzaba, y todos lo sabíamos. Estábamos con la
lengua afuera y nos dolía todo, y los tipos seguían
corriendo de lo más fresquitos. Lo peor fue que a partir
de las cuatro y media empezó a hacérsenos evidente
que los muy guachos estaban haciendo tiempo. Al
principio se hicieron los disimulados, pero después
se vio clarito. Tardaban horas para sacar un lateral,
se tiraban al piso por boludeces, y cuando el arquero
tenía que ir al fondo a buscarla para sacar del arco se
movía a la velocidad de una babosa malherida. Cuando
entendí por qué lo hacían me puse loco, porque todo
nuestro esfuerzo iba a ser al pedo. Estaban
aguantando y nada más que aguantando, a la espera
de que sus estrellas pudiesen volver a la cancha. Ya
sé que en los partidos de primera los cambios no se
vuelven hacia atrás, pero en el campito la cosa es tipo
básquet: mientras queden once los jugadores pueden
entrar y salir unas cuantas veces. Así que estaba claro.
El turro de Zalaberri se movía sin apuro por toda la
cancha y de vez en cuando les hacía a sus compañeros
el gestito de subir y bajar lentamente la mano con la
palma hacia abajo, como diciendo que pincharan el
asunto todo lo posible.

A eso de las cinco menos cuarto los suplentes de
ellos, que estaban debajo de los árboles apantallando
a Espora con las remeras, le gritaron alegres a
Zalaberri que el herido ya se acordaba de su nombre
y que estaba empezando a ver, aunque en blanco y
negro. El Cañito les ordenó que siguieran dándole aire

y que le notificaran cualquier cambio. Para peor enseguida saltaron el paredón del frente Lalo y José, y le avisaron al Tití que habían fracasado en la emboscada que acababan de tenderle al recién bañado Angeli, que volvía hecho una tromba y en comitiva con su vieja y dos hermanos grandes, dispuestos a evitarle cualquier nuevo ataque estomacal. Nos reunimos alrededor del Tití confiando tal vez en que nuestro líder técnico fuese capaz de aplacar nuestras angustias. Tenía los ojos fijos adelante, sin mirar a nadie ni nada en particular, como quien busca respuestas dentro de sí mismo. Por fin habló, aunque fue breve: "Cagamos", declaró, y bajó la mirada.

No tuvimos tiempo de deprimirnos porque nos distrajeron los gritos de alegría de ellos, que festejaban que Espora podía ponerse de pie. Le mostraban los dedos de una mano para que dijera cuántos veía. Le pusieron cuatro pero el pobre cristiano contestó que veía dieciséis, así que teníamos un par de minutos de changüí. Igual daba lo mismo, porque estábamos fritos. El Gato ya no tenía fideos para vomitarle y el Peluca no podía volver a pegarle a Espora sin que los otros lo asesinaran.

Era una lástima, porque nos habíamos roto el alma para ganar ese partido. El más triste era el Luli. Capaz que se sentía culpable por habernos metido en el asunto. Ahora nos esperaba un verano en el exilio. Las otras canchas del barrio eran un asco. Ninguna tenía arcos de fierro como ésta. Y tampoco iba a ser fácil ganarnos un lugar en las nuevas. Después de todo seguiríamos teniendo doce años el resto del verano y en todos lados nos iban a verduguear los

Eduardo A. Sacheri

más grandes. Si alguno pensó que hubiera sido mejor callar y seguir jugando a la hora de la siesta, no lo dijo. Mejor, porque el Luli no se merecía reproches. Y en el fondo la cosa no era tanto sacarles el horario de las cuatro como joderle la vida al malparido de Zalaberri. Habría sido lindo vengarnos de su costumbre de llevarnos por delante, de basurearnos, de echarnos al cuerno con sus pelotazos aéreos desde la calle. Eso era lo que más dolía. Verlo al turro ese con cara de entrega de los Oscars, sonriendo con el costadito de la boca por entre sus pecas y sus granos.

Entonces volvió Espora, que ya acertaba casi siempre con el asunto del número de dedos. Me lo crucé al Luli y me di cuenta de que rezaba en voz baja. "Sonamos", pensé. Si el único tipo que sabe pisar el balón en esta banda se nos pone místico nos van a llenar la canasta. Como confirmación de mis temores, la primera pelota que tocó el Flaco Espora en su regreso al mundo de los vivos la colgó del ángulo y puso las cosas 8 a 6. Serían cinco y cuarto, cinco y veinte a lo sumo.

Lo raro empezó después. Por lo menos si le creemos al Peluca, que afirma que los pájaros se callaron justo después del sexto gol de ellos. Tal vez sea verdad, porque si lo pienso un poco el perro de las mellizas, que se la pasa chumbando todos los partidos detrás del alambrado, ni siquiera mosqueó cuando yo erré un cambio de frente y estrellé la bola derechito en los alambres a dos metros de su hocico. Fue cuando miré por primera vez el cielo. No amenazaba lluvia ni nada, pero se había nublado con esas nubes color gris claro y parejito, y era raro

28

después de la siesta a pleno sol que habíamos tenido. Igual el partido no daba como para distracciones porque, como era previsible, nos estaban reventando a pelotazos. Por suerte el Peluca dejó de mirar a los pájaros y sacó unas cuantas bolas difíciles. Y el Tití, a Dios gracias, no se deprimió cuando se le quemaron los papeles del plan para neutralizar contrarios, porque se paró bien de último hombre y ordenó la defensa con criterio. Lo de "la defensa" es una manera de decir, porque como estábamos con la lengua afuera y muertos de miedo por lo que se nos venía, estábamos los once recontra metidos atrás. Nos faltaba hacer una zanja alrededor del área y ponernos casco, porque los guachos esos nos tenían contra las cuerdas.

Pero siguieron pasando cosas raras. Por ejemplo cuando el Peluca sacó con el pie y la bola salió bien alta. Por un momento me costó distinguirla. Fue un segundo, pero me dejó una sensación extraña. A los dos minutos le tiré un pase largo al Luli, que lo sobró por quince metros, pero mientras el otro interrumpía sus rezos para putearme noté que a la distancia me costaba distinguirlo. Me di vuelta hacia Lalo y los otros suplentes, que por si las moscas seguían juntando piedras como para edificar de nuevo las pirámides de Egipto. Le pregunté la hora y me dijo que, según los rivales, eran cinco y media. No podía ser, pero era. Estaba anocheciendo.

Tres minutos después no quedaban dudas de que estaba anocheciendo. Y lógicamente cambiaron los papeles: ahora era el Peluca el que tardaba sesenta y siete años en buscar la pelota detrás de nuestro arco, y yo, el que me llevaba el balón pegado al pie hacia los laterales y se los hacía rebotar para ganar tiempo y saques de costado. Cuando me pasó cerca el Cañito Zalaberri, puteando a sus compañeros para que se apurasen, traía los ojos salidos de las órbitas y los granitos del acné color fucsia, y yo disfrutaba como el sultán de la Polinesia (no sé si ahí tienen sultán, pero mi hermano siempre dice eso).

Tan raro me sentía que ni siquiera lo puteé al Peluca cuando se comió el séptimo gol de ellos después de un rebote pelotudo. Una bola suave que entró pidiendo permiso a medio metro de donde estaba parado el muy infeliz. Pero si tengo que ser justo para ese momento no se veía un cuerno. Era imposible, porque eran las seis menos cinco en pleno diciembre, pero ya no se veía un sorete, con perdón. Cuando fui a sacar del medio se la toqué al Luli, que seguía rezando con la vista elevada a las alturas. Le dije de todo pero no me dio ni bola.

Para entonces empecé a mirar el foquito de la luz de mercurio cada dos segundos y fracción. De los treinta pibes que estaban en el campito esa tarde, yo creo que veintiocho estaban haciendo lo mismo. Lo miraba el Peluca, que atajaba de ese lado y tenía que dejar de ver la cancha para espiarlo. Lo miraban nuestros defensores, y faltaba que soplaran para tratar de encenderlo. Lo miraban los contrarios, pero desesperados. Lo miraba el Cachito Espora, que dicho sea de paso parecía un unicornio con el chichón violeta en la frente. Lo miraba el petiso Angeli, aunque no tan seguido, porque lo preocupaba tanto el final del partido como que el Gato pudiera zamparle un vómito de última hora. Y lo miraba el malnacido del Cañito

Zalaberri, que tenía un deseo enorme de asesinar al culpable de lo que le sucedía, pero estaba angustiadísimo justamente porque no sabía a quién tenía que surtirle los bollos que se le acumulaban en los puños. Del 8-7 en adelante habrán pasado dos o tres minutos más. Ojo que para mí fueron unas cuantas décadas, pero por el julepe que tenía de que nos empataran justo entonces. Tiene que haber sido poco tiempo porque la pelota apenas se arrimó a las áreas. Cuando el Gato fue a sacar un lateral, de pronto Lalo y Beto y José y Agustín se le tiraron encima festejando. Me di vuelta y ahí estaba. La luz del farol amarillenta, fría todavía, sin ese color blanco penetrante que toma un ratito después de prenderse. Pero encendida. Total y definitivamente encendida.

La sorpresa puede ser una emoción difícil de manejar, sobre todo si uno es un burro de carga como el Cañito Zalaberri. La prueba está en que en lugar de venírsenos al humo para deshacernos la cara a tortazos salió caminando con los labios sellados y con cara de espectro para el lado de su casa, con sus alcahuetes en los talones.

Nosotros también estábamos raros. Por supuesto que pegamos unos cuantos saltos y gritos festejando la hazaña contra esos grandulones. Pero el asunto seguía siendo extraño. Estábamos parados en el mediocampo, y seguía oscuro aunque parecía como si el anochecer se hubiera detenido. Además no se veían ni la Luna ni las estrellas. Apenas nos iluminaba, de lejos, la luz de mercurio de nuestro farol bendito. El único que estaba sacadísimo de puro feliz era el

31

Luli, que alzó los brazos y empezó a gritar como si lo estuvieran despellejando: "¡Gracias, Dios, mil gracias! ¡Te la debo, Dios, te debo una! ¡Gracias por el milagro!". Alguno pensó que se había insolado. Yo no, pero igual la cosa me daba un poco de miedo. Cuando el Gato le preguntó qué bicho le había picado, el Luli le contestó enloquecido que se había pasado medio partido pidiéndole a Dios un milagro y que Dios se lo había concedido. Como el Gato y Luis se le mataron de risa, Luli se puso serio, se enojó un poco y les dijo que no fueran desagradecidos.

–A ver, pescados, a ver... fíjense la hora. No son ni las seis y cuarto, y es de noche. ¿Cómo lo explican, infelices? ¿Cómo lo explican?

Entonces se escuchó la voz científica y helada de Atilio:

–Es un eclipse, pavo. ¿No sabés lo que es un eclipse? –Y siguió explicando, con el tono que usa la señorita Nelly cuando no pescamos algo:– Un eclipse es cuando la Luna se interpone entre el Sol y la Tierra, que queda en un cono de sombra, independientemente de la hora del día, hasta que las órbitas de la Tierra y la Luna se separan y todo vuelve a la normalidad. No te extrañe que en un rato vuelva a aclarar como si nada.

Atilio será de madera jugando, pero que sabe, sabe. Así que todos pusimos cara de estar de acuerdo. Todos salvo el Luli, que lo encaró de nuevo.

–¿Ah sí? ¿No digas? ¿Un eclipse? ¡¿Y vos te creés que justo justo va a haber un eclipse, que pasa cada cualquier cantidad de años, cuando estamos 8 a 7 contra estos turros, y se va a poner lo suficientemente oscuro como para que arranque el automático de la luz de mercurio?! ¡Pero pobre de vos, desagradecido!

–¡Ah sí! –Atilio no se achica cuando lo apuran con lo de saber cosas:– ¿Y vos te creés que Dios tiene tiempo de gastarse un milagro en un partido de morondanga como éste, sólo porque vos te pusiste a recitar padres nuestros? ¡No me jodás, Luli! ¡Yo estoy tan contento como vos, pero no entremos a decir boludeces!

El Luli no contestó. Se arrodilló, hizo varias veces la señal de la cruz y empezó de vuelta con los rezos. Los demás nos hicimos a un lado y nos empezamos a ir, medio porque lo de Atilio nos parecía más lógico y medio porque nos daba no sé qué quedarnos cerca del Luli en medio de sus oraciones.

Pero lo más raro de todo pasó después, cuando empezamos a caminar hacia el tapial, en medio de la penumbra. El Luli seguía rezando, pero ahora improvisaba.

–Gracias, Señor, mil gracias. Aunque el turro de Atilio diga que fue un eclipse, yo sé bien, Dios, que éste es un regalo que nos hacés porque te lo pedimos con fe, como dice el cura Antonio en la parroquia, y porque te gusta la justicia y sabés que el Cañito Zalaberri es un malparido y no se merece jugar a las cuatro, pero se aprovecha de los más chicos porque ya cumplió los quince. ¡Gracias, Dios, mil gracias de nuevo! Te pido perdón por el incrédulo de Atilio, pero igual te doy las gracias por él y por todos nosotros. ¡Gracias, Dios querido!

El grito final del Luli se escuchó clarito. De lo que pasó después me acuerdo poco, salvo que el alarido final se perdió en el silencio oscuro y que me hice un tajo bien feo en la pantorrilla cuando saltamos como pudimos el tapial de la calle, mudos del cagazo, cayéndonos y levantándonos, cuando desde los cielos se escuchó clarito, clarito, esa especie de trueno que gritó "¡DE NADA!".

UN VERANO ITALIANO

No puedo escuchar la música del Mundial de 1990 sin entristecerme. Supongo que ustedes saben a qué melodía me refiero. Todos los mundiales tienen la suya. Esa cancioncita que acompaña las transmisiones y que a veces cantan en vivo en la ceremonia inaugural. Creo que la del Mundial de los Estados Unidos se llamó "Gloria" o cosa por el estilo. En México hablaba de "el mundo unido por un balón" o alguna otra pavada alusiva. En el de Corea-Japón no sé cuál fue la oficial, pero aquí en la Argentina se la pasaron dale que dale con la cancioncita del gordo Casero.

La música de la que hablo, si la memoria no me traiciona (y guarda que bien podría ser que me traicione: ya no me acuerdo de las cosas como antes), se llamaba algo de "Un verano italiano" y sonaba como esas canciones tanas de los años '60, melodiosas y levemente azucaradas pero no empalagosas. La cantaban un muchacho y una chica de voces potentes y ásperas.

Si a cualquier argentino más o menos futbolero le ponen seis o siete compases de esa cancioncita seguro que la ubica al toque. Y tal vez a más de uno le produzca una sensación rara volver a escucharla. Triste, o nostálgica, o vaya uno a saber qué. Alguno recordará el dolor de esa final contra Alemania y el penal que les regaló ese mexicano turro. Otro preferirá regodearse en el recuerdo del gol de Caniggia a los brasileños. Alguno se sentirá vengado con la definición por penales contra los italianos y sus caras de velorio en el final. Habrá quien no pueda sacarse de la cabeza la imagen de Maradona puteándolos a todos mientras silbaban el himno.

Pero mi tristeza es algo más personal. Si me permiten, más profunda. Me detengo. Releo lo que he escrito y me veo reflejado, mientras escribo, en el vidrio de la ventana. Me pregunto qué hago contándoles a ustedes estas cosas. Yo, con esta cara de gordito pacífico. Estas pecas de pelirrojo. Estos ojos siempre ojerosos. No es que pretenda definirme como feo, guarda. No sé si soy feo. Supongo que soy simplemente anodino, anónimo. Yo mismo recuerdo mi cara porque es mía. Si no fuera mía difícilmente la recordaría. Imagino que a los demás les pasa lo mismo.

Vuelvo a detenerme y a releer, ahora el último párrafo. Es patético, la pucha. Si fuese solamente aburrido vaya y pase. Pero es patético. Cuando mi jefe lo reciba en la redacción no va a pensar, como otras veces, "Trobiani se puso denso". Seguro que esta vez va a concluir "Trobiani es un pelotudo". Bueno, que se joda, qué tanto. ¿O se cree que es tan fácil mandar una columna todos los lunes, para que salga todos los martes?

Ahora es la madrugada del lunes. La tarde del domingo la pasé en blanco. Ordené papeles. Colgué unos estantes nuevos en la biblioteca. Parece mentira cómo se juntan los libros. Y yo no tiro ninguno. Superstición, supongo. Recibo pilas, carradas, montañas de libros. Y no soy capaz de tirarlos, aunque la mayoría sea un asco. Educación de clase media profesional, supongo. "Los libros no se maltratan, nene." Esos mandatos quedan. La ventaja de vivir solo es ésa, creo. Puedo ir ocupando las paredes con más y más anaqueles para libros que no voy a leer, pero que tampoco voy a tirar. Terminé tardísimo. Miré un partido de la liga inglesa, y no sé a cuento de qué pasaron algunas imágenes de Italia '90 con la musiquita de fondo. Y fue como si me tiraran un cañonazo al pecho. Me derrumbé en un sillón y empecé a recordar. No pienso siempre en eso. Pero a veces me ocurre. Más si escucho la musiquita, como me pasó esta noche. Fui paso por paso, día por día, sensación por sensación, hasta que me quedé vacío de recuerdos. Cuando miré el reloj había pasado como una hora. Entonces me levanté y vine aquí, a la computadora, y escribí que no puedo escuchar la música de Italia 90 sin entristecerme.

En esa época yo estaba en la facultad. Según el viejo axioma que reza "Serás lo que debas ser, o si no serás abogado o contador", gastaba mi año número veinticuatro cursando segundo de Económicas. No puedo explicar qué hacía yo estudiando Económicas, pero no me desespera porque tampoco puedo explicar cosas mucho más importantes de mi vida, y aquí estoy, si vamos al caso.

El asunto es que cursaba segundo año y solía parar, antes de que se hiciera la hora de cursar, en un bar de la calle Uriburu, cerca de la facu. Me encontraba con otros tres o cuatro fulanos, conocidos apenas, que compartían conmigo alguna materia. Siempre odié estudiar. Siempre aborrecí estarme quieto, sentado, recitando de memoria párrafos de libros de estudio (no sé estudiar de otra manera). De modo que juntarme con estos tipos me aliviaba en parte la tortura. No importan sus nombres ni interesan sus historias. Tal vez ahora sean Señores Contadores Públicos Nacionales, se hagan llamar Doctores y cobren buen dinero por asesorar a sus clientes sobre la mejor manera de evadir impuestos. No, olviden eso último. Hablo de envidia, porque en mi educación de clase media profesional pesa, y mucho, el estigma de no tener un título universitario.

Me estoy yendo de tema, esta historia va a quedar larguísima y, cuando la lea mi jefe, va a querer asesinarme. A lo mejor igual la publican. Todo depende del espacio que les quede a la hora del cierre. Pero seguramente tendrán que tijeretearla por todos lados. Habrá que ver cómo queda después de la poda. Si así, enterita, es insufrible, no me quiero imaginar lo que será la versión compactada. Pero bueno, allá ustedes si terminan leyéndola.

Lo importante no son los tipos que se juntaban conmigo, sino la novia de uno de ellos. La vi por primera vez en abril, un jueves al atardecer, antes de entrar a cursar. La trajo el punto este que estudiaba conmigo, de la mano. No puedo describirla. A las mujeres que he amado no se les ajustan nunca las palabras. Quédense con eso. O déjenme agregar que cuando me miraba yo me sentía nadando en agua tibia. Mejor cuando corrija estas páginas tacho lo último que puse. ¿Qué boludez es eso del agua tibia? Aunque no sé, tal vez lo dejo y alguien me entiende.

Soy un tipo que respeta ciertos códigos. Nunca fui de esos fulanos que tratan de levantarse a las novias ajenas. No va conmigo. De modo que traté de no darle demasiada trascendencia. Pero al día siguiente volví al café, mejor vestido y recién afeitado, esperando verla. Victoria (así se llamaba esa belleza) también estudiaba Económicas, pero estaba unas cuantas materias adelantada con respecto al inútil del novio. Cuando lo acompañaba a nuestras reuniones de estudio se quedaba un poco al margen. Abría algún libro, o sacaba algún apunte, se calzaba unos anteojos pequeñitos que le quedaban hermosos y se ponía a estudiar en silencio. Yo ni la miraba. No digo que me cuidaba de que los demás me vieran mirándola demasiado. No. En todo lo que duraba nuestro encuentro no le dirigía ni un vistazo. Sospechaba que si posaba los ojos en ella los demás iban a apiolarse y no tenía interés en pasar vergüenza. Ya dije que no soy precisamente un Adonis. Y hace trece años era igual de feo que ahora. Y la chica esta no estaba casada pero casi. Estaban de novios poco menos que desde salita verde. Se casaban a fin de año. ¿Qué sentido tenía darme manija con esa mina? Ninguno, ninguno. Pero igual me daba una máquina descomunal. En mayo aprendí que si me sentaba junto a la ventana podía mirarla a mi gusto en el reflejo, como si estuviese mirando para afuera. Debo haberme pasado horas con cara de idiota, con la vista clavada supuestamente en la vereda de enfrente. Los demás habrán pensado que yo era medio filósofo, porque jamás dijeron nada. Así yo podía mirarla hasta cansarme, y como no me cansaba nunca, podía mirarla durante horas. Creo que la observé, en esos meses, más de lo que ninguna otra persona pudo haberlo hecho durante el resto de su vida. Más la miraba, más me enamoraba. Me torné un experto en detectar sus estados de ánimo a partir de mínimos signos subrepticios. Sabía que en sus días malos resoplaba a cada rato, inflando un poco las mejillas. Que cuando estaba contenta se quitaba los lentes cada dos minutos, como si su peso fuera un estorbo. Que cuando algo la preocupaba o le dolía se mordía el labio inferior con sus dientes chiquitos y blancos. Que si alguien le dirigía repentinamente la palabra su timidez la hacía sonrojarse y pestañear varias veces antes de responder. Por supuesto que, tal como comprobé en la primera tanda de parciales, nunca tuve ni la mínima noción de los temas que se estudiaron en esos encuentros, pero, ¿qué importancia tenía todo, comparado con ella?

Ya no recuerdo por qué, pero cuando debutó la Argentina contra Camerún estábamos en el café, todos juntos. Naturalmente, durante el lapso que duró el partido nadie tocó un apunte. Cuando terminó, unos cuantos se levantaron masticando bronca. El novio de Victoria se había agarrado una calentura atroz y dijo que se iba a caminar. Los otros tres lo siguieron, y de repente me encontré en el Paraíso. Una mesa de café para seis personas con cuatro puestos vacíos. Victoria y yo. Frente a frente. Nos miramos. No sé por qué ella sonrió cuando estuvimos solos, pero le devolví la sonrisa mientras la cara se me encendía de vergüenza. Comentó algo del partido y que no entendía a los hombres que se ponían frenéticos con el fútbol. No sé qué idiotez contesté, atropellándome con las palabras, porque no podía pensar en nada. Al rato volvieron los idiotas y ella retornó a sus libros. No pegué un ojo en dos noches, recreando una vez y otra vez nuestra primera charla a solas.

El segundo partido fue contra la Unión Soviética, por la tarde, creo que un martes. De nuevo estábamos todos juntos en el café. Cuando se fracturó Pumpido, en la mesa se tiraban de los pelos. Yo, serenamente, dije que Goycochea era un arquerazo, salvo en los centros. Me miraron torcido, pero me mantuve en lo mío. Lo había visto seguido desde la época de la reserva de River, y realmente pensaba lo que acababa de decir. Después del partido Victoria abandonó el café delante de mí. En realidad yo sostuve la puerta vaivén y le cedí el paso, cosa que el inútil del novio no hacía jamás de los jamases. Caminamos juntos la media cuadra que nos separaba de la facultad, apenas detrás del resto. Ella dijo que pensaba como yo con respecto a Goycochea. Sentí que me moría de felicidad. Era una estupidez, una trivialidad, pero que lo dijera entonces, lejos de los otros, sólo para mí, creaba algo, una intimidad nueva, un puente que nos distinguía y nos separaba de los demás y nos aproximaba. Me envalentoné y le dije que ese arquero nos iba a llevar lejos. Ella se rió y me dijo que me tomaba la palabra. Yo me hice el serio y juré que la Argentina tenía cuerda para rato en el Mundial.

La semana siguiente se pareció a estar en el Cielo. En la mesa del café comentaban cada tres minutos la fatalidad de tener que jugar contra Brasil. El novio de Victoria, que la jugaba de entendido, decía que no había manera de ganarle. Los demás asentían o polemizaban. Yo permanecía callado. De vez en cuando Victoria me miraba y sonreíamos. De buenas a primeras yo tenía algo con ella. Algo en lo que nadie más participaba.

Ese domingo vi el partido en casa, solo. Mis viejos habían salido, no recuerdo adónde. El primer tiempo lo vi con una almohada en la cabeza. Cada vez que las camisetas amarillas invadían el área argentina yo me tapaba la cara y rezaba. De más está decir que me pasé cuarenta y cinco minutos medio sofocado y con más avemarías en mi haber que una vieja devota. El gol de Caniggia salí a gritarlo a la calle, con tal desafuero que me estropeé la garganta por una semana. Después me puse tan nervioso que apagué la tele y esperé rezando el final del partido. Cuando iba a encender la radio para enterarme del resultado sonó el teléfono. Antes de contestar supe que era ella. Faltó poco para que dijera "Hola, Victoria" al levantar el auricular. En realidad, hacía una semana que miraba de reojo el teléfono esperando ese milagro. ¿Por qué? Nunca tuve la menor idea, pero en esos días yo me movía, a ciegas, con la seguridad de un predestinado. Me recordó mi promesa y me dio las gracias, como si yo hubiese sido responsable de haber ganado esa epopeya. Me reí. Me solté. Probablemente haya dicho alguna frase ingeniosa. Estaba en las nubes. Recién al colgar reparé en la circunstancia de que yo nunca le había dado mi número. De modo que se había animado y con alguna excusa lo había conseguido de su novio o alguno de los otros. Así que habría inventado alguna excusa para llamar a un compañero de su novio. Esa complicidad me llenó de alborozo. Me sentí invencible. Más allá de todas las posibilidades, por encima de todas mis previsiones y superando todas las probabilidades, Victoria se había fijado en mí de alguna forma. Seguramente no me merecía semejante privilegio. Pero yo disfrutaba como un beduino.

Cómo somos los humanos. Qué cosa jodida que somos. Hasta entonces yo había estado tranquilo, tranquilísimo. Era punto, perdedor nato, nada, nadita. Por eso me había atrevido a conversar un par de veces con ella. Por eso me habían surgido comentarios ingeniosos. Si seguro que la mina se interesó porque a mí no se me notaba el amor enceguecido que para entonces sentía por ella. Bastó que Victoria me apuntase los cañones con ese llamado del partido contra Brasil para que a mí me entrasen unos nervios galopantes. Ella lo notó, estoy seguro, aunque también estaba rara. Tensa. Seria. Con todos salvo conmigo. A veces era tan evidente que yo temía que el idiota del novio se diese cuenta. A los demás les ladraba; a mí me sonreía. A los demás los ignoraba; a mí me sacaba charla. El novio, más allá de su indudable cretinismo, empezaría indefectiblemente a apiolarse.

Con Yugoslavia jugamos un sábado al mediodía.

La gente en el bar se masticaba los vasos de los nervios. Antes de la definición por penales fui al baño y me crucé en el pasillo con ella. No lo premeditamos. Simplemente se dio así: yo iba y ella volvía, y nos interceptamos involuntariamente en un pasillito de medio metro de ancho. Cuando me miró me dieron ganas de llorar, porque no podía creer que alguien pudiese mirarme alguna vez a mí con esos ojos. Me preguntó con quién íbamos a jugar si pasábamos a Yugoslavia. Contesté maquinalmente que la semifinal era el miércoles, contra Italia. Sin dejar de mirarme me dijo que le encantaría que la viésemos los dos juntos. El corazón se me salió por la boca y escapó dando saltitos por las baldosas grises del pasillo. Con lo que me quedaba de vida le devolví la sonrisa.

Recuerde, amigo lector, lo que usted sintió durante esa definición del partido por penales en que la Argentina lo tuvo para ganarlo, lo tuvo para perderlo, y finalmente lo ganó gracias a Goycochea. Imagine lo que pude haber sentido yo, que además de un pasaje a la semifinal del Mundial me jugaba un encuentro a solas con Victoria. Cuando ganó la Argentina el bar se convirtió en un quilombo. Cualquiera abrazaba a cualquiera, y a la primera de cambio terminé en sus brazos y ella en los míos. Fue un segundo, porque cuando nos dimos cuenta nos soltamos, turbados. Pero el perfume de esa chica... no sé, prefiero no describirlo para no quitarle lo sagrado.

El miércoles elegimos un bar de Once, bien lejos de todos esos fulanos de Económicas, noviecito incluido. Debo haber sido el único argentino que encontró un motivo de alegría en el gol de Italia.

Victoria, apesadumbrada, me aferró la mano y no me la soltó hasta que lo empató Caniggia. Cuando iba a empezar la definición por penales volvió a mirarme como lo había hecho en el pasillo del otro bar. Me dijo que después de la final quería que nos viéramos. Yo asentí. Releo lo que puse. Eso de "asentí" suena muy formal, muy severo. Pero es cierto. Lo único que hice fue mover la cabeza de arriba hacia abajo, porque tenía la lengua paralizada. Victoria no estaba diciendo que nos juntásemos a ver la final. Hablaba de encontrarnos después. Y ésa era la puerta hacia el futuro. El Mundial nos había unido. Terminado el Mundial arrancaría nuestra historia. No cometí la torpeza de preguntar por su novio o por su inminente matrimonio. Simplemente moví la cabeza diciendo que sí. No hacía falta más.

Cuando empezaron los penales volvió a tomar mi mano. Y el abrazo que nos dimos cuando Goyco nos dio otro empujón a la gloria fue más profundo, más largo, más cálido que aquel otro que nos unió después de Yugoslavia. Y no sólo porque estábamos lejos de miradas indiscretas, sino porque era un pasaje, una llave maestra que nos abría la penúltima puerta.

No lo habíamos dicho. Pero el destino de lo que nos estaba pasando iba de la mano con ese derrotero de locos de la Argentina en el Mundial de Italia. Desde ese comentario tonto después de la derrota contra Camerún, pasando por los elogios a Goyco cuando la Unión Soviética, hasta ese abrazo lleno de promesas del partido con Italia.

En los días siguientes no pude pensar en otra cosa, naturalmente. Dudo que haya dormido más de cinco o seis horas, si sumo todas las noches desde el miércoles hasta el domingo. La musiquita del mundial me sonaba en los oídos a todas horas. Y no sólo por el tachín tachín de la radio y de la tele, que no paraban de hablar del milagro argentino y todo eso. Me sentía parte del milagro o, más bien, protagonista de mi propio milagro paralelo. Yo era como la Argentina, que seguía avanzando contra todos los pronósticos y desafiando todas las leyes de probabilidades. Los jugadores no lo sabían, pero al ganarles a los rusos me habían mantenido en carrera a mí. Al eliminar a Brasil me habían entreabierto las puertas del Paraíso. Yo me había colgado con ellos del travesaño en el primer tiempo. Yo había esquivado las camisetas amarillas del mediocampo junto al Diego. Mi alma había corrido con el viento y la melena rubia del Cani cuando lo sobró al arquero por la izquierda. Todo mi futuro se había encomendado en las manos sagradas de Goycochea en esos penales memorables.

Victoria me llamó el domingo al mediodía. Nos costó hablar. Estábamos nerviosos. Pero también rabiosamente felices. Acordamos dónde vernos, para evitar a los testigos peligrosos y a las multitudes de los festejos.

El partido lo vi solo, en mi cuarto. Cuando le pegaron a Calderón en el área de Alemania grité penal, me abracé a la almohada y rodé por el piso. Cuando vi que el mexicano se hacía el otario con el "Siga, siga", sentí que algo se rompía en el futuro que había estado construyendo. Y cuando el delincuente ese les dio el penal de biógrafo que les dio, no pude con mi desesperación y salí a la vereda. El mundo estaba muerto. No se veía a nadie. Me dije que si el Goyco lo atajaba los gritos iban a anunciármelo. Pasaron los minutos. Entendí que habíamos perdido. Volví adentro y vi los festejos de los alemanes. Lloré. No sé a qué tarado de la transmisión se le ocurrió pasar la musiquita del Mundial. Yo supe que ésa era la despedida. Mientras el Diego lloraba, y mientras los alemanes recibían la copa, yo me sentí como la Cenicienta a las doce y un minuto. Me miré en el espejo. Me vi como era y como soy. Feo, torpe, desgarbado, insulso. Supe que se había roto el hechizo. Y que Victoria debía estar despertando también del suyo. La imaginé reconstruyendo esas semanas de locos. Seguramente estaría acalorándose al recordar el modo en que me había mirado, avergonzándose al pensar en las cosas que había insinuado, arrepintiéndose al sacar cuentas de hasta dónde había permitido llegar esa historia ridícula conmigo. De modo que le simplifiqué las cosas y le evité el mal trago de tener que decírmelo en la cara. Me quedé en mi pieza, y cada vez que pasaron la musiquita esa del "Verano italiano" puse la tele a todo volumen. Tal vez fue estúpido, pero fue mi modo de despedirme.

Obviamente, jamás volví al bar de nuestros encuentros. Para evitar tener noticias suyas dejé la facultad. A fin de cuentas, no tenía sentido torturarme. Probablemente en el grupito de estudio les haya llamado la atención mi ausencia definitiva. Alguno, tal vez, habrá comentado algo. Otro habrá concluido en que, a la luz de mi rendimiento universitario, había tomado una buena decisión. Y Victoria, mordiéndose apenas el labio inferior, habrá pensado lo mismo.

LOS INFORMES DE EVARISTO ROMERO

Encontramos los papeles de Romero acomodados con esmero sobre el enorme escritorio de madera renegrida. Impresionaba el contraste: la casa desvencijada, los rincones sucios, los muebles destartalados, las goteras innumerables, y ese escritorio en perfecto orden. En el centro, la máquina de escribir Remington. Atrás dos portarretratos: uno con una foto de casamiento muy antigua, otro con una instantánea de una mujer joven y sonriente, apoyada en un pilar junto a una vereda. Adelante las cinco pilas de papel oficio, cada una con su carátula encima y sus títulos cursis, en el mejor de los casos, risibles en el peor.

Pero no nos reímos. Tal vez porque el esfuerzo del hombre vuelve digna hasta la más extraña de sus empresas. O tal vez porque la muerte torna solemnes obras y acciones que en vida tachamos de intrascendentes.

Los trabajos no tenían fecha, aunque era posible

establecer su orden por el grado de deterioro del papel. El más antiguo tenía las páginas tan amarillas que en algunas se hacía difícil la lectura. El último se veía muy reciente, y sus hojas (mucho más numerosas, además) lucían un blanco brillante que delataba que Romero acababa casi de terminarlo. Todos los informes, los cinco, con cierta candidez algo escolar, lucían su título encomillado y, al pie, el rótulo "Evaristo Leopoldo Romero. Escritor".

No nos resultó sencillo encontrar un hilo conductor que vinculase los distintos trabajos de Romero. Los primeros cuatro informes encontrados eran más bien sucintos (ninguno superaba los cincuenta folios) y su deterioro visible indicaba fechas de redacción bien distantes. El más extenso de los cuatro se titulaba *Cómo reparar cortinas de enrollar a bajo costo.* Giraba en torno de algunas ideas sencillas y reiteradas sugerencias alusivas a la utilización de materiales de precio suficientemente accesible. Su extensión –42 páginas– se debía tal vez a que Romero no había incluido gráfico alguno, con lo que las descripciones de los distintos tipos de cortinas de enrollar, el muestrario de sus posibles dificultades y las pautas a seguir para las módicas reparaciones aconsejadas se prolongaban interminablemente a lo largo de páginas y páginas de tediosa lectura.

El segundo era el más breve: un opúsculo titulado *Diez argumentos para demostrar que las mujeres escasamente dotadas de busto resultan escasamente atractivas al poco tiempo de conocerlas.* El lector nos dispensará de brindar mayores detalles. Bástenos caracterizar esas quince páginas como un intento por demás chabacano de adentrarse en el terreno de la filosofía práctica para justificar (por otra parte sin conseguirlo) la afirmación contenida en el encabezado. Los otros dos tampoco guardaban relación ni con los anteriores ni entre sí. Uno rezaba en su portada *Informe sobre las virtudes alimentarias del huevo crudo* y era una endeble defensa de las bondades nutricias del citado alimento que fatigaba al lector a lo largo de veinticinco carillas pésimamente escritas. El fanático esquematismo del autor le permitía afirmar en las conclusiones que un ser humano adulto podía llevar una vida perfectamente saludable gracias a la ingesta diaria de veinte huevos crudos como único sustento. El restante informe llevaba por título *Métodos artesanales para el control de plagas hogareñas*. En él, con la misma superficialidad en los procedimientos e idéntica arrogancia en las afirmaciones, se describían unos cuantos métodos para aniquilar hormigas, cucarachas, polillas y babosas domésticas. Al tema, francamente repugnante de por sí, Romero le agregaba macabras descripciones. Sostenía, básicamente, que la inteligencia de los insectos solía ser subestimada por los seres humanos y que sus niveles de percepción, por ejemplo, eran casi idénticos a los nuestros. Afirmaba entonces que los métodos artesanales unían, a la ventaja inmediata de evitar la contaminación química de los vegetales de jardines y quintas (nacida del uso abusivo de plaguicidas), la conveniencia a largo plazo de amedrentar a las plagas con castigos ejemplares que disuadían a los insectos sobrevivientes y los inclinaban hacia la opción del éxodo masivo. De ahí a justificar las torturas a los insectos hay un paso, y Romero no dudaba en darlo. Efectivamente, sostenía que si una hilera de hormigas es perseguida con el haz de luz incandescente originado por una lupa correctamente enfocada, no hace falta aniquilar a toda la colonia: bastan los despavoridos relatos de las sobrevivientes para expulsarlas en masa. Idéntico resultado tendría, según Romero, la exposición pública de tres o cuatro cadáveres de cucarachas despanzurradas a chancletazo limpio, o el sacrificio aterrador de una babosa mediante una aleccionadora lluvia de sal fina sobre su gelatinosa anatomía.

Ahora bien: esta dispersión temática se vuelve menos caprichosa si vinculamos estos escritos con la oscura experiencia biográfica de Evaristo Leopoldo Romero. Desde esta perspectiva, cada uno de esos cuatro ensayos guarda estrecha relación con una etapa de su existencia, y el quinto atraviesa toda la vida adulta de Romero, como la espina dorsal de su paso por el mundo. Expliquémonos.

Nuestro ensayista nació en el Hospital Ferroviario en 1940 y vivió siempre en esta casa de Lomas del Mirador que su padre, peón de estación, construyó para habitar con su mujer y su único hijo, y que nosotros hemos estado desmantelando estos días. Evaristo Romero completó sus estudios primarios en la Escuela N° 65 de La Matanza y dejó inconclusa su educación secundaria a poco de comenzarla. A los quince años se empleó en un taller metalúrgico cercano a su casa y trabajó ahí durante décadas, como aprendiz y luego como oficial tornero.

Pudimos establecer que el informe más antiguo,

aquel alusivo a las características anatómicas de las damas, databa de 1977. Charlas que mantuvimos con los vecinos permitieron establecer que por ese entonces Romero protagonizó un tormentoso noviazgo con Rosa Carmela Chanelatto, la dependienta de la peluquería de señoras de Provincias Unidas y Piedras. Esa relación tuvo un final abrupto cuando la mujer abandonó el barrio en compañía del marido de su patrona. Al parecer, la fugitiva (apodada Rosita) podría ser incluida en las características tipofísicas ventiladas por Romero en su informe. Se trataría entonces de un ataque tangencial motivado por el despecho (no se tome el uso del vocablo como un juego de palabras de pésimo gusto) que la actitud de la señorita en cuestión habría ocasionado en Romero.

Lo sigue cronológicamente el referido al delirio alimentario de los huevos crudos. En este caso la fecha es menos precisa, aunque todo parece indicar que fue redactado en 1983 o 1984. El informe está emparentado con una fallida intentona comercial de Romero que lo hizo poseedor de doscientas gallinas ponedoras que, en cortísimo plazo, inundaron la casa del aturdido y bisoño productor avícola con miríadas de huevos frescos. La idea original de nuestro ensayista habría sido la elaboración de un folleto de promoción de su sobreabundante mercadería, pero su gusto por la prosa habría desbordado rápidamente aquella idea primitiva.

El tercer trabajo, el atinente a las cortinas de enrollar, posterior en un par de años al antedicho, vio la luz en 1988, época en la que Romero abrió en el garaje de su casa un tallercito de reparaciones con el cual buscaba hacerse de un ingreso que le permitiera pagar las deudas contraídas en la manutención de las doscientas aves mencionadas. Las fuentes consultadas coincidieron en afirmar que Romero temía un nuevo fracaso comercial. Su idea del manual de reparaciones partía del supuesto de que así iba a poder llegar a un público masivo. Parece que Romero recorrió infructuosamente una decena de editoriales que rechazaron el manuscrito que finalmente encontramos sobre su mesa de trabajo. Sin embargo, antes de desechar su plan imprimió en mimeógrafo unos ochenta ejemplares que distribuyó gratuitamente en el barrio. El resultado fue ambiguo. Pese a un estilo tedioso y algo sobrecargado, y a la ya apuntada negativa a incluir gráficos o diagramas de ninguna especie, parece ser que las explicaciones eran claras y las sugerencias interesantes. Tanto es así que muchos potenciales clientes de su taller encontraron preferible acudir a ese escrito para solucionar las dificultades mecánicas de sus cortinas de enrollar, comportamiento que sin duda aceleró el tan temido colapso del centro de reparaciones.

El nuevo giro temático de principios de los años '90, esta vez hacia la extinción de las plagas hogareñas, obedece a la catástrofe laboral que se abatió sobre Romero en la misma época. La quiebra de la tornería que lo había empleado durante casi treinta años lo dejó desocupado. Tuvo que malvender las gallinas sobrevivientes y las instalaciones del taller de reparaciones. El informe sobre los insectos habría sido redactado a partir de sus experiencias cotidianas en la persecución de las plagas que azotaban su propia casa despedazada por el olvido y los años de desatención. Varios vecinos recordaron sus pacientes patrullajes por el parque enmalezado, su figura esmirriada con la diestra en alto, en el acto de enarbolar los más variados elementos contundentes capaces de propinar castigos ejemplares a los insectos díscolos.

Ahora bien, en lo que va de nuestro relato no hemos abordado aún la cuestión del informe final, ese quinto ensayo que, el día que penetramos en la casa de Evaristo Romero, descansaba a la derecha de los restantes sobre el escritorio de roble .

Evidentemente Romero había mejorado su capacidad de narrar en esos años de monstruosas aberraciones ensayístico-literarias. La redacción es más cuidadosa que la de los anteriores textos. El lenguaje aparece más pulido, la presentación de los temas más acotada, las conclusiones menos apresuradas. Tal vez sea una suerte que el mejor Romero, el más refinado, el más llevadero, el más ágil, haya sido ese que emprendió la angustiosa tarea de hablar de sí mismo y que lo hizo casi a modo de testamento, de despedida.

Aquí no fue necesario recabar informes entre sus conocidos. En un extenso prólogo que ocupa las doscientas cinco páginas iniciales, Romero narra una vieja historia de amor que lo tiene como desdichado protagonista. La crónica se inicia en 1966, cuando al vecindario se muda Dolores Inchausti, hija de Artemio Inchausti y de Rosa Benítez. Al parecer Romero la cruzó por primera vez en la panadería y se sintió transido por un amor de epopeya. En su texto continúa diciendo que aunque en la siguiente semana no volvió a verla, le escribió diecisiete cartas encendidas. Se cruzó por segunda vez con ella en misa de doce en la parroquia de San Marcos. Siguen ocho páginas en las que Romero, con una puntillosidad tal vez innecesaria, describe con lujo de detalles otros veinte o veinticinco encuentros callejeros falsamente casuales. No abundaremos aquí ni en esos ni en otros detalles, tanto porque pueden aburrir al lector como porque sospechamos que prodigarnos en esa dirección sería casi como violar la intimidad de Romero.

Si bien el susodicho consiguió entablar diálogo con ella y frecuentarla en la vereda de vez en cuando, lo cierto es que más temprano que tarde sus arranques amorosos se estrellaron contra la verdad demoledora de que Dolores estaba de novia desde los catorce años con un muchacho de su antiguo barrio de La Cantábrica.

Al parecer Romero no se dio por vencido. Optó por visitar la casa de Dolores, en plan de amigo, y la muchacha aceptó ese trato. Nuestro héroe, erróneamente, imaginó que una presencia pertinaz sería capaz de erosionar el antiguo compromiso de su amada. Pero lamentablemente, tal como confiesa el propio Romero en el quinto capítulo de su prólogo, sólo sirvió para alimentar sus propios sentimientos de adoración desesperada.

En algún momento Romero acarició la idea de provocar los celos de Dolores. Así, su aventura con la ayudante de la peluquera no fue sino un intento de despertar el enojo de su verdadero amor. Pero nada indica en el texto de Romero que haya tenido éxito. Sí en cambio lo ganó el desencanto cuando la ya mencionada Chanelatto decidió fugarse con el marido de su jefa. Según expone en la página 115, su ego varonil sufrió esa pérdida, primero porque no contó con el natural desahogo a sus pasiones de hombre que la tal Rosita mal que bien satisfacía, y segundo porque le resultaba hiriente haber sido despreciado por una dama que, si hemos de tomar literalmente el juicio de Romero, "era más fea que un alacrán".

Romero avanza en la descripción de sus vanos intentos y se acerca cada vez más al presente. Nos enteramos del matrimonio de Dolores sólo por referencias tangenciales, como si explayarse en la narración sirviese únicamente para aumentar su desolación y su desconsuelo. Así, en la página 140 refiere que Dolores y su prometido han construido una casita atrás de la de los padres de ella y allí se instalan de recién casados en 1971, y en la página 157 Romero alude al nacimiento de su primer hijo. Hacia la página 190 la prosa se vuelve definidamente sombría: el marido de Dolores acaba de acertar al Loto y todo indica que no van a seguir viviendo por mucho tiempo en la zona. Efectivamente, sobre el final del prólogo (página 195) Romero escribe entre lamentos e imprecaciones que Dolores se muda a vivir a un barrio privado de la zona de Pilar, con su esposo y sus dos hijos adolescentes.

Al parecer es entonces cuando Romero termina de dar forma a su proyecto, que titulará *Libreto para película de amor con final que no es para cualquiera*. Sabe que el suyo es un amor sin esperanzas, pero se niega a rendirse. Por eso concibe su propia historia

Eduardo A. Sacheri

de amor, sólo para seres "infinita e inquebrantablemente dispuestos a seguir esperando" (la cita es
textual). Al argumento del filme propiamente dicho
no le da la menor trascendencia. Deja ese detalle en
manos de cualquiera dispuesto a aventurarse en la
empresa. Su única prescripción es que debe tratarse
de un romance triste y fracasado. Debe ser una bella
historia. Pero los amantes deben distanciarse en la
última escena del filme. Nada original hasta entonces.
Pero ahí se inicia el verdadero proyecto de Romero.
Sus indicaciones para el libreto, de aquí en adelante,
sí se tornan específicas.
     La última escena debe cerrarse con una típica
situación de despedida. La protagonista, por ejemplo,
se deshará del abrazo de su amado, con el rostro
bañado en llanto, y tomará un taxi. El hombre la
contemplará, exánime, con los brazos rendidos a los
costados del cuerpo y una mirada de infinito dolor y
tal vez una lágrima. La cámara comenzará a alejarse
y a elevarse. "Esos son códigos fílmicos terminantes",
afirma Romero. El protagonista quedará de espaldas,
cada vez más pequeño al pie de la pantalla. La cámara,
desde las alturas, hará centro en el techo del taxi que
se aleja, que se mezcla en el tránsito, que se hunde
en la marea de la ancha avenida. Los créditos del filme
empezarán a correr. El mensaje es definitivo. Aquí
Romero llega al punto que verdaderamente le interesa.
El instante en que las luces del cine comiencen a
encenderse, y las palabras sobreimpresas suban por
la pantalla, y las figuras de la trama se vuelvan más y
más borrosas. Si la película ha tenido un desarrollo
aceptable –Romero confía en que así sea– el público

estará sensibilizado. Las mujeres enjugarán sus lágrimas con los pañuelos. Los hombres, más remisos a las exteriorizaciones, pestañearán velozmente para quitar los rastros de las suyas. En su mayoría (Romero subraya estos términos en el original) se pondrán de pie, mirarán un poco turbados en torno y se encaminarán a la salida.

Sin embargo, y aquí Romero desemboca en la noción que lo obsesiona, algunos permanecerán en sus asientos hasta que termine el último de los créditos. ¿Por qué lo harán? ¿Por comodidad y por pereza? ¿Para evitar el congestionamiento en la salida de la sala? Romero es tajante en la respuesta: nada de eso. Los que permanezcan en sus asientos lo harán con la secreta esperanza de que la película termine de otro modo. Su sensibilidad no les permitirá reconciliarse con la idea de que semejante historia de amor culmine de una manera tan terrible y dolorosa. Serán diez, doce personas a lo sumo. Pero todas tendrán los ojos fijos en la pantalla. No importa si lloran o no. Para el caso da lo mismo. Pero seguirán absortas mientras la sala se vacía a su alrededor, indiferentes a las miradas curiosas de los que salen, de los que se ponen los abrigos, de los que encienden los teléfonos celulares, de los que se han dado definitivamente por vencidos. Continuarán con los ojos clavados en ese taxi que apenas se adivina en la marea de techos amarillos y de carteles chillones y de gente que camina.

El final será para ellos, para los elegidos. Sólo ellos verán, cuando terminen de pasar los últimos letreros, el súbito embotellamiento causado por un taxi que acaba de detenerse en plena avenida. Sólo ellos advertirán que la cámara ha cesado de elevarse y que empieza a bajar de manera casi imperceptible para hacer centro en una mancha roja y brillante que se mueve entre los autos detenidos. Sólo ellos terminarán por reconocer el abrigo de ella, su pelo negro al viento, sus ademanes frenéticos llamando a su amado. Sólo ellos, los eternos esperanzados, tendrán el privilegio de ver el verdadero final de la película. Mientras los otros se agolpen, vencidos, en el hall del cine, ellos se regocijarán en el banquete de la reconciliación de los amantes, que de ningún modo deberá ocupar el primer plano de la pantalla. En eso Romero es inflexible. Nada de claves sencillas. Nada de trucos evidentes. El final es sólo para los elegidos. Los que no han quitado la vista desde que aparecieron los carteles. Nada de primeros planos que adviertan a los últimos desertores, esos que echan una última mirada antes de abandonar la sala. En el mar de autos y de techos y de carteles, dos manchas, una roja y una amarilla, ella y él. Y luego, sí, la pantalla súbitamente negra.

El informe termina ahí. Luego de más de doscientas páginas de prólogo, apenas quince de desarrollo. No hay conclusiones. Apenas un pedido postrero para aquel que se anime a filmar esa película. Sobre el fondo negro del final Romero pide que aparezca esta leyenda: "Para Dolores, de parte de Evaristo, que nunca dejará de amarla".

Según la historia clínica que hallamos en el Hospital Pirovano, la salud de Romero se había agravado considerablemente desde agosto a la fecha. Que Romero sabía acerca de su estado es evidente.

Lo raro empezó después

Por algo se había apresurado, antes de fin de año, a legar su casa desvencijada a un sobrino. Más allá de nuestros intentos nos fue imposible ubicar a la citada Dolores Inchausti. Desconocemos (Romero guarda al respecto un empecinado silencio en el prólogo) si ella supo que su vecino siguió adorándola por espacio de tres décadas, luego de su matrimonio. Cuando cerramos definitivamente la casa decidimos llevarnos los informes.

Releemos las páginas escritas hasta aquí y lamentamos que nuestra torpeza narrativa, nuestra vulgaridad literaria, nos obliguen a detener la crónica en este punto. Escritores más diestros, mejor dotados, podrían tal vez aprovechar estas emociones laceradas de Romero para conducir a los lectores a un nivel superior de compromiso, de identificación, tal vez de tristeza. Existe, pese a todo, una posibilidad que nos excede y que a su modo está poblada de promesas. Es probable que algún lector esperanzado, dispuesto siempre a arriesgar una última ilusión más allá de todas las evidencias, esté dispuesto, como los hipotéticos espectadores de la película de Romero, a buscar más allá del espacio en blanco que da por finalizada esta historia. Tal vez estas líneas lleguen a manos de algún ser de esta especie, uno de esos optimistas empedernidos que siempre consideran plausible una salvación postrera. Un lector que intuya que, volviendo la página, encontrará otro final, un final sólo para los elegidos. Un final donde Romero no muera y se reencuentre con su amada; o un final en el que su amada llore su muerte por el resto de sus días, convencida de haber perdido al verdadero

61

hombre de su vida; o un final donde el propio Romero se devele como autor de esta crónica y se felicite de encontrar en ese único lector a otro miembro de esa extravagante raza de individuos condenados siempre a la esperanza.

EL GOLPE DEL HORMIGA

A Osvaldo Soriano

—¡VEINTE AÑOS, CARAJO! ¡VEINTE AÑOS! ¿Qué me decís a eso? ¿Querés que me quede así, sin hacer nada?

Bogado no sabe qué contestar. Parpadea varias veces, algo aturdido por los gritos del Hormiga, que sigue de pie al otro lado de la mesa, con los puños sobre la madera. La cara del Hormiga está casi en sombras porque la lámpara es muy baja, pero Bogado sabe que sus ojos echan chispas y que está empapado de sudor por el esfuerzo de tratar de convencerlos.

Bogado se mira las manos para no cruzarse con los ojos de los demás que, sentados a los costados, sin duda están clavándole la mirada. Sabe que están esperando que hable, como si siempre fuese el dueño de la última palabra. Por algo el Hormiga lo ha llamado primero a él para organizar esa reunión de desquiciados. Y por eso lo ha usado a él como interlocutor principal para darle los pormenores de ese proyecto de locos. Y por eso le ha contestado específicamente a él todas las preguntas, todas las objeciones, que todos los presentes le han ido planteando al Hormiga, y que lo han ido poniendo nervioso hasta dejarlo con ese aspecto de energúmeno escapado de un loquero.

Bogado chista y sacude la cabeza. Ridícula. Toda la situación es ridícula. Y ellos son ocho boludos. Eso es lo que son. Los ocho reunidos en esa habitación oscura, con la lámpara sobre la mesa como si fuera un garito o un aguantadero de película mala, y ellos una banda de chorros planeando el asalto del siglo.

–¿Te lo vuelvo a explicar? –El Hormiga baja el tono, en un intento por tranquilizarse.

Bogado alza una mano para disuadirlo: –No. Pará. No tiene sentido.

–Te digo que sí –porfía el Hormiga–. Primero: lo vengo estudiando desde hace dos años. Dos años. ¿Me escuchaste bien? –Bogado, resignado, asiente–. Segundo: conseguí ese laburo de vigilancia nada más que para esto, y vos lo sabés bien, José. –Mira brevemente a su derecha, y una de las cabezas convalida con un gesto afirmativo–. Tercero: me parlé cincuenta veces al supervisor para que mandase a controlar el sector ese, porque si me mandaban al depósito o al estacionamiento me cagaban, y se iba todo el asunto a la mierda. –De nuevo le habla directamente a Bogado, y éste no quiere que lo haga–. Cuarto: elegí el lugar con un cuidado bárbaro... –duda, como buscando palabras más precisas, pero no las encuentra–, bárbaro, el lugar –concluye.

–Nadie te dice lo contrario, Hormiga. –Bogado intenta cortarlo.

–Pará. Dejame terminar. El lugar que les digo es

bárbaro. De lo mejor. Hay una cámara que lo enfoca medio de costado, pero como las luces de ese lado las apagan, por el monitor no se ve un carajo, ya me fijé. Quinto. O sexto, no sé, para el caso da igual: la alarma está apagada hasta bien tarde, primero por los de limpieza y después por la ronda nuestra. ¿Y querés lo mejor, pero lo mejor de lo mejor?

Bogado hace un postrer intento por detenerlo:

–Pará, Hormiga, cortala. Ya lo dijiste.

El otro lo ignora.

–Escuchá, escuchame un poco –el Hormiga es ahora enérgico pero no ha vuelto a perder los estribos–. De las tres a las cuatro de la mañana se juntan todos los vigilantes en la recepción a tomar un refrigerio. Se supone que se tienen que turnar, pero van todos juntos porque están podridos de estar al pedo y solos como una ostra sin nadie para charlar.

Bogado nota, contrariado, que a fuerza de escucharlo una y otra vez los otros muchachos empiezan a tomarlo en serio. Intenta romper el efecto:

–Estás soñando, Hormiga. Vamos a terminar todos en cana, y vos sin laburo, además.

No es la réplica más feliz, y Bogado se da cuenta de inmediato. El Hormiga se sienta y lo mira fijo, con sus ojos claros muy abiertos por la excitación. La nariz, gorda y ganchuda, parece a punto de estallarle con el color escarlata que ha tomado. Con esa piel blanca y el pelo rubio parece un gringo recién bajado del barco. Cuando se conocieron a Bogado le había extrañado el sobrenombre de Hormiga, porque el tipo es alto, flaco y blanquísimo, y se le nota a la legua que es hijo de tanos. Recién al tiempo le explicaron que el mote no era por el aspecto, sino por lo cabezadura, lo tenaz, lo porfiado. Cuando algo se le pone en la cabeza no hay Dios que lo convenza de lo contrario, y no para hasta conseguir lo que busca. Y Bogado, esta noche, está sufriendo en carne propia esa forma de ser de su amigo. Y para peor acaba de decir la frase más inadecuada que pudo ocurrírsele. Serán los nervios, piensa Bogado. Pero el otro lo mira con serenidad, casi con dulzura, con la expresión del jugador que tiene todas las cartas en la mano.

–¿Me estás jodiendo? –arranca el Hormiga–. ¿Y vos te creés que yo no quiero largar este laburo? ¡Me hacen un favor si me echan! Estoy para esto, Santiago. Nada más que para esto. No se pueden borrar ahora. Dos años, macho. Dos años me comí ahí adentro para esto.

Vuelve el silencio, y Bogado asume que acaban de sacarle otro gol de ventaja en esa extraña definición en la que ambos hace rato están empeñados. El Hormiga no miente cuando dice que aceptó el trabajo de vigilancia para esto. El día que le confirmaron el puesto, los reunió a todos, a los mismos que hoy flanquean la mesa, y les anunció solemnemente para qué había aceptado ese trabajo. En ese momento todos se lo habían tomado medio en joda y le habían dado manija. Hasta él, hasta Bogado, había tomado parte del jolgorio. Y tampoco fueron capaces de detenerse después, con el transcurso de los meses, en las ocasiones en las que el Hormiga, muy serio y más entusiasmado, les pasaba informes sobre sus avances. Todos le habían seguido la corriente.

Pero lo de esta noche es demasiado. Citarlos así, en ese sitio, a esa hora, haciéndose el misterioso.

Evidentemente el Hormiga se engrupió con eso de dar el golpe del siglo. Pero, ¿de quién es la culpa? ¿De él o de los que no fueron capaces de frenarle el carro?

La primera vez que lo explicó, más temprano, con el plano lleno de cruces y de flechas trazadas con marcadores rojos y verdes, se le cagaron de risa porque acababan de llegar y supusieron que era una joda. Pero después, al ver al Hormiga enchufadísimo, se fueron poniendo serios. Por eso Bogado había empezado a asustarse y a tratar de pararlo, de llamarlo a la realidad, de demostrarle que todo era una locura.

Pero cuanto más discuten más siente Bogado que el Hormiga se agranda, se afirma, crece en lo suyo. Y peor aún, Bogado palpa en el aire que los demás se van encandilando con su fantasía. Y esa estupidez de haberle mentado el asunto del trabajo. El flanco más fuerte del Hormiga, precisamente.

Porque el tipo ha sacrificado dos años de su vida para eso. No es el único trabajo que el Hormiga puede hacer, ni el mejor pago. Sin ir más lejos el año pasado José le ofreció un reparto de quesos. Buena guita, porque necesitaba alguien de confianza, y el Hormiga, además de todo, es derecho como una estaca. Pero contestó que no, porque no podía dejar "aquello" sin terminar.

Esa es la cagada. Que el Hormiga habla desde la autoridad que nace del sacrificio y la voluntad. No habla al pedo. No se llena la boca con bravuconadas. Puede tener un plan ridículo. Puede ser una imbecilidad. Pero el Hormiga se la jugó en el asunto, y se la sigue jugando. A Bogado le está costando discutir, encontrar argumentos terminantes, porque se ha pasado la mitad de la velada preguntándose si él hubiese sido capaz de un sacrificio como ése, durante tanto tiempo, y no puede contestarse del todo. Y más que nada por algo así, por algo que se supone que es una estupidez en la vida de la gente. Bancarse un laburo mal pago, con jefes hijos de puta, con unos francos rotativos de porquería, para darle de comer a la familia, Bogado lo hace sin dudar un instante; y lo mismo cualquiera de los que están reunidos alrededor de esa mesa. Pero acá no se trata de alimentar a la familia, sino de algo distinto. El Hormiga hace eso por un amor diferente, que la mayoría seguro que no entiende. Pero Bogado sí, y los otros también, la puta madre. Y por eso Bogado intuye que al Hormiga no hay con qué darle, y mientras intenta pincharle el globo se siente un sicario indigno y un traidor.

Bogado trata de detenerse. No puede mezclarse en semejante embrollo, porque lo de terminar todos presos va en serio. Por eso lo enloqueció al otro con sus objeciones. Y le ha hecho mil quinientas porque el plan del Hormiga es imposible. Un sueño. Una utopía. Y aun cuando resulte, ¿qué va a cambiar?

Pero cuando se lo dicen los mira con esa cara de iluminado, con esa expresión de elegido, con esa fe de converso, con esa certidumbre de profeta, y los deja desarmados. O peor. Les grita eso de "20 años" y es como que les entierra un clavo filoso entre las costillas; sienten que les chorrea la desolación por las venas y se les enfrían las tripas con el dolor sucio de la humillación y de la burla. Y no se pueden enojar porque el Hormiga, antes que a ellos, se lo está diciendo a él mismo. Les dice "20 años" para que les duela, pero ellos saben que a él le duele más decírselo a sí mismo, lo lacera más que a nadie volver a escuchar esa cifra de escalofrío que ya le pesa como un ropero de plomo sobre el alma. Y parece como si el Hormiga supiese que Bogado está a punto de derrumbarse, porque con uno de los marcadores que estuvo usando para las cruces y para las flechas escribe 1974-1994; esos ocho números a Bogado se le clavan en las entrañas y empieza a sentir que se le desinflan los argumentos y se le enturbia la lógica. Hace un último esfuerzo:

–Hormiga, te lo pido por favor. Pensá lo que decís. No tiene gollete. Aparte, suponiendo que no nos agarren, ¿para qué va a servir? ¿No te das cuenta? Es un sueño, Hormiga, una fantasía.

El otro tarda en contestar, y cuando habla usa un tono mucho menos enérgico, tal vez angustiado, casi como si estuviese a punto de largarse a llorar, como si las palabras le saliesen crudas, como si proviniesen de un lugar demasiado hondo como para cocinarlas antes de pronunciarlas: –Ya sé, Santiago. Ya lo sé. Pero no me puedo quedar con los brazos cruzados. ¿Qué querés que haga?

Bogado no sabe qué contestar. ¿Qué puede retrucarle? El Hormiga no sabe qué hacer. Bogado tampoco. Al Hormiga le duele el alma con ese dolor que sólo entienden algunos. A Bogado también. Pero mientras el Hormiga soñó, calculó, laburó, investigó, planeó y preparó, él, Santiago Bogado, no ha hecho más que lamentarse y sufrir, sin mover un dedo.

No sabe qué contestar y simplemente suspira, claudicando.

Carucha, que estuvo en silencio desde el comienzo, dice: "Yo me prendo". José se apunta: "Yo también". Bogado sacude la cabeza, con los ojos bajos. Sergio apoya a los otros, y los restantes dudan un segundo y hacen lo mismo. El Hormiga no dice nada. Sigue esperando las palabras de Bogado.

Bogado repasa todas las cosas estúpidas que hizo a lo largo de su vida y siente que está a punto de cometer la peor de todas. Algo lo tranquiliza: la mayor parte de esas estupideces las cometió por la misma causa que lo lleva a lo que está a punto de perpetrar, y tan mal no le ha ido. Toma aire buscando los últimos gramos de decisión que le faltan, alza la mirada hacia el Hormiga y pregunta: "¿Cuándo?".

Veinte horas después están todos, excepto el Hormiga, en un baño de hombres, embutidos en dos retretes contiguos; de pie, pegados unos a otros, inmóviles y silenciosos, a oscuras. Bogado no siente los pies, adormecidos como están por el plantón. Lleva cinco horas ahí adentro, siguiendo la expresa indicación del Hormiga. Entró al baño, pasó de largo frente a la larga hilera de mingitorios y se metió en el último compartimiento de los inodoros. A las seis llegó Carucha. Seis y media, Ernesto. A las siete, Rubén. Los otros tres se acomodaron en el de al lado a medida que fueron llegando, siempre a intervalos de media hora. Al principio Bogado tenía los nervios de punta. ¿Qué iban a decir si los encontraban? El Hormiga había insistido: "Ese baño no lo revisan nunca y lo limpian cada muerte de obispo".

Ahora Bogado está más calmado porque parece ser cierto. A las diez apagaron las luces. Carucha enciende de vez en cuando una linternita con forma de lapicera que lleva en la campera y Bogado ve los rostros de todos como si fueran espectros o personajes de una película de vampiros. El que no quiere callarse es Rubén. En un cuchicheo casi permanente jode, se queja del dolor de gambas, pregunta cada diez minutos cuánto falta. De vez en cuando lanza una risita nerviosa, pero Bogado no teme que vaya a quebrarse. Simplemente muestra un poco más sus nervios, nada más. Él está igual, aunque la juegue de duro y de tranquilo.

A las doce empiezan a acalambrársele las piernas, pero aunque se muere de ganas de salir a dar unos pasos no se anima a desobedecer la orden del Hormiga. A la una escuchan que se abre y se cierra la puerta vaivén del ingreso. Unos pasos rápidos se dirigen en la oscuridad hacia el escondite. "Soy yo", dice el Hormiga en un murmullo, justo cuando a Bogado está a punto de salírsele el corazón del cuerpo. "¿Cómo van?" Contesta Carucha por todos y el Hormiga promete volver a las tres en punto.

A Bogado esas dos horas se le hacen eternas. Repasa una y otra vez la conversación del día anterior y se putea en silencio por haber aceptado semejante idea. Pero no dice nada. Los demás parecen convencidos, o por lo menos no ponen nerviosos a los otros planteando en voz alta sus dudas. Al cabo de un tiempo que parece infinito Carucha anuncia que son las tres menos dos minutos.

Puntual, vuelve a abrirse la puerta. El Hormiga les dice que salgan. Primero tienen que apretarse contra la pared trasera, y Rubén debe subirse con

71

cuidado al inodoro para hacer lugar suficiente para abrir la puerta. Iluminados a retazos mínimos por la linternita de Carucha mientras se contorsionan para salir de ese escondrijo, parecen títeres torpes. Cuando le toca el turno, Bogado tiene que contener una exclamación de dolor al poner en movimiento sus rodillas entumecidas. No ha dado diez pasos cuando el Hormiga los manda a todos cuerpo a tierra. Bogado se acuesta lo más rápido y silenciosamente que puede. No logra evitar que su nariz choque con el zapato de José, que acaba de aterrizar delante de él. Se palpa a ciegas, tratando de determinar si está sangrando. Cree que no. A una nueva orden del Hormiga, vuelven a ponerse en movimiento.

Bogado se alegra de que lo hayan repetido la noche anterior hasta el cansancio, después de que él se rindiera y aceptase la propuesta del Hormiga. "Al llegar a la puerta, cruzar cuerpo a tierra el pasillo, que va a estar a oscuras. Al sentir el mueble, girar a la derecha y avanzar quince metros, hasta el extremo de la larga repisa. Van a sentir olor a jabón en polvo." Cuando el olor dulzón que suele saturar el lavadero de su casa le penetra en la nariz magullada Bogado comprueba que las instrucciones son precisas. Sigue recordando: "Ahí se complica un poco, porque tienen que cruzar el pasillo central: tres metros libres. Pero tenemos una ayuda: armaron una isla central con una oferta de papel higiénico que tapa bastante la cámara más cercana. Pasen rápido, a intervalos de un minuto, siempre pegados al piso. Eso sí: no toquen la pila de rollos porque es muy liviana, y si la tiran a la mierda no nos salva nadie". Bogado pasa último, porque el

Hormiga le pidió que cierre la marcha. Por un lado lo hace sentir bien esta confianza en su persona, pero al mismo tiempo teme a cada minuto que alguien salga de la oscuridad y lo levante del pescuezo con un manotazo. Se da vuelta y nada: la penumbra desierta, apenas las frías luces de emergencia llenando de sombras raras los pasillos.

A las tres y cuarto hacen un alto. Como está previsto, el Hormiga se levanta como si nada y camina resueltamente hacia el otro extremo del enorme salón, donde están reunidos sus compañeros de trabajo. Vuelve a los cinco minutos. "Todo en orden", asegura antes de volver a su puesto a la cabeza de la extraña víbora que forman los cuerpos reptando sobre el piso frío.

Es entonces cuando reemprenden la marcha y Bogado ve unas cuantas baldosas del piso frente a sí que, como si una llamarada súbita lo hubiese incinerado en el fuego de la revelación, toma conciencia del sitio en que se encuentra. No ha vuelto ahí en todos esos años, tan grandes son el dolor y la nostalgia. Otros sí han vuelto. Se lo han dicho. Pero él nunca fue capaz. No ha querido siquiera pasar por la calle ni por el barrio. Y ahora está ahí. Ahí metido.

Se abstrae del trance que está atravesando y de los objetos extraños y profanos que lo rodean. Se imagina tendido igual, de cara al piso, pero no sobre esas frías baldosas anodinas sino sobre el suelo que le escatiman. Se imagina la noche estrellada que, más allá del edificio que subrepticiamente recorren, baña de luz ese campo oculto bajo el cemento. Le gusta pensarse así, como visto desde el cielo, bañado por la

73

luz azul de las estrellas, acurrucado en esa cuna de pasto crecido, y el miedo se le va derritiendo como un mal sueño. Con los dedos enguantados acaricia esas baldosas tristes y las baña con unas lágrimas contenidas durante demasiado tiempo.

Da vuelta el último recodo. Sus ojos, acostumbrados a la oscuridad, distinguen el bulto que hacen sus amigos irguiéndose. Los imita. El Hormiga los ubica en los extremos de la enorme góndola, cuatro de cada lado. "A la una, a las dos, a las tres." Todos empujan al unísono y logran mover el catafalco unos diez centímetros. Repiten el procedimiento varias veces.

–¿Hora? –pregunta el Hormiga.

–Tres y media –contesta Sergio.

–Estamos justo –responde el otro.

El Hormiga se inclina y enciende su linterna. Saca una barra de acero bruñido y hace palanca sobre una baldosa, que se levanta casi sin ruido. La dedicación del Hormiga sigue conmoviendo a Bogado. Noche a noche, para no hacer bochinche en el momento definitivo, ha corrido solo la góndola, y ha limado la pastina y el adhesivo hasta socavar la mezcla. Levanta otra baldosa. Queda al descubierto un boquete estrecho, sobre un contrapiso gris y parejo.

El Hormiga pregunta de nuevo la hora.

–Menos veinticinco –responde Sergio.

–Es ahora –retruca el primero.

Han formado una ronda alrededor del boquete. En ese momento se enciende un motor ruidoso a la distancia. Bogado está maravillado: los cálculos del Hormiga son exactos hasta en la hora en que se encienden las pulidoras del hall central.

A una señal, Rubén y Sergio sacan dos mazas y dos cortafierros con las cabezas envueltas en trapos gruesos, y empiezan a dar golpes sobre el agujero del piso. Bogado siente como si el ruido fuese atronador. Pero pasan los minutos y nadie viene desde la oficina de los guardias. Evidentemente las lustradoras tapan el sonido. A otra señal del Hormiga, Carucha y Ernesto reemplazan a los otros. Los demás miran extasiados. No pueden apartar los ojos de ese hueco que se ensancha. Se supone que uno de ellos –Bogado ya no recuerda cuál, ni le importa– debe estar de pie en el extremo de la góndola, vigilando el pasillo central y la línea de cajas, pero ninguno puede sustraerse al hechizo proverbial que toma forma en el centro de esa ronda.

Cuando le toca el turno, a las cuatro menos diez, Bogado siente que flota en una excitación sin edad. Piensa en su tío, pero trata de borrarlo de su pensamiento por miedo de quebrarse tan cerca del triunfo. El Hormiga, olvidado de su papel de estratega, da vueltas y saltitos asomándose sobre las cabezas inclinadas, y repite como loco: "Ahora sí, muchachos. Ahora van a ver. Ahora se nos da. Es cuestión de sacar de acá y poner allá, en el Bajo. Se acabó la malaria. Van a ver. Se los juro". Y Bogado siente, mientras golpea frenético el cemento, que es verdad, que es cierto, que esta vez se corta el maleficio, y que son ellos los ángeles custodios del milagro.

Bogado siente una oleada de pasmo. El cortafierro acababa de hundirse, bajo el contrapiso, en una materia blanda. No puede contener un gritito. El Hormiga apunta la linterna al agujero. Una masa cenicienta y blanda yace bajo los restos de escombros. No pueden controlarse. Se lanzan al unísono a escarbar con las manos desnudas, unos sobre otros. Dan las cuatro, pero no lo notan. Rubén, de repente, pide casi a gritos que le iluminen la mano. Ocho pares de ojos se clavan en su puño. Tiene la piel arañada, las uñas rotas, el anillo de casamiento opaco y cruzado de raspones. Y bien aferrado, como si fuera un tesoro de cuento, un puñado de tierra negra que asoma entre sus dedos crispados. Bogado trata de contener las lágrimas, pero cuando escucha los sollozos de Carucha, y cuando ve que Sergio se hinca de rodillas y se tapa la cara para que nadie lo vea, se lanza a moquear sin vergüenza.

El Hormiga se adelanta. Los demás le abren un espacio en el medio. Se hinca con la dignidad de un sacerdote egipcio que se dispone a escrutar las más oscuras trampas del destino. Sergio levanta la linterna y le ilumina las manos mientras recoge trocitos del tesoro en un frasco de vidrio. Cuando termina se pone de pie. Alza el brazo derecho con el frasco en alto. Vacíos de palabras, los ocho se apilan en un abrazo. Tardan en destrenzarse. A una orden del Hormiga salen disparando hacia una salida de emergencia.

En la cabina de control de cámaras, un guardia frunce el entrecejo. Otro le pregunta qué le pasa. El guardia piensa antes de responder. Esos monitores color son muy lindos, pero todavía no se acostumbra. Igual contesta que no pasa nada. Teme que su compañero piense que está loco si le dice que creyó ver, a la altura de la góndola de fideos, pasar corriendo a unos tipos vestidos con camisetas de San Lorenzo.

CERANTES Y LA TENTACIÓN

Cuando Marcelo Rodolfo Cerantes abrió las persianas del dormitorio su expresión adquirió el color turbio de la tristeza, porque era una mañana espléndida. El aire de octubre chorreaba los tibios olores de las flores y de la gramilla brotando por todos lados. Los pájaros cantaban. El barrio dejaba escuchar esos gritos alegres propios de los sábados, mezcla de afilador, churrero y trenes lejanos, sobre un fondo de máquinas de cortar el pasto. Cerantes asumió que era una mañana preciosa y que así las cosas iban a ser mucho más difíciles. Tal vez si hubiese sido uno de esos días insulsos de junio, fríos y llovidos. Pero no, justo tenía que tocarle el aniversario en un día semejante, en una jornada de fiesta del universo, me cacho.

Arrastró los pies hasta el baño. Se afeitó. Por primera vez en años se afeitó un sábado a la mañana. El doctor se lo había aconsejado: "Algo fundamental, mi amigo, es que cambie sus hábitos cotidianos. De lo contrario, es imposible que sostenga el esfuerzo a lo largo del tiempo. Porque de entrada le va a ser fácil, con el susto fresquito como lo tiene, pero después...". El médico lo había dejado así, en suspenso, y había levantado las cejas, como dando a entender que con el correr de los meses... Igual, el discurso del médico mucho no le estaba resultando: eso de "De entrada le va a ser fácil". Un cuerno fácil. Pero por eso mismo decidió darles bolilla a esos consejos del galeno. Cambiar los hábitos cotidianos. Por eso se metió en el baño para afeitarse. Igual, Marcelo Cerantes tuvo cuidado de no mirarse a los ojos en el espejo mientras se afeitaba. Temía ver en ellos la debilidad y la flojera que podían conducirlo de nuevo al pantano de la perdición y del abismo.

Sorbió su café con leche con los ojos fijos en el jardín. Su esposa le preguntó qué le pasaba, que estaba tan serio. Sin mirarla, Cerantes le dijo que ese día se cumplía un año. Alejandra no contestó enseguida, y cuando habló sólo dijo que se le hacía tarde para el supermercado. La notó tensa. Por algo había esquivado responder a su recuerdo. Nada menos que ella, que solía someterlo a interrogatorios sanguinarios para sonsacarle la verdad sobre sus sentimientos. Tal vez su mujer no quería escarbar por miedo a que la voluntad de Cerantes estuviese flaqueando.

¿Era cierto? ¿Estaba a punto de quebrarse? No, se dijo. De ningún modo. Estaba sensible por la fecha, eso era todo. Mañana todo volvería a la normalidad. Absolutamente. Y que Alejandra tuviese sus momentos de duda era natural después de todo. No podía reprocharle nada. ¿Acaso no había sabido ella capear sus bajones anímicos, el tedio del prolongado tratamiento, la amargura de sus reiteradas claudicaciones? Se quedó sentado largo rato, mirándose las manos inútiles, inmóviles, con los dedos entrelazados sobre la fórmica de la mesa. El silencio se posaba sobre cada cosa, y aunque quería evitarlo lo atrapaban una vez y otra las mismas cavilaciones. ¿Y si a medida que pasaban los días, en lugar de olvidarlo, el asunto se le imponía como una obsesión, como una idea fija, como un aguijón que le taladrara los huesos del cráneo y le envenenase el cerebro?

Mientras Marcelo Rodolfo Cerantes, una hora después, empujaba el carrito de las compras junto a la góndola de lácteos, se dijo que el destino guarda para los hombres dardos insospechados. Si alguien le hubiese dicho a él, un año antes, que un sábado al mediodía iba a estar recorriendo uno de los lugares que más odiaba en el mundo, pidiendo permiso con cara de ángel, aguardando con prudencia a que se disolvieran los congestionamientos, dejando pasar galantemente a las señoras mayores, se habría reído a carcajadas. Cerantes levantó los ojos al cielo buscando respuestas, pero se topó con los tubos fluorescentes y con los carteles indicadores del pasillo 14, azúcar y endulzantes dietéticos. Su mujer iba unos metros adelante, invitándolo a no perderla de vista en medio del gentío. Cerantes iba incómodo, temiéndose un idiota, un animalito doméstico, una mascotita dulce y mimosa que recorría los pasillos atestados con una serenidad propia de Charles Ingalls, el de la serie que veía de chico. Ese no era su sitio. O

Eduardo A. Sacheri

no lo era un sábado a esa hora. De ningún modo. No pensar, no pensar, se dijo. Se prometió lograrlo. No podía ser que él, Marcelo Rodolfo Cerantes, no fuera capaz de sobreponerse a su pequeñez y su vicio. Otros habían podido. El médico le había dado ejemplos de sobra. Pero mientras intentaba recordarlos una vieja lo embistió desde atrás, a la altura de los riñones, con un changuito lleno hasta el tope, y para peor, cuando Cerantes se volvió a mirarla, en lugar de ofrecerle una disculpa la vieja se hizo la estúpida, repentinamente interesada en unas sopas instantáneas. La tranquilidad que había estado construyendo tenía bases endebles y se desintegró en el acto. En efecto, Cerantes le preguntó a los gritos por qué no se iba a la mierda, vieja maleducada, y su mujer tuvo que sacarlo del pleito a fuerza de tironearlo una y otra vez de la ropa.

"¿Se puede saber qué te pasa?", le preguntó ella a la altura de las cajas. Cerantes no respondió. A todas luces, el día iba a ser una pesadilla. Sobre todo con ese sol alto del mediodía y ese cielo azul profundo y el viento tibio, me cacho. Trató de nuevo de controlarse. Esos reproches sólo lo conducirían a echar por la borda todo el esfuerzo. El médico se lo había adelantado. Nada bueno saldría de remover heridas viejas. No debía compadecerse. Debía concentrarse en lo que había ganado, no en lo que había perdido. "Cuando se sienta flaquear acuérdese de la pesadilla por la que pasó, Cerantes. Acuérdese." Así decía el médico, y él se acordaba. De veras se acordaba. Y su mujer también. Por algo ella volvía en el auto con el gesto adusto y sin dirigirle la palabra.

80

Almorzó sin ganas. Sus hijos le pidieron permiso para pasar la tarde en lo de unos amigos. Cualquier otro sábado Cerantes no habría tenido inconveniente alguno. Pero esta vez tuvo que hacer un esfuerzo para no echarles en cara el abandono al que querían someterlo. Al fin dijo que sí, porque sentía el alma tan adelgazada por la angustia, tan carcomida por la melancolía, que le faltaban fuerzas para discutir con dos adolescentes belicosos.

Angustia. Melancolía. Dos sentimientos peligrosos, según el médico. "Actividad, Cerantes. Salga de los momentos de flaqueza sometiendo a su cuerpo a un esfuerzo físico que lo fatigue y lo ponga en caja." Tal vez fuese cierto eso del médico, de que una vez que superase una primera fase de angustia iba a encontrar placeres nuevos, ocupaciones edificantes, pasatiempos enriquecedores. ¿Por qué no? El podía conseguirlo, sí señor, se dijo en una embestida de confianza.

Salió casi corriendo al lavadero. Sacó a empellones la máquina de cortar pasto, la bordeadora, las tijeras de podar, la escalera de metal. Atacó los ligustros como si fuesen los culpables de sus flaquezas. Arrancó los yuyos como si hubiesen sido los artífices de sus dudas. Finalmente recorrió el jardín cortando el césped en líneas paralelas para dejarlo bien parejo. Cuando concluyó y vio el resultado de su labor, el pasto parejo, verdísimo, oloroso, tuvo que reprimir un grito porque sintió que la tentación le crecía como una hidra dentro del torrente sanguíneo.

Volvió a los tumbos al lavadero. Guardó las herramientas. Sudaba frío y tenía palpitaciones. Sin quererlo –"¿Sin quererlo?", habría interrogado el doctor– echó un vistazo subrepticio al estante más alto. Ahí estaba el paquete. Oculto casi por algunos trastos. Pero ahí estaba. Bien envuelto. Invitándolo. Seduciéndolo.

Salió con un portazo. En la cocina bebió dos vasos de agua. Pensó en llamar al médico, pero lo detuvo el pudor. ¿Cómo justificar el tamaño de su debilidad, después de todo lo que había pasado por culpa de aquello? Tal vez, arguyó Cerantes ante sí mismo, si lo llamaba y era sincero el otro entendería. ¿Acaso no podía entenderlo? Evocó la imagen del médico. Su piel muy blanca. Sus manos suaves. Su pelo ordenado y su andar sereno. No. Seguramente el médico jamás había pasado por experiencias como la suya. Y lo aconsejaba desde el pedestal estéril de no haber deseado nunca lo que Cerantes, rabiosa y casi carnalmente, deseaba.

Estaba al borde del naufragio y lo sabía. Como nunca antes lo había estado en ese año desdichado. Necesitaba algo que lo sacara del trance. Rápido. Miró el reloj y vio que eran las tres. Qué tramposo puede ser el propio cuerpo, se dijo. Como si el muy maldito supiese exactamente la hora a la cual debía empezar a acosarlo con sus urgencias. Falta más de media hora, pensó. ¡Nada de falta media hora, idiota!, se respondió de inmediato. Dentro de media hora estaría allí, en su casa, como debía, leyendo un libro, esperando que Alejandra se despertase de la siesta, y después seguiría deshojando esa tarde que se empeñaba en ser eterna. La noche sería más fácil. Seguro. La noche tendría algo de cosa irrevocable que terminaría por apaciguarlo.

Empezó a leer, y lo hizo durante un tiempo que le pareció una eternidad. Alzó los ojos hacia el reloj del living. Las tres y cinco. Decidió ponerse en movimiento. El doctor se lo había repetido, y también el terapeuta: algo al aire libre, un ejercicio metódico y relajante, nada brusco, nada tensionante. Pensó en caminar. Lo descartó por aburrido. Se acordó de la bicicleta. Casi la desechó de entrada porque la suya estaba en llantas, tanto hacía que no la usaba. Estaba la de Alejandra, pero era un tanto femenina: el cuadro bajo, el color fucsia rabioso y unos moños blancos que su nena, Agustina, le había colgado por todos lados.

Pero al salir al jardín enfiló hacia el lavadero. Antes de encerrarse ahí miró hacia atrás, como un fugitivo, un sospechoso, un criminal que se dispone a cometer un acto horrendo. Cerantes trató de decirse que si daba el siguiente paso el esfuerzo atroz de esos doce meses iba a ser al pedo. Y que todos los cuidados de Alejandra, todas las angustias de su vieja y todas las precauciones del médico iban a ser letra muerta, una inútil pila de buenas intenciones sobre las que él parecía dispuesto a escupir sin remedio y sin retorno. Se quedó un par de minutos con las manos a la cintura, preso de la indecisión. Hasta que en un gesto arrebatado alcanzó el paquete semioculto en el estante más alto. Lo metió en un bolso gastado y cerró de un tirón el cierre. Se detuvo a escuchar. Nada, salvo su propio jadeo. Todo era igual, salvo él mismo. Salió del lavadero con ademanes sigilosos. Se trepó a la bicicleta y abrió la reja, que chirrió sobre sus goznes. Miró el reloj. Tres y cuarto. Perderse no le había tomado más de diez minutos.

Momento. ¿Por qué perderse?¿Tan débil era, al fin y al cabo? ¿Tan escasa era su fuerza de voluntad que ese solo gesto podía condenarlo? Había tomado el paquete y lo había ocultado en el bolso. Cierto. ¿Y qué? Iba a lograrlo. Iba a llevar ese paquete consigo. Iba a pasearlo por todo Ituzaingó, sin que se le moviese un músculo. En ese paquete no había nada que fuese más fuerte que él y su deseo de cambiar.

Salió pedaleando. El aire de la tarde le sentó bien. Era más tibio y oloroso aun que el de la mañana. Dejó que el sol le calentara las mejillas. Iba con los ojos semicerrados, disfrutando el acompasado movimiento de la bici. Decidió ir más rápido. Sintió que las piernas respondían sin esfuerzo y eso le gustó. Se apresuró aún más. Tal vez esto del ciclismo sea una buena alternativa, pensó. Aire libre, ejercicio. Lástima el silencio, se lamentó. Una pena la soledad, se dijo.

Lastima nada, imbécil, se amonestó de inmediato. ¿Qué más podía pedirle a esa tarde maravillosa de octubre? Lástima eso, justamente. Lástima tener que estar pensando y pensando, cuando lo otro era tan fácil justamente por eso, porque era no pensar, no discernir, simplemente palpitar ese placer sin tiempo.

¡Basta!, volvió a exigirse. Ahora que estaba bien, por supuesto que aquello parecía un paraíso libre de complicaciones. El doctor bien se lo había advertido: "No hay más remedio que enfrentarlo; cuando el cuerpo dice basta, cuando emite una señal de alarma, hay que estar atento y no pasarla por alto, mi amigo". Así le había dicho. Y él, Cerantes, había asentido, porque tenía razón.

Pero ahora, mientras pedaleaba y con la mano

izquierda palpaba el bolso en el portaequipaje trasero para asegurarse de que seguía ahí, se acordaba de que mientras lo escuchaba no había podido evitar pensar si él, el médico, sabía bien cómo venía la mano. Si él también lo había probado. Si él sabía lo que se sentía. Por eso de las manos tan blancas y el pelo tan ordenado. Por supuesto que en el momento no había abierto la boca. Pero ahora se le agolpaban las preguntas que entonces no se había atrevido a formularle. Porque si el doctor ese había sido capaz de renunciar, vaya y pase. Que diga lo que quiera, que no le falta derecho. Pero, ¿y si no? ¿Y si el tipo hablaba por boca de ganso? ¿Y si el fulano no tenía ni idea de lo que significaba eso para él y para tantos otros como él? Porque no había modo de transmitírselo. De eso Cerantes estaba seguro. Si mil veces había intentado explicárselo a Alejandra, sin conseguirlo. Si ni él mismo sabía muy bien cómo era ese asunto. Y con los tipos que eran como él no lo hablaba. De esas cosas no se habla. Se hacen y punto.

Un poco. Probar un poco, despacito, no podía provocarle daño alguno. ¿Quién iba a enterarse? Salvo que el tarado de Adolfo o de Gabito le fueran con el cuento a Alejandra. La última señal de la continencia le dijo que se detuviera: tipos como Adolfo o como Gabito eran lo último que necesitaba en circunstancias como ésa. También de eso habían hablado con el doctor: "Las viejas compañías son el pasaje directo a la reincidencia". Lo recordaba patente.

Basta. O parar ahora o sucumbir. Trató de disculparse ante sí mismo. Había hecho la rehabilitación. Había obedecido las órdenes. Había intentado terapia. Había tratado con hipnosis. Había experimentado con acupuntura. Había ensayado hasta el láser, aunque el propio especialista le había dicho que no era aplicable en casos como el suyo. Ya pedaleaba como un enloquecido. Empezó a reconocer los hitos antediluvianos que lo conducían hacia su oscuro destino. El corralón de materiales, el puente de Gaona, la torre de agua. Se suponía que debían ser las marcas de la antesala del infierno, pero para esa hora a Cerantes se parecían cada vez más a la hojarasca nacida del Paraíso. Avanzó otro kilómetro y aguzó el oído. Ahí estaban las voces. Ahí se perdía el silencio. Tocó de nuevo el bolso sobre la parte trasera. Pensó en su apariencia: bermuda de jean gastado, musculosa desteñida, ojotas, montado en una bicicleta de señora color fucsia y atiborrada de moños coquetos. Pero no tuvo vergüenza porque estaba empezando a tenerse fe.

No tenía que ser tan drástico. Esta vez podía ser distinto. Y se sentía perfecto, a pesar de la pedaleada. No le dolía ni un músculo. Dio vuelta la última esquina como si fuera la última curva en el velódromo. Cruzó el portón a los tumbos, porque las lluvias habían poceado mucho la entrada de tierra. Los vio a lo lejos y el corazón le saltó de alegría. Mientras se acercaba los fue reconociendo. Ellos por fin se distrajeron y se volvieron a mirarlo.

El primero en acercarse, haciéndose visera con la mano, fue Carlitos. Cerantes sintió que ya no importaba nada. El otro se plantó a unos diez metros y le gritó por toda bienvenida:

–¿Se puede saber dónde carajo te habías metido, pedazo de boludo? ¡Hace un año que no venís!

Cerantes demoró la respuesta. Sonrió.

–¿Me extrañaste, pelotudo?

–¡En serio, nabo! ¡Estabas desaparecido en acción!

Por toda respuesta, Cerantes giró flexionando levemente las piernas, en puntas de pie. Señaló los dos costurones atroces que lo atravesaban desde las pantorrillas hasta los talones. Los otros callaron y contemplaron absortos las cicatrices. Después habló como en una clase de biología, mientras la profesora le abre la panza al sapo.

–Tendón de Aquiles; la segunda vez el izquierdo. Y ya me había roto dos veces el derecho.

–¿Y si se te corta de nuevo? ¿No te vas a hacer mierda, Cachito?

Tardó en contestar, porque se dio cuenta de que acababa de recuperar uno de sus nombres. Ahí era Cachito, como San José era San José y la Chancha era la Chancha. Había tipos de los cuales ignoraba hasta el apellido, aunque los conociera desde diez años a la fecha. Ahí no se hablaba de laburo ni de guita ni de nada que no fuera aquello que los unía. Sospechó que el cielo debía parecerse a eso, pero desechó rápido la idea porque tuvo miedo de emocionarse y empezar a moquear delante de los veinte forajidos. Por fin contestó medio a los gritos, para destrabarse el nudo de la garganta.

–No pasa nada... –dudó, y por fin agregó–: Estoy curado.

–A ver, ustedes dos, par de pelotudos. ¿Van a jugar o vinieron a charlar boludeces? –desde el mediocampo se oían voces impacientes.

–Pará, animal –Carlitos hablaba con tono

criterioso–, ¿no ves que Cachito vuelve de una lesión, tarado?

Varios de los otros se acercaron a saludar y a contemplar morbosamente las heridas. Cerantes repitió la explicación, con un tibio y secreto orgullo.

Por fin se dignó acercarse la Chancha, que trataba infructuosamente de que la camiseta bajara más allá de su ombligo. Seguía usando la camiseta de Holanda por afuera del pantalón. Con esa busarda parecía una carpa de las que se usan en la Antártida para que se vean en la nieve.

–¿Qué decís, Cachito? Pensamos que te habías muerto.

Cerantes lo contempló dulcemente.

–¿Cuánto estás pesando, Chancha? Aflojá con la verdurita que en cualquier momento te desintegrás en el aire.

La Chancha lo ignoró, magnánimo. Se volvió hacia los otros.

–Muchachos, si no es molestia... ¿podrían ir hacia el medio, que estamos eligiendo? O si prefieren quédense acá, y me aguantan un momento que traigo la máquina de picar boludos. La tengo en el baúl, no tardo nada.

–Cortala, Chancha, ya vamos –le dijo Carlitos.

–Vayan, vayan, que yo me voy a vender como la Momia –Cerantes los echó porque quería poner manos a la obra.

Se inclinó sobre el bolso. Sacó el paquete y lo abrió. Extrajo el linimento y se frotó las rodillas y los muslos. Enrolló paciente las vendas y con gestos de experto se las puso. Se subió las medias largas y se las ajustó con dos gomitas, debajo de las rodillas. Sacó los botines y notó, sorprendido, que estaban lustrados con esmero. Uno de los que elegían los equipos le gritó desde lejos:

—¡Che, Cacho! ¿Te elijo o estás hecho mierda? ¡La Chancha dice que no podés parar a nadie!

Cerantes bajó los ojos y sonrió.

—Elegime, pescado. Elegime y va a ver.

Se ajustó los botines apresurado, porque estaban esperándolo.

—Me paro atrás, hasta que agarre un poco de ritmo —dijo al entrar.

Se ubicó de seis. Se prometió arrancar de a poquito. Nada de pierna fuerte ni de saltar en los centros. Eso lo tenía claro. Después de todo era un tipo grande, que sabía cuándo decir basta. ¿Era? Decidió que sí, que era. Se acordó de las advertencias del médico, pero las hizo a un lado sacudiendo la cabeza. Mucho más tardó en quitarse de la mente a su mujer. ¿Qué iba a decirle a la vuelta? No tenía perdón, y lo sabía. Le iba a decir la verdad, que fue a jugar pero livianito, levantando apenas las patas del pasto. Que no fue a saltar en ninguna. Que sacó la pierna en todas las pelotas divididas. O no. Capaz que no le decía nada y se quedaba callado hasta que a ella se le pasase la calentura, que por lo que sospechaba Cerantes iba a demorar dos o tres milenios.

Tal vez si le dijera la verdad, la verdad en serio. Pero no podía, porque ni él sabía qué era lo que lo llevaba una vez y otra vez a estar ahí, con la panza en ciernes pero ahí, escupiendo los pulmones pero ahí,

89

Eduardo A. Sacheri

con las patas en ruinas y cruzadas de cicatrices pero ahí. Seguro que lo que decía el médico tenía sentido. Seguro que había otros modos de pasar los sábados a la tarde. Por supuesto que tenía que establecer un orden de prioridades y respetarlo. Sin duda que había mil maneras de tener una vida feliz. Pero Cerantes no conocía ninguna que no incluyera esto. Esto de cortar un par de pelotas bien parado de último. Esto de sentir las voces cálidas de los suyos. Esto de ir tomando confianza y salir con pelota al pie. Esto de trepar por el mediocampo sintiéndose mejor en cada pique. Esto de decirle al ocho que te aguante atrás porque vas a ir a buscar el córner. Esto de esperar un poquito afuera para poder tomar impulso cuando venga el centro. Esto de saltar con todas las fuerzas y la cara crispada por el esfuerzo allá, bien allá, bien arriba, en el fresco, y esperar al balón como a una novia.

LUNES

El chico se despierta tanteando, como siempre, la sábana bajo su cuerpo. De nuevo está mojada, como casi todas las noches de los últimos meses. Ahora vendrá su mamá y él le esquivará la mirada. Intentará ponerse rápido de pie, buscar un calzoncillo nuevo, no ver esos gestos que lo llenan de vergüenza: su mamá tironeando de la sábana para destrabarla de la cama, el colchón volteado de costado y esa aureola oscura que lo acusará por el resto del día, cada vez que pase por la pieza. Ella nunca le dice nada. No le reprocha que tenga diez años y moje la cama. Su papá y su hermana tampoco. Alguna vez su hermano grande se ha burlado, pero el chico le ha saltado al cuello con las uñas como puñales y un grito salvaje en la garganta, y el otro no ha insistido. Así que nadie dice nada, pero el chico sabe que todos saben y eso le pesa en las entrañas.

Pero algo raro pasa. Hoy las cosas no son como siempre. El chico escucha voces que recorren la casa.

Eduardo A. Sacheri

Aún está oscuro. Muy oscuro, porque es pleno invierno. Además es lunes. Y si es lunes la casa tiene que estar casi en silencio a esa hora. Su hermano tiene que estar dormido en la cama de arriba. Y su hermana tiene que estar vistiéndose para ir a la escuela. El chico se asusta, porque teme algo malo. Enciende la luz sobre la cama. Tiene un velador enganchado en la cabecera. De noche lo usa para leer hasta que le viene el sueño. El sueño siempre tarda en venir, y leer le gusta mucho. Lee los libros de sus hermanos. Los de la colección Robin Hood y los de Iridium. Son como treinta, y algunos los ha leído muchas veces. Anoche estuvo leyendo, pero ahora está mareado de miedo y no se acuerda qué libro. Cuando enciende el velador acerca la muñeca izquierda, porque duerme con el reloj puesto. Su hermano le ha dicho que es malo dormir con el reloj puesto. Le ha dicho que se le va a cortar la circulación de la sangre y se le va a hinchar la mano y el doctor se la va a amputar. Pero él no le hace caso porque sabe que su hermano disfruta cuando el chico se asusta. Y ahora que tiene diez años, aunque se asuste no se lo demuestra. Es el reloj que le regalaron para la primera comunión. Tiene malla de cuero, fondo blanco, números plateados. Lástima que no tiene segundero; porque al chico le encantan los relojes con segundero porque sirven para tomar el tiempo de muchas cosas. Su amigo Andrés tiene uno y se puede jugar a ver cuánto tiempo se puede aguantar sin respirar. Encima es digital, todo con números, y está buenísimo. Su hermana sabe que él le tiene un poco de envidia a Andrés por el reloj digital. Pero ella dice que los relojes con agujas son más elegantes. Es lindo verlo de ese modo. Su hermana siempre dice cosas que a uno lo tranquilizan, por eso el chico la quiere tanto. Bueno, casi siempre dice cosas lindas, porque el otro día le dijo algo horrible y el chico se enojó mucho, pero prefiere no pensar en eso. Se lo dijo en la iglesia. Lo fue a buscar a la escuela y le dijo que fueran a la parroquia. Él se puso contento de que ella fuera a buscarlo, pero cuando le dijo de ir a la iglesia él sospechó que era para decirle algo feo. Y era nomás para eso. Él la escuchó y protestó un poco. Dijo que era mentira. Pero su hermana también es grande y los más grandes saben más cosas. Por eso el chico se calló y la dejó que hablara. Puso cara seria y clavó los ojos en el piso. El chico sabe que cuando uno no quiere que lo joroben lo mejor es eso: poner cara de malo y mirar el piso. Le dio un poco de lástima porque su hermana se puso a llorar, y a él le da pena y se siente malo cuando ella llora. Pero lo que dijo en la parroquia es demasiado horrible y no puede ser verdad, y si su hermana miente que se jorobe, y que llore, a él no le importa.

Pero ahora que mira el reloj a la luz de la lamparita sujeta a la cabecera de su cama el chico vuelve a tener miedo porque son las siete y diez. Los días de semana su mamá lo despierta siempre a las siete. Y hoy es lunes y hay escuela, y entonces tendría que haber venido a las siete, pero no vino. Y su mamá nunca jamás lo despierta tarde, porque a él le cuesta levantarse. Se sienta en la cama y tarda mucho en abrir los ojos. Eso si no mojó la cama, porque si la mojó le da mucha vergüenza y se levanta enseguida. Pero eso su mamá no lo sabe hasta que toca la cama, así que sí o sí viene a las siete para que no llegue tarde. Pero son las siete y diez y su mamá no vino. Y están las voces. En la casa hay mucha gente. No están los cinco que tendrían que estar. Se sienten pasos que van y vienen por el pasillo. El chico vuelve a apagar la luz y se pone de pie. Hace frío. Y como está mojado, hace más frío. Se acerca a la puerta cerrada de su pieza. Pero una voz lo detiene en seco. Es su tío que habla por teléfono. No hay duda. Es su tío porque nadie tiene una voz tan de malo como su tío. No sólo la voz, cuidado. Tiene los ojos claros que te miran fijo. Y levanta siempre las cejas cuando te mira, y siempre parece a punto de retarte. Y nunca juega. A nada juega. Dicen que tiene un tren eléctrico bárbaro, gigantesco. Y unos autitos de colección geniales. Pero el chico no los vio nunca. Ese tío no juega nunca a nada, y da miedo, y parece que le gusta que los chicos le tengan miedo. Se nota que habla por teléfono porque lo hace fuerte y nadie le contesta. Y con toda la gente que hay en la casa alguno podría contestarle. Por el pasillo, la voz y las palabras llegan clarito, clarito.

Dice que no va a ir a trabajar. Que no, que no puede, porque falleció su cuñado. El chico tiembla. Conoce esa palabra, fallecer. Es la que usan los grandes para hablar de los muertos. Los chicos dicen morir, murió, muerto. Los grandes usan eso de falleció, que significa morirse. De pie en la oscuridad de su pieza, el chico tiembla de frío y de miedo. Intenta pensar rápido. ¿Qué es un cuñado? Es un familiar, eso seguro. Pero es de los difíciles. Hermano, hijo, padre, primo, tío, sobrino, nieto, abuelo. Esos el chico los sabe. Pero hay algunos que no los entiende. Suegra, cuñado, no está seguro. Y hay otros más complicados todavía: nuera y yerno, que no tiene la menor idea pero alguna vez los ha escuchado.

El chico quiere pensar rápido, porque el horror le empieza a subir por las tripas. ¿Qué cuernos es un cuñado? Se sienta en su cama. Razona por descarte. No habla de su mamá, ni de su hermana, porque ahí sería "cuñada", no "cuñado". Su hermano tampoco, porque si el chico es sobrino de ese tío, su hermano también, porque siempre se repite. Y si es sobrino, no es cuñado. Y cuando al chico no le quedan más para descartar pega un grito, o un aullido, porque entonces era cierto lo que le había dicho su hermana, eso de que los doctores dijeron que se iba a morir, y por eso el enfermero todos esos días a todas horas metido en su casa y los frascos de suero y el olor a remedio todo el día, y por eso había dejado de levantarse de la cama y el Mundial apenas lo había mirado un poco, y eso que era fanático. Era cierto, y aunque el chico quiera seguir sin creerlo tiene que creerlo porque por algo su mamá no vino a las siete en punto y su hermano está levantado y su hermana también y hay un montón de gente por toda la casa y su tío dice que falleció el cuñado.

Y el chico hunde la cara en la almohada y llora a los gritos pero pega la cara a la almohada porque no quiere que lo escuchen porque no quiere que nadie le diga nada, porque tiene que ser mentira, porque él una vez preguntó cuando era más chico y le dijeron que los papás se mueren de viejos cuando uno es grande y él no es grande, aunque sea más grande que cuando tenía cinco o seis todavía es chico porque está en quinto grado y eso es ser chico, entonces no puede ser o le mintieron o Dios es un maldito, pero no puede ser porque él tomó la primera comunión el año pasado y fue bueno y fue a confesarse cuando se mandó alguna macana y no puede ser que Dios lo castigue así porque a ninguno de los chicos de la escuela le pasó eso, o su tío de enfrente es más malo todavía de lo que él pensaba y lo dice a propósito para lastimarlo, pero entonces no se entiende qué hace su tío en su casa a las siete y diez de la mañana y por qué no vino su mamá a despertarlo.

O la almohada no ha tapado sus gritos u otra cosa ha fallado, pero su mamá y su hermana entran en la pieza y se agachan sobre su cama y lo abrazan y le empiezan a decir cosas para consolarlo, pero él llora cada vez más fuerte porque si lo están consolando significa que es cierto, que aunque sea imposible aquello es cierto. Y en medio de ese barullo él se acuerda de cuando fueron a comprar la santa rita que está plantada en el patio y tiene flores medio violetas, y nunca sabrá por qué se acuerda de eso, pero por detrás de las palabras de las mujeres se concentra en esa imagen de cuando fueron en el jeep de Santiago y pararon en un vivero grande sobre una avenida y era casi de nochecita, y su mamá dice algo de que dejó de sufrir pero él aprieta los ojos para volver a ver el momento ese cuando bajaron de la caja del jeep y entraron al vivero y estaban todas las plantas en fila, y ellas dicen pensá que ahora ya no le duele nada y nos mira desde el cielo y el chico deja ahí sus lágrimas y su cuerpo estremecido de frío para que lo dejen tranquilo, para seguir pensando en que era casi de noche cuando se subieron al jeep de nuevo y el chico vino hasta su casa agarrando la lata y era una planta finita atada a una caña y parecía poquita cosa, y su

Lo raro empezó después

papá le decía que no se preocupara que iba a crecer y a tirar unas flores de novela, y el chico le creía porque siempre le creía porque siempre le decía la verdad y no se equivocaba nunca, pero entontes no se entendía lo de ahora, que estuvieran dale que dale consolándolo cuando precisamente él le había dicho que los papás se morían de viejos cuando ya tenían muchos años. Se despierta después de un sueño pesado. Está seco. Es de día. Por un momento cree que ha soñado y que ha tenido una pesadilla, como ésa de un lobo gigantesco de dientes horribles vestido de traje y parado junto a su cama que soñó por culpa de un cuento que leyó una vez. Pero se equivoca porque está en la cama de su hermana, en la pieza de su hermana. Y si está ahí es porque todo es cierto, y más si es tan de día porque hoy es lunes y hay escuela y la mamá no lo deja faltar si no está enfermo y él enfermo no está, y si no fue al colegio es porque lo que le dijeron temprano tiene que ser así nomás aunque no pueda ser cierto.

Le viene a hablar el enfermero. A él no le gusta el enfermero porque en los últimos meses ha estado de acá para allá por toda la casa como si fuera uno de la casa pero no es, como si fuera uno de la familia pero no es, y hace y deshace y viene y va como Pancho por su casa, como dice la abuelita. Y menos le gusta que venga a hablarle y se siente en el borde de la cama y le diga que sería bueno que vaya a verlo ahora porque después va a ser peor. El chico no quiere. No quiere saber nada. Primero porque no quiere y segundo porque a ese tipo no quiere creerle nada; si desde que llegó a la casa todo ha estado peor cada día, así que de qué puede saber ese fulano. El chico nunca dice malas palabras pero cada vez que lo ve tiene ganas de decirle tarado y boludo. Pero el tipo insiste en que mejor que vaya ahora, que él lo acompaña, que después en el velorio va a ser peor. El chico duda porque nunca ha estado en un velorio y cuando ha preguntado le han contestado medio confuso, y se pone a pensar si será tan terrible, y capaz que el tipo se lo dice por su bien. Y justo el enfermero le dice eso, que es por su bien, porque el último recuerdo que se va a llevar es verlo en un cajón todo con flores, y esa imagen lo horroriza de tal manera que acepta, porque el chico piensa que no quiere verlo en un cajón con flores y que seguro que no hay nada peor que eso, así que mejor acompañar al enfermero hasta la otra habitación. Y antes de llegar vuelve a dudar, porque el chico siente que le espera una mano brava porque si no por qué este tipo le vino a hablar a la pieza de su hermana, y aparecen su madre y su hermano que le dicen lo mismo, que vaya ahora, y dale que dale con que lo del velorio va a ser peor, y al final se convence y entra en la pieza detrás del enfermero y de su hermano. Y de movida se sobresalta porque está todo oscuro, pero oscuro oscuro, ni un velador prendido ni nada, apenas un poco de luz que se cuela por el postigo porque ya es bien de día, y el chico mira la cama y lo ve tapado todo entero hasta la cabeza como en las películas de fantasmas y quiere gritar que se quiere ir pero no puede porque en el velorio va a ser peor, dijeron, en el cajón con las flores va a ser peor, seguro, dijeron, y entonces se acerca y encienden un velador y lo destapan y está todo blanco y con los ojos cerrados y le han puesto una tela adhesiva en la nariz, y el chico no sabe para qué cuernos se la pusieron y nunca en la vida va a preguntarlo pero siempre se va a acordar de esa imagen de su papá acostado con la tira de tela adhesiva cerrándole la nariz, y le dicen que se acerque y le dicen que lo bese y el chico obedece pero no quiere porque intuye que cuando lo roce con los labios va a ser cualquier cosa menos un beso, y tiene razón porque cuando lo roza en la frente con los labios siente frío, tanto frío como cuando se despertó en la cama mojada pero peor porque está la piel, encima la piel, que no se siente como la piel, y llora porque se quiere ir pero el tarado del enfermero supone que llora por la tristeza porque no sabe que el chico no llora de tristeza delante de cualquier estúpido como él, sino que llora del horror y de la impresión y porque se quiere ir, pero el infeliz le pone la mano en el hombro y le dice pobrecito hasta que por fin, como si hubiera cumplido vaya a saber qué penitencia, se va corriendo de a poquito hacia la puerta, y lo dejan, se aleja de la cama, y no lo retienen ahí, pero antes de irse ve que apagan la luz y vuelven con lo de la cintita en la nariz y la sábana hasta arriba de la cabeza, y el chico se espanta porque no quiere que lo dejen así, quiere que abran la ventana y que entre el sol y le destapen la cara y lo dejen tranquilo, porque si es tan cierto que ahora está mejor y que ya no le duele y no sufre por qué cuernos no lo dejan en paz y lo tapan todo y lo dejan a oscuras y lo dejan así solo y oscuro que es lo peor que pudieron haberle hecho, y mientras el chico sale al pasillo y a la luz y respira piensa que el velorio debe ser la porquería más grande del mundo porque si no no entiende que pueda existir algo peor que lo que acaban de obligarlo a hacer.

Lo mandan a su pieza un rato y se queda con su madre y sus hermanos, y su hermana dibuja cartelitos en el vidrio empañado de la ventana porque hace mucho frío, que dicen papá te quiero, y el chico piensa que las mujeres son raras porque él no quiere decir nada de nada a nadie y mucho menos ponerse a escribir carteles en los vidrios pero la hermana se ve que como es mujer sigue dale que dale, llora y escribe, llora y escribe, hasta que ocupa los dos vidrios de las dos ventanas, y al rato alguien abre la puerta y dice que ya se lo llevaron, y el chico pregunta adónde y le dicen que al velorio.

Al rato los vienen a buscar y los llevan también a ellos. El chico entra y el lugar es como una casa medio rara con una sala grande y de ahí se pasa a otra habitación grande y ahí está el cajón, nomás, y él se acerca y lo ve y casi se tranquiliza porque todo el viaje ha estado pensando que esto iba a ser peor que verlo en la pieza pero resulta que no, porque es todo tan raro con esas velas y ese cajón y esa especie de camisón con tules que le pusieron y las manos cruzadas y pálidas que no parece él, entonces el chico se impresiona menos, es una especie de cosa rara que se parece de lejos a su papá pero casi nada, una cosa rara más en un lugar lleno de cosas raras. Lástima que no falta el piola que le dice que le dé un beso, porque a la tarde es el entierro y no lo va a ver más, y a él le dan ganas de putear a los que dicen eso pero no lo hace porque es un chico muy educado, dice siempre su mamá, así que obedece y estampa un beso en esa frente fría y de nuevo la sensación de cera blanda que no tiene nada que ver con su verdadera piel y se acuerda de algo que dijo la hermana cuando estaban todavía en la casa, algo de que el cuerpo es como una casita que usamos para vivir en la Tierra pero que cuando nos vamos al cielo ya no lo necesitamos, y aunque el chico no lo sabe todavía es lo único decente que va a escuchar en el día, y se lo va a acordar siempre, empezando por cada vez que viene un idiota a alzarlo para que vuelva a darle un beso en la frente, y parece que un velorio es para eso, para que venga un montón de gente de todos lados y de familiares que hace una pila de tiempo que no se ven para alzarlo a él hasta el borde del cajón para que le dé un beso, y lloran un poco y él se aguanta aunque quiere irse porque alguno le dijo que aproveche a mirarlo ahora porque no lo va a ver más, y se parece al asunto ese de mirarlo en casa porque el velorio iba a ser peor, y el chico lo mira aunque vea algo extraño, que cada vez se parece menos a su papá cuando compraron la santa rita, por ejemplo, pero les hace caso y le clava la mirada, hasta que por suerte viene su tío y le dice algo de ir a tomar un té a lo de un vecino que es amigo suyo y el chico con tal de rajar de ese sitio acepta, con tal de irse y que no le digan más lo de los besos y lo de mirarlo, se va con ese tío al que teme y al que odia porque siempre te mira como retándote, y caminan unas cuadras y entran a una casa donde un hombre los saluda y se lo queda mirando, y el chico no entiende muy bien lo que significa esa cara porque es la primera vez que repara en ella, es la primera vez que lo miran como si fuera raro, como si fuera distinto, como diciendo pobrecito, y el chico aunque todavía no lo sabe va a aprender a odiar esa mirada porque quiénes son todos esos para tratarlo de pobrecito, tan chiquito perder al padre, y por qué se meten en lo que no les importa, pero se toma el té caliente que le sirven aunque odia el té, le da asco el té, le da ganas de vomitar el té, pero ese día el chico está dispuesto a hacer cualquier cosa con tal de que le hablen lo menos posible, y se toma el té mirando un patio con muchas plantas pero que no tiene santa rita.

De vuelta en el velorio sigue viendo gente conocida y gente desconocida, y cuando están cerca del cajón ponen cara seria y algunos lloran y todos hacen silencio y cuando están en la vereda fuman y a veces hacen chistes y el chico quiere que se vayan, aunque sabe que no se puede porque todavía falta, le dijeron, falta como hasta las cinco de la tarde, y al fin unos tipos de azul cierran la tapa del cajón y el chico ve que algunos lo miran como esperando a ver qué cara pone y él no pone cara de nada aunque se siente un poco culpable porque la cara que querría poner es cara de alivio, cara de por fin taparon eso que esta gente dice que es su papá pero él ya sabe que no por ese asunto de los besos, pero no pone esa cara porque aunque no entiende gran cosa sabe que nadie espera que ponga cara de alivio.

Lo suben a un auto azul enorme junto con su mamá y sus hermanos y el chico piensa qué auto gigantesco. Y mira para adelante y en un auto de muertos, como dicen los chicos del barrio, llevan el cajón que se ve por el vidrio y van muy despacito por un camino que el chico no conoce, y el chico piensa que es la primera vez que van todos en un remise y su papá va en otro auto, y la idea lo desespera porque acaba de pensar que entonces eso que va en el cajón sí es su papá y entonces va solo y a oscuras, pero vuelve a acordarse del frío de esos besos que le dijeron que le diera y se tranquiliza porque piensa que su papá está nomás en el cielo como dicen los curas de la escuela o vaya a saber dónde, pero en ese cajón seguro que no. Entran al cementerio, que tiene un paredón blanco y enorme adelante, y el chico se da cuenta de que va a entrar por primera vez a un cementerio porque no conoce ninguno, y piensa que ahora sí verá lo peor de todo porque el velorio no fue tan malo, salvo por los besos, pero igual no fue tan malo como lo de la pieza con la sábana hasta la cabeza y todo oscuro, y entonces el chico piensa que lo peor de lo peor debe ser el cementerio pero cuando mira ve que no tanto, porque es un campo grande grande, hasta donde se pierde la vista no hay nada, apenas una filita de cruces delante de todo, y alguien comenta que es un cementerio nuevo y alguien dice que la Municipalidad se hace cargo de todo porque su papá tenía un puesto ahí muy importante y el chico se siente un poco orgulloso de que digan eso, y cuando bajan el cajón a la fosa tiran como unos cañonazos, o unos balazos, y eso le gusta porque suena como que lo respetan, pero no le gusta nada el ruido que empieza a hacer la tierra cuando empiezan a tapar el cajón, y le vuelve el temor de que en serio su papá esté ahí adentro porque entonces qué va a sentir, y no está seguro del todo pero llora, el chico se larga a llorar como un loco, y la mamá lo abraza y él llora y no puede parar, y le dicen bueno bueno, pero cada vez llora más fuerte, hasta que al final su mamá le dice que tienen que ser fuertes y parar de llorar, y entonces para, sigue un poco pero para, y piensa que mejor no va a llorar más porque si no seguro lo empiezan a mirar con esa cara de pobrecito y es lo último que quiere en el mundo.

A la vuelta todavía queda gente en su casa. Otro tío lo lleva al kiosco. La vieja que lo atiende pone esa cara maldita, y el chico para no verla clava la vista en las golosinas. Elige un chocolate El Gráfico que viene con sabor dulce de leche y tiene una foto antigua. Vuelve comiéndolo por el camino. Cuando se cambia de ropa se queda mirando el suelo. Está sentado en el borde de la cama, igual que a la mañana temprano cuando empezó esa pesadilla. Pasa su hermano y le acaricia el pelo y le dice que cuente con él, que no está solo. El chico piensa lo mal que pinta la cosa para que su hermano, que nunca le dice nada, se anime a decirle eso.

Alguien ha hecho sopa para la cena. El chico se sienta en la silla de su padre. Lo dejan en paz. Le gusta la sopa de cabellos de ángel. Todos comen callados. Cuando termina, el chico decide hacer lo que tiene ganas. Levanta el plato con las dos manos y chupa a los lengüetazos los restos de queso rallado del fondo. Su hermano lo reta. Su madre dice algo de que hoy lo deje, que lo tiene permitido. El chico entiende que la vida ha cambiado. Si su madre lo ha dejado chupar el plato de sopa es porque el futuro viene complicado. El chico se acuesta. Recibe los besos de su madre y su hermana. Le dicen que mañana no va a ir a la escuela. Y que si quiere faltar hasta el otro lunes puede hacerlo. Tarda en dormirse. No reza. Al final Dios debe ser un mentiroso. Encima tomó sopa, y como estaba salada tomó agua, y capaz que de nuevo moja la cama.

EL APOCALIPSIS SEGÚN EL CHATO

A primera vista pudo parecer que el quilombo se armó porque a nosotros no nos gusta que nos den la vuelta olímpica en la jeta. Cosa que es cierta, ojo. ¿Hay alguien a quien le guste semejante cosa? Pero apenas escarbás un poco te das cuenta de que la cosa venía de más lejos. Porque mirándolo un poco más a fondo era también un asunto de polleras. O tal vez en cierto modo la clave del balurdo estaba en lo de la chata ladrillera. O más bien era todo junto, bien revuelto: la cosa venía cargada con lo de la chata, se complicó feo con lo de la Yamila y se terminó de pudrir con lo de la vuelta olímpica.

Arranquemos por el principio: el Chato y el Alelí son primos hermanos, pero desde que eran pibes se quieren sacar los ojos. Se han pasado la vida buscándose camorra. Si hasta parece que cada cosa que piensan, que hacen y que dicen, la piensan, la hacen y la dicen para joderle la vida al otro. Los dos son los mayores de cinco hermanos. Los dos nacieron en agosto del '61. Y los dos se odian. Bastó que uno se hiciera de Estudiantes para que el otro se hiciese de Gimnasia, y eso que La Plata nos queda en el culismundis. A uno le gustaba de chico jugar al Zorro y el otro no paraba de decir que ése era un enmascarado trolo y que no había nadie mejor que Batman. Uno se hizo hincha de Ford y el otro, naturalmente, fanático de Chevrolet. Uno se las daba de la Momia y el otro se hacía pasar por el Caballero Rojo. Físicamente son parecidísimos: dos negrazos gigantescos, grandes como roperos, de esos que si te los cruzás de noche por una calle oscura te conformás con que lo que te vayan a hacer dure lo menos posible. Al Chato le dicen Chato porque antes de pegar el estirón, hasta los doce, era un enano. Alelí y sus amigos dicen que no, que le dicen Chato porque tiene la nariz aplastada como los boxeadores, y que eso es producto de una piña que le puso el Alelí cuando eran pibes. Pero no es cierto. Al Alelí le dicen así porque se llama Alberto Elías, y bastó que una vez el Chato le dijera que tenía iniciales de florcita para que el otro se pusiera violeta de la rabia y lógicamente le quedara el apodo para toda la vida.

Ya dije que se han pasado la existencia odiándose con una entrega sin fisuras. Y no se han fajado más porque siempre vivieron relativamente lejos uno del otro. Alelí es de La Merced, y nosotros con el Chato somos de La Blanquita, y para el que no conoce la zona hay que aclarar que entre los dos barrios hay como treinta cuadras y son de tierra. Las calles siempre fueron una ruina, de modo que cuando caen dos gotas te queda un enchastre de pantano que reíte de los de la Florida, porque lo único que les falta son los cocodrilos. Así que se veían para los cumpleaños de los viejos, para Pascua, para Fin de Año, para las comuniones, y se daban que era un contento.

Lindo se puso cuando entramos al secundario. El único colegio que había en diez kilómetros a la redonda estaba sobre la ruta, de modo que ahí sí tuvieron que encontrarse. Duraron dos años y protagonizaron batallas memorables. En primer año tenían la delicadeza de fajarse en el campito de las vías, pero en segundo perdieron totalmente la compostura y se daban en el aula, en los recreos, en la formación, en el baño o donde los sorprendiese la furia. El Chato finalizó su carrera académica el día en que hizo aterrizar una silla a los pies del director, previo paso por el ventanal del aula que daba al patio. El Chato aclaró después que se trató de un error comprensible porque una silla es difícil de dirigir, y él tenía que optar entre apostar al impulso de cruzar el aula de punta a punta con el sillazo o asegurar el impacto en la frente del Alelí, y en esa disyuntiva entre propulsión y exactitud optó por lo primero y el resultado fue expulsión directa. El Alelí no duró mucho más. Fue como si desaparecido su enemigo no hubiera tenido sentido seguir torturándose en la batalla del conocimiento. Al mes siguiente, y con la excusa de unos petardos en el baño de mujeres, el director se dio el gusto de firmar la expulsión del segundo de los primos. Para los que quedamos, el colegio perdió casi toda su pimienta. Bueno, "para los que quedamos" es casi una manera de decir, porque para mis amigos del barrio La Blanquita la secundaria era un tormento que no estaban dispuestos a tolerar. De La Merced se recibió únicamente Rubén Acevedo, y de nuestro terruño fui el único sobreviviente. Parece mentira cómo la tenacidad y la inercia tienen premio. Fue cuestión de ponerse en la cola y aguantar, de ahí hasta terminar la facultad.

Tuve suerte, porque conseguí un buen trabajo y este vocabulario universitario tan distinguido, atributos ambos envidiables en mi barrio. Pero ahí está: cuando digo "mi barrio" me refiero a ése, a La Blanquita, y no al hermoso, cuadriculado, pavimentado y arbolado suburbio de clase media en el que vivo ahora. Será por eso que todos los fines de semana, llueva o truene, haga frío o calor, esté sano o enfermo, me escapo a jugar al fútbol allá. Caiga quien caiga, armo el bolsito y me tomo el bondi bien temprano. Mi mujer me sonríe tiernamente al despedirnos, porque supone que dejo el auto en casa para que mis amigos no se sientan mal por mi progreso. Yo la dejo pensar que soy un dulce, pero la verdad es que no lo llevo porque en La Blanquita cualquier auto de modelo 1970 para acá puede demorar entre 20 y 23 minutos en convertirse en 2.476 repuestos.

Pero bueno, no sé por qué estoy hablando tanto de mí, cuando el asunto es contar lo que pasó con el Alelí y el Chato. Por si no ha quedado claro, yo soy amigo del Chato desde primer grado y amigo de los amigos del Chato. Eso me convierte en enemigo del Alelí y en enemigo de los amigos del Alelí. Ojo que ellos deben ser buena gente, como los míos, pero en lo que llevamos de vida nuestros encuentros han sido demasiado tumultuosos como para detenerme a averiguarlo. La única excepción somos el Rubén Acevedo y yo, porque la soledad del secundario nos unió en el infortunio cuando ninguno de los otros vagos sobrevivió a tercer año. Pero nuestra amistad es un secreto mejor guardado que los de la Guerra Fría, porque si se llegan a enterar el Chato y el Alelí nos excomulgan y nos echan de la tierra prometida.

Ahora que crecimos las batallas son menos frecuentes y más civilizadas. No incluyen ni sillas ni gomeras. Apenas uno que otro trompazo, pero nada grave. Gracias a Dios nos queda el fútbol. Hace una pila de años que jugamos un campeonato en las canchas del Sindicato Postal, sobre la ruta. Se supone que es por el honor y una copita de morondanga, pero todos saben que es por guita. Se hace una vaquita con la inscripción, pero la mayor parte no es ni para alquilar las canchas ni para pagar los jueces: es para el equipo que gana. Como juegan arriba de veinte equipos se juntan unos lindos mangos. El campeonato es largo como esperanza de pobre, pero nadie se queja porque cuantos más equipos son, más plata se junta para el premio. Lógicamente, hace como veinte años, cuando el Chato se enteró de que el Alelí y sus secuaces se habían inscripto, nos conminó a abandonar nuestros destinos, nuestras familias, nuestras carreras, nuestros sueños y nuestras ilusiones para seguirlo, y aclaró que si desoíamos semejante convocatoria nos iba a cagar a patadas.

No hizo falta porque nos pareció magnífico. Eso sí: hay gente a la que le cuesta entender que uno tenga compromisos deportivos impostergables los fines de semana, como pude comprobar cuando me puse de novio. Igual, con un poco de buena voluntad, se liman esas desavenencias. En mi caso, por ejemplo, logré que mi flamante esposa aceptase salir de luna de miel un lunes en lugar de un domingo, porque justo nos habían puesto el partido el domingo a mediodía. Igual lo nuestro en la cancha fue anecdótico: después del casorio y con lo que chuparon esos animales en la fiesta, dimos pena y nos llenaron la canasta. Gracias a Dios mis tres hijitos tuvieron la genial ocurrencia de nacer en días hábiles y así me evitaron más de un dolor de cabeza. Pero la pucha, estoy de nuevo hablando de mí y no hace al asunto.

El famoso campeonato del Sindicato Postal lo ganamos en el '84 y en el '93. Y los del Alelí embocaron los del '90 y el '96. Pero el año pasado quiso la mala leche que esos turros tuvieran una campaña gloriosa y que la nuestra fuese paupérrima, y que el maldito fixture nos mandara a jugar la última fecha contra ellos. Y no había chance para la hazaña. Para que perdieran el campeonato hacía falta que los que venían segundos ganaran por ocho goles el último partido y que nosotros les hiciésemos diez a los del Alelí. Eso era imposible, sobre todo porque cuando nos enfrentamos salen unos partidos de mierda, bien tipo clásico, con sesenta y tres mil patadas y un octavo de idea, así que no había manera de arruinarles la fiesta. El asunto fue tema de vestuario desde agosto, y a medida que pasaban los fines de semana y los guachos seguían ganando, la cara del Chato iba tomando un tono gris lápida.

Para los demás no era tan grave. Como mucho

tendríamos que bancarnos el show de ellos (con festejos y vueltita alrededor de la cancha) sin chistar, pero podríamos tomar una dulce revancha llenándolos de taponazos en cada pelota dividida. Para el Chato, en cambio... Para el Chato iba a ser distinto. Ya hablé del odio viejo que se tienen con el Alelí. Pero ese odio tomó un cariz económico-empresarial cuando el Chato se compró, hace tres años, la "chata ladrillera", que no se llama así en honor a su dueño sino porque es un híbrido estrafalario entre un camión chico y un Rastrojero grande, con la caja plana y la cabina en tal estado de oxidación que parece el Titanic en el fondo de los mares. El Chato adquirió el adefesio para poder dedicarse a su sueño: comprar ladrillos en los hornos que hay detrás del barrio y revenderlos a los corralones. No parece un sueño demasiado atractivo, si perdemos de vista lo fundamental: lo de los ladrillos fue como meterle el dedo ahí donde más molesta al Alelí, que está en ese negocio desde hace como siete años. Para colmo el Chato tuvo un éxito rotundo. Como es más simpático, les da charla, les convida chipá recién horneado por su vieja, reparte una damajuana aquí, otra allá, esas cosas. El Alelí no estuvo a la altura de esa política agresiva de conquista del mercado. Se durmió, y cuando quiso acordarse había perdido un montón de hornos y de corralones. Si no quebró fue porque el viejo le dio una mano para comprar un camión como Dios manda y con eso pudo triplicar la carga que hace el Chato en cada viaje. Aunque tampoco es tan simple, porque con ese tremendo camionazo hay lugares a los que con el barro no puede entrar, y según el Chato lo mata el precio del gasoil porque tiene un motor de la san puta, y en cambio a la chata ladrillera no hay con qué darle porque anda con cualquier cosa, le tirás un fósforo de cera en el carburador y arranca, le tirás el agua del termo y avanza unos metros. Eso dice el Chato, que está orgullosísimo de la porquería de chata que tiene.

Pero la venganza del Alelí vino por el lado sentimental, cuando le sonó la novia al Chato. Resulta que el Chato se había conseguido a la Yamila, que según los cánones estéticos de mi barrio es una diosa. Tal vez caballeros más civilizados la encuentren algo vulgar, o poco estilizada, o excesivamente carnosa, pero en La Blanquita la Yamila es una bomba en todo el sentido de la palabra. El Chato la había conquistado y andaba con los ojos brillantes y casi flotando a unos centímetros del piso. Para mejor el Alelí no había tenido otra idea que meterse de novio con la Pupi, que es la hermana del Lalo, uno de sus amiguitos, y la Pupi es más horrible que chupar un pickle en ayunas, cosa que para saludarla no sabés si darle un beso o moverla con un palito. Hasta ahí, el Chato se sentía el Agente 007 y el Alelí se quería matar de a poco. Pero quiso la mala fortuna que el Chato se agarrase una hepatitis de novela que lo puso por un tiempo más cerca del arpa que de la guitarra, y que lo tuvo tres meses en reposo y alejado de los lugares conocidos. Y ahí el Alelí hizo su jugada. Como la carne es débil, y la Yamila es más bien ligerita de cascos, cuando el Chato regresó del túnel brillante que anticipaba el Más Allá se encontró con la novedad de que la Yamila descansaba en brazos de su peor enemigo.

En síntesis, el año pasado el conflicto Chato-Alelí

estaba al rojo vivo. La Yamila en manos del Alelí, el negocio ladrillero con leve ventaja del Chato. Pero este asunto del campeonato con vuelta olímpica en las narices enemigas podía significar un desequilibrio intolerable para el sacrificado espíritu de mi amigo. Al Chato le ofrecimos que ese día no viniera. Él, grave y sereno como un estadista, nos dijo que no podía haber funeral sin muerto y que podía ser muchas cosas pero cobarde jamás, así que muchas gracias pero imposible.

Y ahora me acerco al foco de los hechos, porque faltando tres fechas los acontecimientos tomaron un giro inesperado. Estábamos tirados en el vestuario, sobre los bancos de listones de madera, sin apoyar los pies en el suelo porque los muy mugrientos que juegan ahí lavan los botines en las duchas y llenan todo de barro, y si no tenés cuidado te podés pegar una patinada de la reputísima madre, sobre todo si venís con tapones de aluminio como le pasó una vez a Walter, pero no viene al caso. El asunto es que ahí estábamos, rumiando el destino, mientras el vapor de las duchas flotaba a un metro del piso enlodado. Habíamos estado sacando cuentas y no había modo de que los malparidos esos perdieran el campeonato. Nos habíamos callado ante lo irreparable de nuestra fatalidad, y de pronto Carucha comentó entre suspiros, como para sí mismo: "La pucha, hay que joderse... Es como el Apocalipsis". Walter levantó la cabeza y lo interrogó con un "¿Lo qué?", que en Walter es la máxima expresión de duda metafísica. Habrá pensado que Carucha se refería a un boliche bailable que se llamaba así y que supimos frecuentar en

113

nuestra tierna adolescencia. Yo pesqué lo que decía porque Carucha siempre dice eso del Apocalipsis, que no sé de dónde lo aprendió, cuando quiere significar que algo es demasiado terrible. Le suena como una palabra irrevocable, aunque no tenga mayores datos al respecto. Así para Carucha la crisis económica es "como el Apocalipsis", y el descenso de Ferro fue "como el Apocalipsis", y esa misma tarde había hecho "un calor de Apocalipsis". Me disponía a explicarle a Walter a qué se refería nuestro metafórico volante central, cuando entre las brumas del vestuario emergió la cara del Chato, que con tono enérgico le hizo repetir a Carucha lo que había dicho. "Como el Apocalipsis, Chato, eso dije", repitió obediente, y al instante el Chato le preguntó si su cuñado seguía siendo pastor evangelista. Carucha, asombrado, dijo que sí, y ahí nomás el Chato le pasó una lapicera y un papel humedecido y le dijo que le anotara ya mismo el teléfono. Después se bañó y rajó sin chistar, sin tiempo ni para una cerveza ni para nada.

Las dos fechas siguientes (las anteriores a la última) el Chato no aportó por el campo de deportes del sindicato. Para contabilizarle al Chato dos ausencias consecutivas al campeonato había que remontarse a la hepatitis, de manera que nos resultó extraño. De todos modos no había a quién preguntarle porque también estaba desaparecido del boliche de Damián, que es donde se encuentran los muchachos entre semana. Y tampoco quisimos pasar por su casa porque la vieja del Chato es más loca que él y si sospecha que le oculta algo le encaja dos cinturonazos antes de preguntarle qué pasa. Preferimos aguardar.

Naturalmente, el día del último partido estuvimos todos. Como ya manifesté, no había más que resignarse, aceptar la ignominia y surtirles un par de buenos patadones para que nos recordaran durante el receso veraniego. Naturalmente, del equipo del Alelí también estaban todos. Todos los pataduras que se la dan de jugadores, y todos los hijos y todos los padres y todas las mujeres y todos los tíos y todos los cuñados y todos los amigos, me cacho, porque ya que se trataba de humillarnos la iban a hacer completa. Por supuesto, también estaba la Yamila, metida a duras penas en una remerita roja y en un vaquero prelavado que partía las piedras y por el que más de uno se la quedaba mirando con la mandíbula chocándole las rodillas. El turro del Alelí la tenía ahí como trofeo. Campeonato, vuelta olímpica y la Yamila. Fiesta completa. No por nada el fulano ponía cara de satisfecho y se había comprado pantaloncitos y medias nuevas para salir en la foto. El Chato llegó puntual pero puso cara de "No questions", así que lo dejamos cambiarse sin preguntas.

Lo que se jugó del partido, que fue un tiempo y moneditas, salió según era previsible. Árbitro nervioso, pierna fuerte, fules continuos, muy conversado, un asco. Era uno de esos cero a cero que podés jugar ocho meses y veinte días y seguís sin hacerte un gol ni por equivocación. Ni ellos iban a cometer el desatino de querer ganarnos y ligar un planchazo a la altura del ombligo, ni nosotros íbamos a hacernos echar por carniceros y comernos una suspensión de siete fechas para el año entrante. Jodía un poco, eso sí, el barullo que metían los familiares de ellos, que hacían cantitos

115

y tocaban cornetas. Por suerte su equipo se llama Escapes Nahuel, que es el nabo que les garpa las camisetas, y con ese nombre de mierda no hay cantito que rime. Así que no podían pasar del dale campeón, dale campeón, y se aburrían pronto.

Iban como diez minutos del segundo tiempo y el juego estaba detenido porque el ocho de Escapes Nahuel había tenido un arranque de originalidad y le había tirado un caño con pisada al Gallego. Y si hay un tipo al que le molesta que le pisen la bola y le tiren un caño es al Gallego, que no tuvo más remedio que intervenirlo quirúrgicamente en el círculo central. Mientras atendían al osado mediocampista levanté la vista y vi, más allá del alambrado y caminando a buen paso por la banquina de la ruta, a un grupito bastante numeroso de personas vestidas con túnicas blancas. Eran algunos hombres, muchas mujeres y un montón de pibes. Cantaban, aplaudían y algunos tocaban panderetas.

Me distraje en seguida porque se reanudó el partido, pero dos minutos después no pude evitar mirarlos de nuevo porque habían llegado a la altura del portón de ingreso, habían girado a la derecha y habían entrado al campo de deportes a paso redoblado. Ahora el sonido de sus cantos tapaba los cornetazos de la hinchada de los rivales, o tal vez la sorpresa de todo el mundo era tan grande que el público había hecho silencio. No había pasado otro minuto cuando, mientras la pelota se jugaba cerca de la línea de fondo nuestra, los monos de las túnicas se lanzaron serenamente a invadir el campo de juego al grito de Aleluya, Aleluya. La pelota la tenía el once de ellos, yo lo estaba marcando, y el árbitro tocó un silbatazo capaz de perforarle el tímpano a cualquiera. Por un segundo dudé, porque acababa de decidir terminar la gambeta de mi rival con un taponazo directo al cuádriceps, pero todavía no había ejecutado el movimiento correspondiente y este tipo me cobraba el foul por adelantado. Nada que ver: lo que hacía el réferi era salir como loco para impedir la invasión de cancha. Los intrusos no le dieron ni bola, seguían cantando con rostros dichosos, abriendo los brazos y diciendo Aleluya, hermano, Aleluya, a los pocos que se les iban acercando para ver qué bicho les había picado.

Era tan extraño todo que los de las túnicas, aprovechando el factor sorpresa, pudieron llegar hasta el círculo central y sus adyacencias, se hincaron de rodillas en ronda, se dieron las manos e iniciaron un rezo ferviente alzados los ojos al Altísimo. En el centro, el pastor dirigía la plegaria. Y el pastor no era otro que el cuñado de Carucha, cuyo teléfono había solicitado tan vehementemente el Chato unas semanas atrás, en el vestuario. Pero no tuve tiempo de apuntar más conclusiones porque el tipo vociferó de pronto, con una voz propia de Moisés en el Sinaí, que ése era el día del regreso del Señor, arrepiéntete, hermano, arrepiéntete, porque el Apocalipsis ha llegado. Agregó algo de unas trompetas y unos jinetes, pero me lo perdí porque una súbita sospecha me hacía buscar al Chato en medio de la muchedumbre, y no conseguía ubicarlo. Enseguida el pastor recuperó toda mi atención cuando anunció que íbamos a escuchar el testimonio del hermano Ceferino, a quien el Señor se le había manifestado en sueños el miércoles por la noche, anunciándole su segundo advenimiento. Y digo que recuperó mi atención no tanto por lo del advenimiento sino por lo de Ceferino, porque ése es, ni más ni menos, el verdadero nombre del Chato, cosa que sabemos cuatro o cinco tipos nada más, porque le dicen el Chato desde que era un pibito, pero eso ya lo expliqué.

Y entonces el turro de mi amigo, como si siguiera una senda luminosa trazada por los poderes celestiales, alzó los brazos y al grito de aleluya empezó a caminar hacia el círculo central, y los peregrinos le abrieron un caminito para que pasara y pudiera pararse al lado del pastor, que le apoyó la mano en el hombro como invitándolo a hablar; la verdad que era cómico verlo al Chato disponiéndose a predicar en pantaloncitos cortos y con la camiseta a rayas verticales, aunque se ve que el pastor advirtió que perdía imagen porque se apuró a zamparle una túnica extra que traía alguno de los caminantes. Una vez ataviado, el Chato, con su metro noventa de estatura y los brazos alzados al cielo, los botines asomando por debajo de la túnica porque le quedaba corta, los ojos bajos y la voz entrecortada, declaró que sí, hermanos, que era cierto, que hacía un tiempo había iniciado un camino de fe y de victoria en las manos del Señor, que lo había alejado de Satanás y sus tentaciones, Amén, y que Dios lo había colmado de bendiciones y triunfos y sanaciones diversas, y que como punto culminante de esa cadena de milagros se le había presentado en sueños el miércoles por la noche, Aleluya, para hacerle saber que en ese sitio exacto, en ese punto preciso de la verde pradera, el Señor iba a apacentar a su rebaño, porque pronto se produciría la segunda venida del Señor, Amén, Amén. En ese punto los de las túnicas se lanzaron de nuevo a las panderetas y a las bendiciones, y el Chato cayó postrado con una expresión tan emocionada que si yo no supiera que es un hijo de mil puta mentiroso era como para enternecerse en serio, y el piola se tapaba la cara como si estuviera llorando deslumbrado por la imagen de Dios todavía grabada en su retina, y entonces el pastor Pedro aprovechó para tomar de nuevo la palabra y anunciar alborozado que ese día, hermanos y hermanas, era un día de gozo y de gloria y de triunfo para la comunidad de la Nueva Iglesia Libre de Jesús Alborozado, siempre colmada de bendiciones, porque iban a comenzar la construcción de un templo para gloria del Señor, en el exacto punto de su próxima venida, Amén, y que Jesús nos colmaría a todos de sanaciones y rompería todas las ataduras y maleficios lanzados por nuestros enemigos, y que era imprescindible poner manos a la obra porque el reino de Dios estaba cerca, y que ese círculo de cal con una raya y un punto en el medio era premonitorio, pues seguramente el Señor utilizaría esa señal para orientarse en el descenso desde las alturas del Paraíso. Y el Chato se incorporó enfervorizado, se arremangó la túnica, y mientras gritaba que había que apurarse para que Jesús tuviera un lugar propicio para el aterrizaje, a trabajar, hermanos y hermanas, a trabajar, Amén, sacó una pala no sé de dónde y empezó a puntear el pasto con alma y vida, casi en el círculo central.

Ahí fue como que se rompió el hechizo, no sé si por casualidad o porque la cara de satisfacción del Chato no era precisamente la de un converso reciente que acaba de recibir la revelación del Altísimo, sino más bien la de un malparido que está haciendo lo humanamente posible dentro del muy terrenal proyecto de cagarle la vuelta olímpica a su enemigo de sangre. El árbitro le preguntó al Chato qué carajo hacía y el otro le informó con enorme dicha que se disponía a iniciar los cimientos del templo. Cuando los de Escapes Nahuel escucharon la respuesta se fueron al humo y la multitud se fue apretando cada vez más sobre el círculo central. El primero que logró atravesar el cordón de túnicas y llegar sobre el Chato intentó sacarle la pala, pero el flamante apóstol le metió un empujón que lo sentó de culo mientras seguía paleando tierra, y el hermano Pedro gritaba haya paz, haya paz, e invitaba a todos a participar de la grande obra del Señor, alabado sea Dios, y el arquero de ellos le gritaba ma qué alabado, pibe, rajá de acá que estamos jugando el partido, y el Chato de vez en cuando interrumpía su sagrada labor para vociferar que lo ayudaran a impedir la sucia tarea de los servidores de Satanás. Y entonces varias de las minas de las túnicas se abalanzaron para proteger al portador de la buena nueva, que sonreía con cara de estampita en medio de sus ángeles custodios, pero el Alelí, que por fin caía en la cuenta de que lo estaban acostando y que estaban por afanarle la vuelta olímpica que venía soñando desde mayo, se lanzó como una topadora hacia su primo, y como entre los dos había como treinta personas se las fue llevando puestas a medida que avanzaba y se tropezaba con los caídos, de manera que se estaba armando un revuelo de la puta madre, pero hasta ese momento era como una olla a presión cuando larga el silbidito sin estallar, porque aunque algunos forcejeaban la mayoría de los presentes apenas atinaba a mirar con cara de vacas asombradas. Cierto es que Carucha, como hace siempre en los tumultos, aprovechó para pegar unos cuantos puntinazos en las pantorrillas rivales amparado en el quilombo de gente empujándose para un lado y para otro, pero la cosa no pasó a mayores hasta que el pastor Pedro se hizo subir a babuchas sobre los hombros de uno de sus seguidores, y con la misma voz mosaica del principio vociferó pidiendo calma, hermanos, calma, porque al fin de cuentas el que estuviera libre de pecado debía ser el que arrojara la primera piedra. La verdad es que no fue una frase demasiado feliz, teniendo en cuenta que en el auditorio estaba Lalo, que juega de siete para ellos, y que como win derecho es una flecha pero que tiene de bruto lo que su hermana la Pupi tiene de fea, y como usa el cerebro apenas para acolchar por dentro los huesos del cráneo, pobrecito, suele tomar las cosas de manera demasiado literal, así que cuando escuchó lo de arrojar piedras no tuvo mejor idea para colaborar con la grande obra del templo del segundo advenimiento que sacudirle un lindo cascotazo al pastor Pedro en el parietal derecho con una puntería francamente admirable, si tenemos en cuenta tanto la distancia como la abundancia de obstáculos móviles que tuvo que sortear el proyectil antes de dar en el blanco, blanco que dicho sea de paso cayó de cabeza al pasto con un chillido, en medio del horror espectral de su rebaño.

Fue un segundo de expectación, porque bastó que el Chato gritara que no iba a permitir el triunfo de Satanás, sacudiendo la pala por encima de las cabezas, para que todo el mundo, jugadores, peregrinos, público, administrador del campo, veedores del campeonato, réferi y demás yerbas terminásemos sumergidos en un mar de piñas. Por lo menos era fácil identificar a quién mandarle un tortazo: todos los que tenían la camiseta de Escapes Nahuel y todos los que estaban de civil eran el enemigo; los de camiseta a rayas y los de túnica blanca eran de los nuestros. No sé quién tuvo la genial idea de desarmar un par de bancos del vestuario, pero cuando entraron a fajar con los listones de madera la cosa se puso brava, y a mí me sacudieron un tablonazo que me dejó un chichón color guinda del tamaño de un damasco que tardó como tres semanas en bajarse.

No tengo ni noción de lo que duró el despelote, pero debe haber sido un buen rato porque la comisaría queda bastante lejos y hasta que no llegó el segundo patrullero no hubo manera de serenar los ánimos. Y digo el segundo porque el primer auto de las fuerzas del orden fue objeto de los nuevos apóstoles del segundo advenimiento, cuando el hermano Ceferino, o sea el Chato, en una breve pausa del intercambio de tortazos en el que estaba enfrascado con el Alelí en duelo singular, dijo que había que dar al César lo del César y a Dios lo de Dios, y por lo tanto impedir que las fuerzas terrenales se interpusieran en la gran obra del ministerio celestial, y yo me maté de risa mientras un grupo de minas se lanzaba a rechazar a los demonios uniformados, porque eso de Dios y el César debía ser una de las tres cosas que al Chato le quedaron de cuando hicimos catequesis para la comunión.

Al rato cayeron dos patrulleros más y un camioncito celular, y entraron a levantar muñecos como en pala. Algunos muchachos saltaron el alambrado por el fondo. A otros los vi encaramándose en los árboles. Yo zafé porque se me dio por correr para el lado de las piletas. Me lancé a lo hondo con botines y todo, y me la pasé hundido hasta la nariz hasta que logré sacarme la ropa y quedar en slip, aunque me dio un poco de calor enfilar así, en taparrabos, para el vestuario, porque el solario estaba lleno de gente. Cuando me atreví a volver para las canchas había terminado todo. Quedaban un par de túnicas tiradas, la pala y una linda zanjita de tres metros como para empezar un buen encadenado de cimientos.

Y ése es todo el asunto, o casi todo. El Chato salió de la comisaría el lunes a la mañana. El pastor Pedro quedó en observación en el hospital hasta el martes. No lo detuvieron porque permaneció inconsciente por la pedrada durante todo el evento. Igual está de parabienes. Los de las túnicas lo promovieron al cargo de máximo líder espiritual de la recién fundada Nueva Iglesia del Advenimiento Inminente del Pastor Pedro, y se están construyendo un templo nuevo cerca de la rotonda.

Por supuesto, el partido jamás terminó de jugarse. Lo dieron por empatado, y a ellos les alcanzó con ese punto para salir campeones. Pero eso no es nada. Lo lindo del caso es que al Alelí parece que se le vino la noche. Antes de largarlo, en la cana le hicieron la averiguación de antecedentes y le saltó un asunto de cheques sin fondos que lo marginó de las canchas, y del aire libre en general, por espacio de siete largos meses. Si ya antes de su detención el Chato le hacía la guerra de tarifas con la chata ladrillera, ahora está a punto de monopolizarle el mercado. Y otra cosa. La gente de La Blanquita, por lo general, es rápida. Y el Chato, como creo que quedó demostrado, es capaz de tomarle la patente a una mosca en vuelo. Para Fin de Año se cayó por lo de la Yamila con un ramo de flores, y la dama, enternecida por la conversión religiosa de su antiguo enamorado, se dejó reconquistar. Es cierto que, para que no digan por ahí que es una chica fácil, se hizo rogar como tres cuartos de hora.

Así están las cosas ahora. El Alelí acaba de salir y tiene una furia que mastica durmientes de ferrocarril. Jura a los gritos que ya llegará el tiempo de su venganza. Igual nosotros estamos tranquilos. Primero porque el Chato está contentísimo, y la felicidad de los amigos es el mejor pan para nutrirnos el alma. Y segundo porque este año venimos hechos un violín en el campeonato, y no creo que se nos escape, Amén.

EL RETORNO DE VARGAS

Cuando esa noche tórrida el doctor Villalba decidió que había que convencer al viejo Vargas para que volviese, a todos nos pareció una idea brillante. Sostenido por el entusiasmo de la comisión directiva en pleno, y por el calor y la algarabía de esta juventud maravillosa que veníamos a ser nosotros, decidió constituirse en la casa de Vargas ipso facto. Se incorporó secundado por los honorables miembros de la comisión directiva y abandonó el bufet con paso resuelto. Nosotros los seguimos después de vaciar en tragos apurados los vasos altos del vermut y capturar al voleo las sobras de la picada que nuestros prohombres acababan de abandonar. Era una noche atroz, como suelen ser las noches de enero en mi pueblo, cuando la humedad del río, caliente y pegajosa, queda flotando sobre las calles y las casas y nos envuelve y nos sofoca.

El que iba adelante era el doctor, naturalmente, y los que íbamos atrás, los más chicos sobre todo, no podíamos menos que quedarnos admirados. El traje a medida, la corbata brillante, el pañuelo al tono en el bolsillo del saco, el pelo tirantísimo y duro de fijador, los anteojos negros elegantes. Y ese paso de tipo ganador que se lleva todo por delante, con esos trancos largos y elásticos como de tigre. Caminamos las ocho cuadras a buen paso y terminamos ensopados de sudor. Todos salvo el presidente, que parecía flotar en una burbuja fresca y traslúcida que lo exoneraba de todo.

La casa era sencilla. Un chalet con tejas a dos aguas y una galería al frente, algo elevada, a la que se llegaba a través de cuatro o cinco escalones de laja. Con un ademán el doctor Villalba mandó que tocaran el timbre. Los demás formamos una especie de escuadra improvisada a sus espaldas. Yo estaba excitadísimo porque me imaginaba la cara de Vargas cuando se topara con semejante comitiva, y me sentía parte de la historia grande de mi club y mi pueblo. Pero la que abrió la puerta fue una mujer pequeñita y nerviosa que preguntó qué queríamos. Volvió dos minutos después para decir que podíamos pasar. Entró el presidente, luego los de la comisión, por fin nosotros. Vargas esperaba en el amplio comedor que daba a la calle sofocada de la que veníamos. Hacía dos años que no lo veía, desde la tarde tumultuosa en la que había dirigido su último partido. Estaba igual: un gordo serio y retacón que usaba un bigote espeso y canoso. Nos recibió sentado ante una larga mesa y sin apresurarse se puso de pie cuando entramos. Estrechó todas las manos pero no sonrió.

El presidente Villalba se le sentó enfrente y los de

la comisión se repartieron a cada lado. Así dispuestos daban la impresión de una mesa examinadora en la que el doctor dirigía el tribunal y Vargas era el alumno. Los jóvenes nos quedamos de pie, porque nadie nos invitó a sentarnos, porque no cabíamos todos y porque la atmósfera solemne y difícil del encuentro nos tenía cohibidos. Cuando me cansé de estar parado rígido y firme, me recosté con disimulo sobre un modular cuyos estantes estaban llenos de chucherías, adornos hechos con caracoles marinos, mates y platos de esos que se venden como recuerdo de Mar de Ajó y Santa Teresita.

El presidente fue al grano sin demasiado prólogo porque, según afirmó, no eran tiempos para sutilezas literarias, ya que el club estaba en una situación desesperada. Dijo que si no se tomaban medidas drásticas podía derrumbarse el esfuerzo titánico del último lustro, ese que había permitido a la institución ascender dos categorías, trascender al nivel nacional y ubicarse en el escalón de privilegio que por derecho propio le correspondía. Que era un tiempo tormentoso que exigía timoneles experimentados y que el clamor popular (que no se equivocaba jamás y que era un juez justísimo e inapelable) tenía puestos sus ojos y sus esperanzas, sus miras y sus convicciones en don Inocencio Pedro Vargas, el héroe conductor del plantel más exitoso en la historia del club.

Cuando terminó, algunos de los más jóvenes estuvieron a punto de ponerse a aplaudir, pero se contuvieron. Entró la mujer que nos había recibido, se acercó a su marido con pasos cortos y sonoros y le dijo algo al oído. Vargas preguntó si todos tomaban

127

café, y Villalba aceptó por él y por el resto. La mujer volvió a la cocina. Al cerrar la puerta sentí un soplo de aire fresco que venía del otro lado y caí en la cuenta de que en el comedor el aire se había convertido poco menos que en vapor de sopa.

El doctor le ofreció un Benson a Vargas, que negó con la cabeza y sacó un paquete de Jockey cortos del bolsillo de la camisa. El otro sonrió y evocó en voz alta una imagen que todos recordábamos: Vargas de pie junto a la línea de cal, con la boina azul bien calada y el cigarrillo colgado en la comisura de los labios, gritando de tanto en tanto alguna indicación a sus dirigidos. Todos sonrieron al recordarlo, porque esa estampa nos llevaba a los tiempos gloriosos del doble ascenso, cuando el equipo parecía una máquina indestructible.

El único que no sonrió fue Vargas, que cruzó las manos sobre la mesa con el cigarrillo humeando entre los dedos y preguntó serenamente qué había pasado con aquello de la modernización y la filosofía del éxito y los jugadores de la Capital y el nuevo técnico húngaro.

El doctor Villalba se puso serio y dijo que así como el crecimiento es sinónimo de cambios, a veces es sinónimo de errores y hasta de dolor. Y que así como las plantas que crecen alzan sus ramas en todas direcciones y luego algunas se secan castigadas por el sol o arrancadas por el viento, así los hombres edifican sus sueños en terrenos hostiles y problemáticos, y que a veces los mejores proyectos y las más saludables intenciones naufragan en los mares turbulentos del azar y la perfidia, máxime en esferas tan volátiles e impredecibles como las arenas del deporte.

Entró la mujer sosteniendo la bandeja del café y volvió el silencio. Villalba se apresuró a ponerse de pie para ayudarla a repartir los pocillos. Vargas permaneció sentado y agradeció con una inclinación de cabeza cuando le alcanzaron el suyo.

Vargas preguntó con qué jugadores iba a disputarse el próximo campeonato porque, según sus cálculos, del plantel del ascenso no quedaba nadie salvo un marcador lateral y el arquero suplente, y todas las incorporaciones de los dos años anteriores habían sido préstamos.

Villalba alzó ambas manos, bajó la cabeza y dijo que se rendía ante la capacidad de análisis y la velocidad de anticipación de las dificultades que demostraba cabalmente Vargas. Dijo que le sacaba las palabras de la boca y que era digno de un estratega el modo en que advertía las dificultades que se erguían en el horizonte. Dijo que eran tiempos de una gravedad insólita, precisamente porque el club enfrentaba una situación económica desesperante. Que ciertamente esos muchachos ilustres, artífices de la hazaña del doble ascenso, habían dejado su sitio a las nuevas estrellas llegadas de la mano del húngaro, y que justamente el dinero ingresado por sus pases había permitido afrontar el ambicioso proyecto del último bienio. Pero que el descenso reciente obligaba a replantear las estrategias del club si lo que se pretendía era retornar a las pretéritas abundancias, y que los tiempos que se avecinaban eran de entrega y sacrificio, hechos a la medida de hombres con espíritu de titanes, hombres capaces de forjar a jóvenes de acero, porque precisamente ésa y no otra sería la tarea impostergable del futuro inmediato: extraer de la cantera de las inferiores las joyas, las alhajas, los eslabones de una nueva cadena de éxitos que hicieran olvidar rápidamente el descenso y colocaran al club de nuevo en la senda del triunfo. Y que no había, ni en el pueblo ni en la provincia toda, un formador de hombres, un forjador de jugadores como él, como don Inocencio Vargas.

El doctor había sido tan vehemente en este tramo de su discurso que un mechón engominado le resbaló sobre la frente, aunque se apresuró a ordenarlo con un ademán veloz de la mano izquierda. Entró la mujer con la bandeja vacía. Recorrió la mesa retirando los pocillos. No tardó demasiado, porque a los que estábamos de pie no nos habían servido. Cuando terminó se acercó a su marido y de nuevo le habló al oído. Salió. Vargas dijo que en la vereda se estaba juntando gente. Uno de los muchachos que estábamos de pie corrió apenas una cortina y, volviéndola enseguida a su sitio, dijo que eran como cincuenta personas. Vargas sonrió por primera vez en la noche y comentó que en este pueblo los secretos duran lo que un pedo en una canasta. El presidente fue el primero en festejar el comentario, aunque dudo que le haya gustado la grosería. Todos lo imitaron. Vargas no esperó a que se callaran los últimos para retomar el hilo del asunto, concluyendo que entonces, según entendía, deberían jugar recién descendidos con un grupo de muchachos sin experiencia ni en primera ni en esa categoría.

El doctor Villalba volvió al tono solemne y contrariado. Dijo que sí, que la verdad cruda es un remedio a veces detestado pero siempre preferible al engaño dulce de los placebos. Y qué en ésa, la hora más difícil, sólo había sitio para la sinceridad más descarnada. Y que era precisamente la urgencia atroz del momento la que lo señalaba a él, a Inocencio Vargas, como el único salvador posible de esa nave en mares de zozobra, porque, aunque no quería ser ave de mal agüero, la categoría en la que habrían de jugar era sumamente difícil y cabía la posibilidad horrorosa de que la campaña terminase en un nuevo descenso. Mirándose las manos dijo que eso significaría echar por la borda el esfuerzo mancomunado de los últimos cinco años, porque la institución volvería al lugar ignominioso en el que había yacido sumergida, y eso era justamente lo que había que impedir, y que ése era todo el motivo por el cual se había constituido esa comitiva que él tenía el orgullo de encabezar, para pedirle que no desatendiera el llamado de la historia y el clamor de quienes lo admiraban y lo querían bien.

Entró la mujer. Se la veía nerviosa, pero esta vez no se acercó a su marido. Lo miró fijo mientras recorría la mesa y los muebles vaciando los ceniceros en un tachito. Salió y cerró la puerta. Vargas encendió un nuevo cigarrillo. Soltó hacia el techo una gran bocanada de humo. Entre el calor y el hedor de los cuerpos y el tabaco, el tufo era de náusea. A nadie se le había ocurrido encender el ventilador de techo, pero los únicos que parecían dotados de habla y movimiento, como para hacer ése o cualquier otro gesto, eran Vargas y el doctor. El viejo se levantó para sacar del cajón del modular un nuevo paquete de Jockey cortos. Cuando iba de nuevo hacia la mesa se detuvo ante la ventana y espió tras la cortina. Mientras se sentaba haciendo crujir la silla de roble comentó que afuera se habían juntado ya más de doscientas personas. Yo ya lo sabía, porque aun sin asomarse uno se percataba del gentío por el rumor de voces que llegaba desde la vereda. Me extrañó un poco ver que los ojos de Vargas brillaban.

Esta vez, y aunque el viejo permaneció en silencio, Villalba demoró en hablar. Cuando arrancó le había dado a su tono apesadumbrado un dejo intimista. Dijo ese refrán de que cuentas claras conservan la amistad. Agregó que el prestigio de la institución no podía permitir que las antiguas deudas quedaran impagas. Y que, si en el frenesí modernizador de los últimos dos años el club había cometido el descuido de no cancelar la deuda de sus honorarios como entrenador, no debía atribuirlo a mala voluntad o ingratitud, sino únicamente a las desprolijidades propias de un organismo vivo que quiere crecer aunque lo haga tumultuosamente, como el club al que todos los presentes amaban. Y que la primera medida administrativa que iba a tomar el lunes por la mañana sería abonar los compromisos que con él tenía la institución, porque sus autoridades comprendían perfectamente la completa licitud del reclamo que en varias ocasiones don Inocencio les había hecho llegar, y que nada puede construirse en el largo plazo si no es a partir del respeto escrupuloso de los compromisos contraídos.

Entró la mujer. Tosió varias veces mientras movía la mano frente a su rostro, como si la sofocase el humo que saturaba el ambiente. Miró de nuevo al marido, ahora con una evidente expresión de disgusto de la que Vargas no se dio por enterado. Avanzó hacia las ventanas, descorrió todas las cortinas y encendió el ventilador. Como si se hubiese tratado de una señal, los que se apiñaban afuera empezaron a aplaudir y a improvisar algunos cantos. De comedidos, algunos de nosotros nos asomamos e hicimos señas para que guardaran silencio. Adentro todavía faltaban cosas por decir y por hacer, y la tensión que nos rodeaba nada tenía que ver con el espíritu festivo que empezaba a cocinarse afuera. Nos hicieron caso.

Por primera vez los ojos de Vargas se posaron en los míos, mientras volvía a ocupar mi puesto junto al modular. Me preguntó si había mucha gente. Sin exagerar, dije que eran como quinientos. Me atoré un poco con las palabras porque me ponía nervioso tener como interlocutor a semejante prócer. Noté de nuevo el brillo que había adquirido su mirada.

Vargas se puso de pie. Miró a Villalba directamente y con tono afable dijo que seguramente no había que dejar esperando a tanta gente, en ese calor sofocante, sin dar a conocer las buenas nuevas. La expresión del presidente pasó de la tensión al alivio y del alivio a la alegría. "Venga esa mano, mi amigo", dijo el doctor irguiéndose también. La sonrisa le iba de una oreja a la otra y se le veían los dientes blanquísimos. Los demás también se levantaron e improvisaron una fila para saludar a Vargas. Yo, que estaba cerca de la puerta de la cocina, vi que la mujer la abría y se quedaba de una pieza contemplando el desparramo de bromas, felicitaciones, apretones de manos, abrazos y palmadas. No sé si por timidez o por bronca, volvió a cerrarla poco a poco. Pero por la mirada que tenía clavada en su marido me pareció que era lo segundo.

Enseguida el presidente dio la vuelta alrededor de la mesa, apoyó la mano sobre el hombro del viejo y lo condujo hacia la puerta, mientras con un gesto perentorio le indicaba al chico que estaba más próximo al umbral que la abriese de par en par.

Fue impresionante el barullo que metió la gente cuando los vio aparecer juntos. Algunos flashes disparados en la noche, en el momento en que se asomaron a la galería, hicieron que pareciera una escena de las que se ven en las películas. Yo casi me vi obligado a adivinar esa parte del asunto, porque detrás del presidente y de Vargas se amucharon los miembros de la comisión, que rodearon a los dos protagonistas en el porche. Quedé atrás de todo, al lado del marco de la puerta abierta, casi dentro de la casa.

Vi los brazos en alto del doctor, que pedía silencio. La gente hizo caso de inmediato. No recuerdo exactamente lo que dijo, porque ahí afuera las palabras se perdían en el aire denso de la noche. Sonó como un resumen de lo que había dicho adentro. Habló del lustro de la gloria, de la modernización traumática, de la hora del sacrificio, del turno de los jóvenes, del peligro inminente, de la grandeza postergada, del futuro de fábula. La gente lo escuchaba como en trance. Lo único que se oía, además del arrullo tronante de la voz del presidente, era el golpeteo incendiado de los bichos contra las bombitas de luz. Terminó hablando de los próceres que escribían las páginas definitivas de la historia, de esos hombres diferentes cuyo destino era abrir caminos para que los demás sigan los rumbos trazados, de la soledad trágica de esas vidas proféticas. Y dijo que el único hombre sobre la tierra que podía salvar al club de su caída era don Inocencio Pedro Vargas, director técnico desde el próximo lunes por la mañana.

Los aplausos no arrancaron en seguida, como si el hechizo de su voz profunda tardara en disiparse. Pero bastó que alguno de la comisión empezase para que una ovación creciente y duradera se contagiara y sonase como un torrente caudaloso.

Después volvió el silencio. A mis espaldas vi que la mujer entraba a la sala desde la cocina, hacía caso omiso del alboroto de la multitud que palpitaba en la vereda, y comenzaba a barrer bajo la mesa y las sillas mientras meneaba tristemente la cabeza.

Vargas, afuera, carraspeó aclarándose la garganta. Miró concienzudamente al público, o al menos a la porción de curiosos que podía verse desde el porche. Después giró para alcanzar con la mirada a los de la comisión, que guardaban sus espaldas. Por último detuvo sus ojos en el doctor Villalba, antes de volver la vista al frente. Cuando todos suponían que iba a hablar, encendió un cigarrillo. Se tomó su tiempo para aspirar un par de pitadas. Dejó el cigarrillo en la comisura de la boca. Recién después, con su voz algo cascada, con una expresión dulce en el rostro y una sonrisa tímida apenas dibujada en los labios, dijo que él no era un hombre de grandes discursos y que por lo tanto iba a ser breve. Volvió a pitar. Dijo que por cierto era un momento especial también para él y que, pensándolo bien, tenía únicamente una cosa que decir a los allí presentes, y fundamentalmente a los señores miembros de la comisión directiva y al señor presidente del club.

Se sacó el cigarrillo de los labios. Lo pisó contra las baldosas del porche. Miró al presidente, a la comisión, al resto de la comitiva, al enjambre de curiosos. Y nos mandó a todos a cagar a los yuyos. Pegó media vuelta y cerró con un portazo.

REUNIONES DE EGRESADOS

Durante años odié las reuniones de ex alumnos. Ahora no. Aunque de vez en cuando me hago el que me pierdo cuando voy al supermercado. Me escabullo a la altura de la góndola de lácteos y desaparezco un buen rato. El lector puede sospechar que entre las dos cosas no existe conexión alguna, salvo que son circunstancias intrascendentes. Sin embargo no es tan así. Las reuniones de egresados tuvieron un lugar esencial en mi vida durante muchos años, y hacerme el extraviado en el supermercado es tal vez mi placer más profundo y más secreto. Y tiene que ver con aquello.

Intentaré explicarme. Mi grupo de compañeros del secundario era muy unido. No éramos muchos y nos teníamos un profundo afecto. Al terminar quinto año nos hicimos la promesa de rigor: juntarnos a cenar una vez al año. Pero la cumplimos. No todos, por cierto. O no todos nosotros, los veintitrés, todos los años. Pero siempre mantuvimos el rito y nunca fuimos menos de una docena.

Eduardo A. Sacheri

Al principio nos juntábamos en el bar de la esquina de la escuela, pero cuando murió don Carlos y el bar cerró para siempre trasladamos los encuentros a la casa de Cecilia. A todos les pareció bien. Cecilia era una de las que más se movían para organizar todo, de las que más insistían para que no se pincharan los más quedados. Siempre había sido así. También en la escuela. Cuando te hablaba en ese tono duro que rara vez transigía en endulzar, o cuando te golpeaba con sus ojos renegridos, o cuando te zamarreaba de una manga para convencerte de que tenía razón y había que hacer lo que a ella se le cantaba, era muy difícil contradecirla. Si hubiésemos sido un equipo de fútbol la cinta de capitán le habría correspondido sin resquicio para impugnaciones. ¿Hace falta que diga que esa chica me tenía totalmente enamorado? Supongo que no y que el lector lo habrá adivinado nomás por mi manera de describirla, del mismo modo que en la escuela todos lo sabían, desde mi mejor amigo hasta la portera, sin que yo se lo hubiese confesado jamás a nadie, simplemente porque el amor me abarrotaba las entrañas y me brotaba por los poros.

Pero la cosa se había complicado con los años. Cuando se habló de trasladar las reuniones a lo de Cecilia, mis amigos, antes de aceptar, esperaron mi anuencia. Son buena gente. Igual no me hubiera negado. Hacerlo hubiese sido confesar que, cinco años después de salir del colegio, con Cecilia casada y yo de novio con Karina, ese amor antiguo seguía afectándome.

Creo que me estoy embarullando, pero apenas empiezo a acercarme al foco del asunto. Hablé ya de mi amor por Cecilia. Lo que no dije es que fuimos novios durante un par de años. Seamos precisos: un año, diez meses y catorce días. Un año, diez meses y catorce días al cabo de los cuales Cecilia, en uno de los estallidos de furia que por entonces se le habían vuelto habituales, me dijo sin preámbulos que yo era insufrible, intolerable, que no estaba dispuesta a malgastar conmigo un solo día más de su vida y que no quería volver a verme nunca.

Le hice caso, un poco porque dentro de mí le daba la razón y otro poco porque seguía amándola de tal modo que estaba dispuesto a cumplir todo lo que me pidiera. No me fue posible, empero, complacerla del todo. Le fallé en eso de no volver a verme nunca. Nos seguimos cruzando los primeros viernes de noviembre de cada año, al principio en el bar y luego en su casa. Y fue por eso que mis amigos me miraron, me interrogaron con los ojos cuando se habló de trasladarnos a su casa para los encuentros.

Ojo que yo lo cuento y todo parece muy civilizado, muy cortés, muy educado: la reunión de antiguos compañeros, con ex novio incluido, en su hermoso departamento de cuatro ambientes en el centro de Ramos Mejía, con ella y su simpático marido como cálidos anfitriones. Bueno, en parte era así. Por lo menos en lo del simpático marido. Un flaco macanudo que estudiaba arquitectura, buen pibe. Y guarda que lo afirma alguien que hizo mil intentos por destriparlo. Más noches de las que me atrevo a confesar demoré en conciliar el sueño mientras establecía el inventario de sus taras, pero nunca fui capaz de enrostrarle ninguna demasiado certera. Igual no lo vi tantas veces.

Eduardo A. Sacheri

Me enteré de su noviazgo por boca de la propia Cecilia, que lo vociferó desde el otro extremo de la mesa del bar, en la reunión de 1982, al poco tiempo de nuestra ruptura. Nunca supe si me había mirado al proclamarlo, porque al escuchar sus palabras lo único que pude hacer fue dejar los ojos clavados en Cachito, que entre porción y porción de muzarela me contaba no sé qué estupidez sobre su examen de Química I. No recuerdo bien lo que dijo Cachito, aunque sí tengo presente mi esfuerzo por mantener la vista en él sin lanzarla, huérfana, en dirección a Cecilia, por no largarme a llorar, por mantener los labios tensos y torcidos en una sonrisa, mientras en mi mente se fundía algo sobre la bolilla 4 con la imagen de Cecilia de la mano de otro, algo de un machete salvador con Cecilia dándome la espalda y alejándose para siempre.

Nunca lo trajo a las reuniones. Hubiese sido demasiado, porque ni los varones ni las chicas habíamos venido nunca con los novios. Nos enterábamos de las vidas sentimentales por lo que cada uno transigía en comentar. Eso nos daba libertad para exagerar, para decir la verdad, para callar. Y también la chance de exponer opiniones más libres de prejuicios. Si José venía dos años seguidos con cara de tarado, o haciendo comentarios estúpidos, podíamos preguntarle si su novia Fabiana lo estaba convirtiendo en un idiota o si lo estaba consiguiendo él solito. O decirle a Vanesa que el marido era un vividor y que lo mandara a la mierda porque le iba a terminar arruinando la vida, por ejemplo.

Igual, más de una vez me pareció que Cecilia exageraba. Que aprovechaba los pozos de silencio para hablar de su amorcito, cosa de que la escuchásemos todos, incluso yo, que año tras año intentaba poner el mayor número de personas entre los dos, para evitarme esos estiletazos.

Creo que yo actué distinto. No sé, por lo menos ella se enteró de mi noviazgo con Karina a través de algún comentario genuinamente casual de otra de las chicas, y no a través de mis gritos rimbombantes. Que fuese de ese modo significó para mí una modesta victoria, un galardón de dignidad, o algo por el estilo. Por supuesto que me agradó que se enterase, aunque me desilusionó un poco que su expresión no cambiara. Yo esperaba algo, un gesto de contrariedad, aunque fuera ínfimo, fugaz. Que una sombra de melancolía le cruzase la cara.

No me había puesto de novio con Karina para lastimarla a Cecilia. No soy tan ruin como para eso. Yo me había enamorado de Karina. Seamos precisos: me había enamorado de Karina todo lo que me lo permitía el agujero sin fondo que el adiós de Cecilia me había abierto en el alma. A Karina yo podía ofrecerle... no sé si las sobras, diría más bien los despojos de esa alma. Ella lo sabía porque se lo había aclarado de entrada. Y creo que lo aceptaba. ¿Acaso no tenía ella sus propias cicatrices? Y no vivíamos hablando de eso, claro. Karina sabía, en todo caso, de mi corazón mutilado.

Me estoy poniendo cursi. Mejor cambio el enfoque. ¿Podía ir por la vida diciendo que esos meses con Cecilia habían sido los mejores de mi existencia? Sí, y al mismo tiempo no. De ninguna manera. La adoraba, pero había sufrido lo bastante como para entender que ésa no es una condición suficiente para la felicidad. Con Karina era distinto, y toda esa sanata de complementarnos mutuamente funcionaba a la perfección. Con Cecilia no: a veces vislumbraba que éramos iguales. Nos sobraban las mismas pasiones, iguales miedos, silencios parecidos. Y carecíamos de las mismas certezas, de idéntica voluntad, de similares osadías. Éramos como un espejo que reproducía con aumento la imagen del otro. Y así como nos iluminábamos con revelaciones de epopeya, nos desangrábamos en rabietas feroces. Podíamos entonces decirnos cosas horribles, acusarnos de pecados espantosos, desearnos los tormentos más horrendos.

Al cabo de uno de esos temporales fue que Cecilia se hartó y decidió que era suficiente. Muchas veces me pregunté por qué no había dado yo ese paso decisivo. A veces me contestaba que era porque la amaba demasiado. Otras, porque en el fondo apenas se me había adelantado. Y las restantes me respondía que simplemente Cecilia había sido más madura y más valiente como para darse cuenta de que ese amor imposible de aristas filosas nos laceraba la piel cada vez que intentábamos asirlo.

Por eso seguí con mi vida, aunque a mediados de octubre me empezase siempre ese escozor y ese insomnio al imaginarme una y otra vez el encuentro en ciernes, el relámpago volátil de su perfume en mi nariz, el chicotazo miserablemente fugaz de su beso en la mejilla. Para el resto del año me acostumbré a recorrer mi propia historia evitando caer en ciertos abismos, en la convicción de que poco y nada podía solucionar al respecto.

Lástima esas reuniones de egresados. Porque de movida yo estuve listo para enfrentar la tortura de saberla para siempre distante, pero no para soportar ese juego sanguinario con el que se le dio por humillarme. Año tras año me arrojaba esos dardos que no parecían fruto de una joda improvisada, sino tenebrosos engendros destilados en un profundo deseo de herirme o de vengarse. ¿Tanto daño le había producido? ¿Tantas cuentas pendientes le quedaban por cobrarse?

La situación se volvía embarazosa para todos los presentes. Recuerdo la expresión de Vanesa aquella vez que Cecilia proclamó que mi trabajo en el ministerio le parecía el monumento a la mediocridad y al aburrimiento, y que no entendía qué esperaba yo para abandonarlo. O esa otra ocasión en la que Miguel no sabía cómo cambiar de tema, cuando se puso a contar cosas de sus chicos y yo hablé de mis paseos domingueros con mis sobrinos, sólo para que Cecilia se preguntase a continuación, sofística, qué tan románticos le resultarían a Karina el zoológico y el campo de deportes de Encotel para recorrerlos, rodeados de críos, los domingos por la tarde.

En mis días buenos trataba de verle el lado positivo: Cecilia, a pesar de todo, me tenía presente. Pero en los malos me dolía ese empeño criminal que ponía en dinamitar mis actitudes y mis cosas. Era espantoso que diera esa imagen de mí. No por los demás chicos, eso me daba igual. Todos me conocían lo suficiente, y sé lo que me apreciaban y valoraban. Pero era tétrico saber que ella, precisamente ella, me viese con esos ojos de hastío y de desprecio.

Nunca hay que quejarse, decía una tía mía, porque las cosas siempre pueden ponerse peor. ¡Cómo me acordé de ella y de su pesimismo preventivo cuando las reuniones se trasladaron a lo de Cecilia! Porque a sus comentarios ácidos se agregó el nuevo estilo de "bella-esposa-querida-en-su-nidito-de-amor", que me revolvía las entrañas. Nos abría la puerta con su arquitecto de edecán, bien paradito, bien peinado, bien sonriente, bien plantado a su diestra. Y una vez que pasábamos al living y nos acomodábamos en los sillones grandes o en los almohadones del piso, ella lo retenía un buen rato a su lado, tomándolo de la cintura, invitándolo a hablar, festejándole embelesada las pavadas que decía, reclinando la cabeza sobre su pecho viril, derramando su negro pelo lacio sobre el hombro del susodicho como si fuese una propaganda de champú.

Una vez Cachito, a la salida, después de una velada particularmente incómoda, me preguntó por qué no dejaba de asistir a esas tertulias del carajo. Le contesté que no quería perder el contacto con los chicos, que era maravilloso que nos siguiésemos viendo. Y cuando me ofreció hacer "otra" reunión, en "otro" lado, me apresuré a negarme. Me avergonzó, porque el tono en que lo dijo me sonó a que lo habían estado hablando entre todos. Hoy mismo me acalora recordarlo. Imaginarme a mis amigos del cole en un conciliábulo, buscando el modo de "evitarle el sufrimiento a Ricardito", me sigue llenando de estupor. Lo peor de que hubiesen reparado en el asunto era que seguro, tarde o temprano, le dirían algo a Cecilia. Dicho y hecho. Cachito me lo confesó apenas le insistí un poco. Alejandra la había llamado por teléfono un par de semanas atrás, con un pretexto cualquiera, y le había sacado el tema. Quise negarme a que Cachito me contase su respuesta, pero el otro insistió en asegurarme que, según Ale, Cecilia se había sorprendido y había jurado, como defendiéndose de un escarnio inverosímil, que iba a tener más cuidado en el futuro porque no quería "ningún problema con Ricardo". Me quise morir, por supuesto. De ahí en adelante ella tendría otro blasón para colgarme: el de inmaduro sensiblero, de paspado de ofensa fácil, de ex novio resentido incapaz de remontar el pasado. Brillante. Estupendo, pensé.

En esas condiciones no podía dejar de ir. De ningún modo. Hubiese sido una retirada cobarde o, lo que es peor, subordinar al capricho de Cecilia mi legítimo derecho a participar de unos encuentros que eran tan míos como suyos y del resto de nosotros.

No era eso solo, por cierto. Para qué negarlo. Ya dije más arriba lo que Cecilia había significado en mi vida. Ya hablé de eso, de lo complementario y lo parecido. Karina era maravillosa. Me completaba, encajaba en las salientes y en los huecos de mi forma de ser. Pero en algunos días tristes yo me sabía incapaz de recorrer la distancia que siempre separa a dos personas. Y entonces Cecilia volvía a envenenarme la sangre, porque con ella nunca había tenido que moverme hacia ningún lado, porque siempre estábamos condenados a habitar el mismo maldito sitio. No sé. O todo eso era una cháchara inútil, un colchón de palabras para ocultar un sentimiento más profundo y bárbaro, un amor ciego y tosco y crudo y doloroso. El asunto es que iba. Siempre iba.

En la reunión de 1989 Laura me preguntó qué esperaba para casarme. Sobresaltado, le dije que en cualquier momento. Mentí: hacía varios meses que me había peleado con Karina. Me corrijo: no peleamos. Era imposible pelear con esa chica. Pero yo acababa de cumplir los veintisiete y de aceptar que no podía compartir el resto de mi vida con una mujer que no me cocinase en un hervor caótico de rabias y lágrimas y carcajadas. Pero mentí porque no quise faltar, ni siquiera entonces, a mi hábito monástico de callar todo lo importante delante de Cecilia.

Esa noche había arrancado como de costumbre. Parejita feliz en la puerta, besos publicitarios en todas las mejillas, arquitecto despidiéndose para "dejarnos tranquilos". Un asco. Y después Cecilia en su esplendor. Reina, capitana, bufona, hembra indómita. Me dejó en paz hasta que mentí esa respuesta a la pregunta de Laura. Pero después me entró a tirar con todo lo que tenía. Es un modo decir, eso de "con todo lo que tenía". Cecilia siempre parecía dueña de un arsenal flamante e inagotable, como si sus comentarios cáusticos, sus puñales gélidos, se reprodujeran en algún infierno recóndito con la ferocidad urgente de las hormigas o las abejas. Me dejó en paz con el tema de mi trabajo, pero me acribilló por el lado de esa demora inexplicable en contraer matrimonio. Dios mío, pensé, lo que me faltaba. Habló maravillas de Karina, como si fuesen íntimas. No la conocía ni por fotos, pero se preguntó, en estilo Demóstenes, dónde iba a encontrar Ricardo otra chica como ésa. A juzgar por el discurso de Cecilia, mi novia –o más bien, secreta ex novia– combinaba la belleza de Marilyn Monroe, la abnegación de Madame Curie y la valentía de Rosa Luxemburgo. Pero lo peor vendría después, y yo lo sabía. Cuando Cecilia empezase –cosa que le llevó dos o tres minutos– la "Oda al matrimonio feliz en un bello departamento de Ramos Mejía", poniéndose como emocionado ejemplo de amor, alegría, entrega e intimidad con el arquitectillo. Por suerte Vanesa acudió en mi ayuda cuando se le mató de la risa; Cecilia le saltó al cuello porque con su carcajada le rompía el efecto "vida de ensueño". Aproveché el tiroteo subsiguiente para ponerme de pie y anunciar que iba a la cocina a cambiarle la yerba a uno de los mates.

Nunca había estado antes en esa parte del departamento. Conocía el living y el toilette de la entrada. Jamás había transigido en participar de las visitas guiadas que proponía Cecilia a los que asistían por primera vez. Sabía que por el pasillo estaban las habitaciones y el baño principal, y había entrevisto la cocina a través de la puerta mal cerrada. Pero esa noche necesitaba aire, librarme por un rato de esa tortura medieval de Cecilia y su fuego graneado.

Era una linda cocina. Un mármol oscuro, las alacenas de madera, las luces bien orientadas, el piso limpio, una mesa para desayunar arrimada a la pared con dos sillas. Abrí dos alacenas, pero tenían vajilla. Busqué bajo la mesada: cacerolas. Me incorporé tratando de imaginar cuál sería el lugar de la despensa. Pero entonces me distraje pensando en otra cosa. Imaginé a Cecilia entrando allí, cualquier mañana, bien temprano. ¿Seguiría usando esos camisones cortos de algodón? Los ojos hinchados, el caminar de autómata, la expresión ida. Cecilia en puntas de pie, buscando algo, digamos el frasco de café instantáneo, en los estantes altos, con las piernas tensas y firmes, y la luz del extractor iluminándola desde el costado, marcando el contorno de sus sinuosidades de mujer espléndida, y su carne tibia todavía impregnada del calor de las sábanas, y la noche en torno de ella aún sin disiparse. Casi me puse a llorar ante semejante paraíso.

Pero un bombazo frontal me arrancó de mis cavilaciones. "¿Se puede saber qué estás haciendo acá?" Me volví hacia la puerta. Apoyada en el umbral Cecilia me miraba con esa expresión distante y altiva. Por toda respuesta alcé el mate vacío. "Delante tuyo, en el estante de arriba", me lanzó. Abrí la alacena. No sé si a los demás les pasa eso de volverse aparatosos y torpes en el peor momento. A mí sí. Siempre. Aferré el paquete de yerba con mi mano más torpe, la izquierda, porque en la otra seguía sosteniendo el mate de calabaza. Y lancé al vacío un frasco de mermelada que rebotó contra la mesada y se hizo trizas en el piso con un estrépito de vidrios. Farfullé una disculpa mientras me agachaba a ver de cerca el desastre. Cecilia se aproximó, resoplando. Se arrodilló frente a mí. Yo intentaba levantar los vidrios grandes, que resbalaban en un mar de dulce de frambuesa. La miré, o más bien cuando levanté la vista la sorprendí mirándome. "No sé para qué seguís viniendo", me escupió, mientras sus ojos en llamas despedían lava incandescente.

Le sostuve la mirada un largo instante. Suspiré. Cuando era chico me gustaba jugar con una especie de rompecabezas de piezas cuadradas, cuyo nombre no recuerdo. Eran unos bastidores también cuadrados, sobre los que corrían quince piezas en dieciséis posiciones posibles. Había que acomodar, mover, ordenar, rotar esas piezas, sin levantarlas, aprovechando el único espacio en blanco, hasta ubicarlas en su orden correcto. El juego terminaba al ubicar las quince en su sitio y dejar vacío el extremo inferior de la derecha. Bueno, esa noche, cuando miré los ojos de Cecilia, fue como volver a jugar a aquello, porque sin pestañear, sin sacarle los míos del volcán de los suyos, fui haciendo a un lado su furia, acomodando su altivez, ordenando su ironía, desplazando su artificiosidad, cuadrando su resquemor, alineando su enojo, emplazando su arrogancia, y cuando llegué al fondo lo que vi me alumbró como un relámpago, y por eso con la naturalidad de quien sabe que lo que va a decir es cierto le contesté intuyendo que estaba pronunciando las palabras secretas que desde la noche de los tiempos le daban sentido a su vida y a la mía: "Vengo porque necesito comprobar, de vez en cuando, todo el amor que me seguís teniendo".

Lo siento. Acabo de advertir que a lo largo de todas estas páginas me dediqué a justificar por qué odiaba las reuniones de egresados, cuando mi propósito inicial era explicar no sólo eso, sino también mi costumbre de fingir que me extravío cuando voy al supermercado. No lo hago siempre, por supuesto. Tampoco es cuestión de despertar sospechas. Una vez cada tanto. Con eso es suficiente. Dejo el chango y, como quien no quiere la cosa, me alejo de la góndola de lácteos, que siempre es muy concurrida, y escapo por un corredor trasero hacia las góndolas de productos de almacén. Las recorro sin prisa, matando el tiempo. En un momento u otro alzo la mano hasta el estante del café.

Tarde o temprano llega. Me encanta oírla. La voz femenina, modulada, algo melosa, que por los altoparlantes le anuncia al señor Ricardo Palacios que su esposa lo aguarda junto al mostrador de informes. Entonces vuelvo, como quien no quiere la cosa, tan campante, con cara de sorpresa, con andar de prócer, con estampa de general romano, feliz de que todos los presentes hayan escuchado que ahí voy yo, Ricardo Palacios, sonriéndole a mi esposa que me aguarda en informes mientras hago un gesto vago de qué le vas a hacer, nos desencontramos, mientras atajo justo a tiempo el carrito que mis hijas mayores están a punto de volcar con su hermanito adentro, mientras guardo el frasquito de café instantáneo. Cecilia no lo nota, aunque me clava sus ojos renegridos y me devuelve la sonrisa. Yo tampoco se lo explico. Todos tenemos símbolos que guardamos en secreto.

HECHIZO INDIO

La única vez que vi sonreír a Aniceto Manuel Gutiérrez fue al término del partido más difícil de su vida, jugado el 4 de diciembre de 1963 entre su equipo, el Sportivo La Piedad, y el poderoso Estero Velázquez, por la finalísima de la Liga Chaqueña. Aunque los tengo guardados, no necesito acudir a los recortes amarillentos que relatan las crónicas de ese cotejo. Los tres diarios que publicaron el comentario del partido destacaron la manera insólita en que Gutiérrez, back central, "borró" de la cancha a Néstor Iribarren, el crack del equipo rival, sin tocarlo, sin rozarlo, sin aproximársele siquiera, utilizando al parecer la sola energía de su mirada.

Debo aclarar que, junto con mis compañeros de La Piedad, fui uno de los primeros sorprendidos. En el partido de ida Iribarren nos había vuelto locos. Nos había gambeteado, nos había desbordado, nos había toqueteado la pelota ante las narices. Y el que había llevado la peor parte en el bailongo había sido el pobre

Aniceto, que por su función era el último escollo que debía sortear el delantero en cada ataque. No tuvo otra alternativa, nuestro sufrido defensor, que surtirle una patada tras otra para tratar de frenarlo, y aun así daba toda la impresión de ser un esfuerzo inútil. De hecho, Aniceto salió expulsado antes de terminar el primer tiempo, y perdimos dos a cero porque nos hicieron precio, o porque ellos se relajaron, o porque los rezos del padre Alcides fueron escuchados, o por todo eso al mismo tiempo. Pero en la revancha aconteció el extraño milagro: Iribarren no cruzó la mitad de la cancha, no tocó una sola pelota en ataque, se limitó a deambular por su propio campo con expresión despavorida durante los noventa minutos, y al final del partido huyó de la cancha tan rápido como se lo permitieron las piernas. Sin esa pieza clave de su estructura ofensiva, el equipo de Estero Velázquez no nos hizo daño alguno y pudimos imponernos cuatro a cero y ascender por única vez al Regional Nordeste.

Ya hablé de las crónicas del partido. La de *La Voz de Resistencia* tiene un título sugerente: "Hechizo indio". Pasa que Aniceto era un indio toba, y la expresión aterida y la conducta inverosímil de Iribarren le daban pie al periodista para jugar un tanto con la idea de un embrujo. No fue muy original. *El Mentor* tituló algo parecido: "Marcado por arte de magia"; la nota descansaba en coloridos juegos del mismo tenor. Pero no se asomaron a la verdad ni de lejos. A mí mismo me habría pasado inadvertida si el propio Aniceto no hubiera compartido conmigo su secreto.

Aniceto Manuel Gutiérrez era oriundo de una población toba establecida cerca de Colonia Burkart, el pueblo de gringos algodoneros en el que nací y me crié. Era petiso, muy chueco, y sus piernas enclenques y sus huesos prominentes testimoniaban su hambrienta niñez en el monte. Rara vez soltaba una palabra, y sólo si alguien le dirigía una pregunta. Jamás festejaba los goles ni se quedaba a conversar después de los partidos.

Llegaba con el tiempo casi justo. Venía descalzo, con los zapatos de fútbol que le habían dado los curas bien embetunados y atados como un collar alrededor de su cuello para que no se le mojaran al vadear el arroyo. Se los calzaba sin prisa detrás del arco y esperaba a los demás bien erguido, con los brazos cruzados sobre el pecho, de pie en el borde del área, como anticipando que ése sería su territorio durante el cotejo. Debíamos ser para él un espectáculo extraño, con nuestras risas despreocupadas y nuestros ademanes sueltos, propios de muchachos que andan por la vida con el buche lleno todos los días. Me consuela saber que no le éramos hostiles. Lo tratábamos tanto como él nos lo permitía, y como hijos de esa tierra bárbara no cometíamos la estupidez de etiquetar a la gente por el color de su piel o el origen de su apellido. Respondía a nuestros saludos con una leve inclinación de cabeza, con una economía de movimientos que quienes no lo conocían podían confundir con desagrado. Pero no había tal cosa en su ánimo. Creo que simplemente en la misma cantidad de años le había tocado vivir el doble que a nosotros, y eso tendía a aumentarle los silencios.

Empezó a jugar en Sportivo La Piedad a cambio de que los curas le permitieran llevarse algunos cortes de madera del aserradero que tenían en los fondos de la parroquia, que a él le servían para ir levantando su casa. El año anterior, cuando en la escuela tiraron abajo el pabellón viejo para hacer aulas nuevas con la plata que mandó la gobernación, Aniceto había ligado una puerta y tres ventanas que con otros muchachos lo ayudamos a llevar hasta su casa. Anduvimos cruzando el monte un buen rato, hasta que dimos con un rancherío escuálido. Entre los ranchitos se veía el esqueleto de la casa de Aniceto. Nos convidó unos mates y nos explicó en un murmullo sus planes para terminarla. Era evidente que hablar de su casa lo emocionaba profundamente porque nunca lo habíamos escuchado hilvanar más de veinte palabras, y en esta ocasión habló como cinco minutos. Eran muchos de familia y no tenía corazón para obligarlos a apilarse como en el rancho que todavía ocupaban y que su padre les había dejado. Por eso demoraba en terminarla: por los malabares que improvisaba para darles el gusto a las hermanas y a la madre y a los hermanos chiquitos. Pero a veces sentía que el asunto se le iba de las manos. Con las aberturas que acabábamos de acarrear pensaba dar por terminado el perímetro de la casa, pero le faltaba el techo.

La temporada siguiente, cuando nos prendimos en la ronda final de la liga, los curas nos mandaron a hablar con el hermano administrador, que cuaderno en mano fue anotando lo que cada jugador quiso estipular como premio de campeonato. Yo iba a pedir una motoneta Ciambretta, porque en esa época andaba con la idea de ponerme un reparto de huevos. Pero un par de lugares antes que yo pasó Aniceto, que pidió el techo para la casa. El cura lo sacó carpiendo, porque dijo que era un despropósito y una exageración una solicitud como ésa. Aniceto no lo contradijo, pero se quedó ahí, de pie, como esperando que la Creación volviese al polvo de sus inicios. El cura, ansioso por despacharlo, le dijo que podía transigir, cuando mucho, en cubrirle la cuarta parte del techo que pedía. Luis Cevallos, otro de los que hicieron aquella travesía por el monte con las ventanas a cuestas, pasó delante de mí y, cuando el cura le preguntó, le dijo con la mayor naturalidad que quería otro cuarto de techumbre. El cura no dijo nada. Cuando me tocó el turno reclamé mi cuarta parte y Romualdo Calabrese hizo lo mismo. Al salir nos demoramos a propósito con Luis y con Romualdo para que Aniceto nos sacara cierta ventaja, porque no queríamos ponerlo en el aprieto de tener que darnos las gracias.

Igual faltaba lo principal, que era ganar esa última ronda. Con Colonia Velarde fue un trámite y con Empalme Leguiza fue un juego de chicos. Pero con Estero Velázquez se nos vino la noche, tal como ya relaté, por el enigma gordiano que representaba Iribarren. En el partido de ida, en cancha de ellos, nos pegó un peludo inolvidable. Ese muchacho jugaba a otra cosa. Tenía el raro privilegio de los cracks: no necesitaba mirar ni sus pies ni la pelota mientras gambeteaba. Observaba al rival que tenía enfrente y lo dormía en cada enganche.

Eduardo A. Sacheri

Si alguien podía marcar a Iribarren era Aniceto Manuel Gutiérrez. Estoy convencido de que si nuestro pago hubiera sido menos ignoto, o si la vida le hubiese regalado dos piernas más firmes, Aniceto habría hecho carrera con una pelota en los pies. Tenía una condición innata para la marca. Y su economía emocional le confería una concentración absoluta en los avatares del juego. Sabedor de su debilidad física para los piques largos, esperaba a los rivales en los puntos exactos de la cancha. Los estudiaba sin prisa hasta que era capaz de anticipar cada una de sus mañas, de sus trampas, de sus debilidades. Era como si construyese un mapa cerebral en el que figuraban los delanteros, los caminos y los atajos elegidos por los delanteros, y las trampas y los cebos tendidos por los delanteros. Una vez acabado el diagrama, los acechaba sin angustia y sin pasiones evidentes. Al tercero o cuarto quite limpio de balón que les propinaba, sus rivales tendían a ponerse nerviosos. A veces lo pechaban, lo codeaban y lo insultaban entre dientes, pero ni siquiera entonces Gutiérrez extraviaba su buen juicio.

Tampoco estaba preso de su libreto. Si se topaba con un contrario demasiado rápido o impredecible dejaba su estrategia de lado y le surtía tres o cuatro buenas patadas, aun cinco, las que hicieran falta para disciplinar al aprendiz de sedicioso. En ese fútbol medio salvaje los árbitros sólo echaban jugadores en casos extremos, y Aniceto era tan discreto que aun para revolcar a delanteros usaba sus movimientos de humo y pasaba inadvertido.

Pero Iribarren fue demasiado. Tal vez fue la presión

156

de jugar una final de liga, o saber que lo que estaba en danza era ni más ni menos que el techo de su casa, o la propia habilidad de ese delantero. Lo cierto es que Aniceto no pudo encontrarle la vuelta. Intentó sin suerte cortarle los caminos y cerrarle los corredores, y cuando vio que no podía le entró a pegar como si fuera una piñata, hasta que se hizo echar antes del final del primer tiempo.

Y recién ahora llego al centro de mi relato. A la tarde del 4 de diciembre de 1963, cuando se jugó la revancha. No creo imprescindible aclarar que en la semana que medió entre las dos finales Aniceto no pronunció palabra. A decir verdad no lo vi más tenso o más ansioso de lo que lo había visto siempre. Creo que yo cargaba sobre mis espaldas sus angustias y las mías: sufría por su techo lo que no habría sufrido por mi Ciambretta. No me le acerqué, porque no tenía nada especial para decirle y porque Aniceto era de esas personas que atesoran las palabras para utilizarlas sólo en casos de emergencia. En esos tiempos no existían las suspensiones y Aniceto podría jugar, pero, ¿qué sentido tenía? ¿Cuánto podía durar en la cancha con Iribarren enfrente, anudándole las piernas flacas en cada gambeta?

A la final aquella fue medio mundo, o medio Chaco para ser más exactos. Imponían un poco el gentío y el barullo. Lo usual era que jugásemos con tan poco público que podías escuchar cómo un espectador eructaba el chorizo del entretiempo. Cuando llegó Iribarren me dio un poco de envidia porque se le acercaron los dos o tres fotógrafos que iban a cubrir el partido y le pidieron que posara. Después de los chasquidos de los diafragmas, Iribarren inició un trotecito de calentamiento que lo llevó cerca del lateral. Entonces vi a Aniceto aproximándosele. Iribarren lo miraba sin odio, pese a que todavía debían dolerle los hachazos del domingo anterior. Y Aniceto le devolvía la mirada con sus ojos de piedra. Cuando estuvo a cinco metros movió los labios en una frase que, a esa distancia, no comprendí. Y se llevó las manos a la cintura para tomarse el borde de la camiseta, en ese gesto típico de quien se dispone a intercambiar su casaca con el rival. No pude menos que maravillarme. Mi noble compañero, aunque se estaba jugando el techo bajo el cual guarecer a su familia, era capaz de esa expresión de cortesía viril y deportiva, honrando al rival que probablemente volviese a derrotarlo.

Lo sorprendente ocurrió desde el momento en que empezó a rodar la bola. Porque para mi sorpresa, la de mis compañeros y la de los suyos, Iribarren se replegó hacia su propia área, se paró apenas delante de los backs y se limitó a lanzar pases largos a sus desconcertados wines durante todo el partido. Fue como si el mundo se hubiera tumbado al revés de un domingo al siguiente. Los que manejamos la pelota fuimos nosotros. Y los que tuvieron que pegar fueron ellos, incluido Iribarren, que, falto de experiencia en ese sitio de la cancha, tenía para marcar a los rivales la torpeza típica de los delanteros que nunca se rebajan a esas tareas poco edificantes.

El partido se vino a nuestro buche a los saltitos, como esos pajaritos que de pibes cazábamos en el monte con un cajón de madera y un palo con un piolín.

Despacito y sin apuro nos fuimos al descanso dos a cero y lo liquidamos de contra en el segundo tiempo.

Después de los primeros festejos me acordé de Aniceto y quise darle un abrazo. Lo localicé en su sitio de siempre, de pie, apenas afuera de la medialuna del área, con los brazos cruzados, el rostro erguido, la expresión serena y lejana. Al verlo divisé también, mucho más atrás, la cabeza rubia de Iribarren, su piel pálida, su expresión urgida de toda la tarde, mientras subía de un salto al micro que lo devolvería a su pueblo.

Me acerqué a Aniceto sonriendo y adelantando la diestra. Lo felicité por nuestro éxito. Me lo agradeció con una de sus graves y silenciosas inclinaciones de cabeza. Viéndolo ataviado con nuestra camiseta roja y recordando el gesto que había tenido con Iribarren antes del comienzo del match, me atreví a preguntarle por qué finalmente no habían intercambiado las casacas.

Me miró como si no me comprendiera. Le recordé entonces la escena que había presenciado, el saludo distante con el rival tan temido y su ademán de entregarle la camiseta al final del partido.

Aniceto Manuel Gutiérrez me escrutó un largo minuto antes de hablar: "No le ofrecí ninguna camiseta –me dijo–: Le pedí disculpas y le aclaré que si cruzaba la mitad de la cancha lo iba a tener que cagar a tiros".

Cuando Aniceto hizo silencio bajó la vista hacia su vientre y repitió el gesto de tomar con las manos el borde de su camiseta y apenas levantarla. Debajo de la casaca, sostenidos por el pantalón corto, llevaba cruzados dos pistolones del tiempo de la Colonia, negros y opacos, salvo por los gatillos y los percutores, que se veían como recién lustrados. Alzó su mirada oscura hacia mis ojos incrédulos. Y fue entonces que sonrió.

MOTOROLA

Abelardo Celestino Tagliaferro dobló la esquina sin prisa. Apretó suavemente el embrague, puso la palanca de cambios en punto muerto, con las manos levemente posadas sobre el volante arrimó el auto a la vereda y lo detuvo sin brusquedad al final de la hilera de autos amarillos y negros. Apagó el motor, quitó la llave del tambor, aspiró profundamente y dirigió la mano izquierda hacia la puerta.

Sus movimientos eran metódicos, serenos. Pero para cualquiera que conociese su carácter habitualmente enérgico, impulsivo, aquellos gestos necesariamente hubiesen tenido algo de artificial, algo de falso. Eran a todas luces ademanes nacidos de una reflexión profunda, concienzuda. Esos ademanes calmos que las personas adoptan en un intento de que su espíritu se contagie de esa paz y esa mansedumbre exterior de los gestos ante el mundo.

Abelardo Celestino Tagliaferro había tenido mucho tiempo para prepararse para esa mañana cargada de presagios trágicos. Cinco, seis meses tal vez. Los signos alarmantes habían empezado algo antes, digamos en noviembre, diciembre del año anterior. El receso del verano le había hecho abrigar algunas esperanzas. Pero desde fines de febrero la situación se había tornado crecientemente tenebrosa. Para los últimos días de abril Tagliaferro había comprendido que sólo un milagro lo pondría a salvo del abismo. ¿No habían existido acaso otros milagros anteriores? Pero mayo y junio se habían consumido sin que ese milagro tuviera lugar. Semana a semana su espíritu se había ido opacando. A medida que se acercaba julio, su carácter, habitualmente expansivo, dado, campechano, se había tornado proclive a la meditación, al silencio, al ensimismamiento. A medida que los días se acortaban y los árboles de la General Paz se desnudaban en colores ocres, Tagliaferro iba convirtiéndose en una suerte de crisálida espiritual, encapsulada en melancólicas meditaciones, ajena al caos cotidiano.

Cuando no sin cierto esfuerzo bajó del taxi, vio que los hombres que frecuentaban con él la parada lo esperaban bajo el toldo del kiosco. Abiertos en un semicírculo, se pasaban el mate y le clavaban a la distancia siete pares de ojos inquisitivos. Abelardo Celestino Tagliaferro se acercó con el mentón erguido y la vista clavada en un horizonte imaginario. A cada paso su cuerpo monumental se balanceaba levemente hacia los lados. Con la campera puesta daba la impresión de ser un astronauta gigantesco caminando en la ingravidez de la Luna.

Calculó, con precisión de experto, que el primer dardo lo alcanzaría cuando pasara a la altura del lavadero automático, o no mucho después de poner un pie en la vereda de la agencia de lotería. No se equivocó.

–¿Qué hacés acá, Gordo? Te hacíamos en la cancha.

El que había hablado era Alvarez, el morocho del Gacel. "Era lógico", pensó Tagliaferro. Pero estaba listo para ataques sencillos como ése.

–Por favor, Alvarez, no me jodás con pavadas.

Habló con serenidad, como transigiendo en explicar que dos más dos son cuatro a un ignorante. Pero no pudo evitar una levísima irritación al escuchar las risitas breves de los otros, las mismas risas que envalentonaron al morocho para volver al ataque.

–¡Te hablo en serio, Gordo! No podés dejar al equipo ahora, en semejante momento.

Tagliaferro suspiró mientras su expresión adquiría un cariz de angelical cansancio:

–Haceme el favor, no hablemos más de fútbol.

De nuevo el coro de risitas cómplices. Terminó de acercarse, imperturbable. Saludó con inclinaciones de cabeza y recibió alguna palmada. Como siempre, le cedieron uno de los banquitos de metal y estiraron hacia él un mate humeante. Chupó con placer, alargó la diestra hacia la bolsa engrasada de los bizcochos y se preparó para el próximo round.

–¿Cómo que no hablemos más, Gordo? ¿No eras vos el que siempre venía insufrible los lunes cuando ganaban? Que Platense de acá, que los Calamares de allá, que el equipo del Polaco del otro lado –algunos de los otros asentían–. ¿No te cagabas de risa cada vez que perdían los grandes?

Tagliaferro volvió a suspirar y a sonreír.

–Mirá, Alvarez... –pareció dudar en busca de las

palabras adecuadas–, eso era antes... yo qué sé. A veces la vida te enseña cosas, sabés. Y me apiolé de que todo ese asunto del fútbol, viste, qué se yo, no tiene sentido... –dejó sus palabras flotando un momento y concluyó–: No hay caso, pibe. No tiene sentido.

El morocho Alvarez era demasiado primario como para afrontar semejante despliegue de nihilismo. El Gordo sabía que el Piolín Acosta tomaría la posta con aportes algo más incisivos. El Piolín Acosta era un cincuentón larguirucho, de piel blanquísima. Había sido bautizado así por el propio Gordo. En su origen el sobrenombre era Piolín de Matambre, porque era largo, finito, blanco y ordinario. El Gordo, especialista en apodos, consideraba su hallazgo con Piolín una de sus obras maestras, y a cada uno de los nuevos en la parada se lo había ido explicando como un modo de revivir la deliciosa indignación del otro.

El ataque del Piolín fue frontal:

–Y decime, Gordo, si hoy le ganan a River, y ponele que por una de esas putas casualidades del destino se terminan salvando... ¿vas a seguir con la huevada del escepticismo?

–¡Ahí está, ahí está! –algunos asentían, entusiasmados en la intuición de que el alto y pálido filósofo estaba acorralando al recién llegado. El Gordo se preguntó cuántos de ellos sabían qué corchos era eso del escepticismo.

–No, Piolín, para mí el fútbol... ¿cómo te explico? Ya fue, sabés.

Esas pocas palabras le fueron brotando de a poco, mientras miraba el toldo que tenía sobre la cabeza y mientras sus manos abiertas hacia arriba describían ademanes vagos, como reforzando esa sensación de vacío metafísico que su dueño pretendía transmitir.

–¡Dejate de joder, Gordo! ¡A mí no me vengás con el cuento! ¡Que si no estuvieran por irse a la B te tendríamos que estar bancando como si el puto cuadro ese fuera el Manchester United!

Tagliaferro volvió a considerarlo con indulgencia. Un nuevo suspiro hinchó la mole de su cuerpo agazapado en el banquito.

–No querido, te equivocás. A veces la desgracia te abre los ojos, sabés... Y si tenés neuronas te ponés a pensar.

Hizo un silencio. Los siete pares de ojos seguían cada uno de sus ademanes y los catorce oídos atendían a cada una de las inflexiones de su voz.

–Suponete que Platense va y se salva. Difícil, pero ponele que sí: ¿qué me cambia? ¿Voy a ser más rico? ¿Va a subir más gente al tacho? ¿Voy a volverme inmune a los afanos? No, loco, no me cambia nada. Y ponele que hoy se va al descenso: ¿qué pierdo, hermano? No hay vuelta, loco. El fulbo es una mentira, sabés. ¿O ustedes piensan que a esos turros de los jugadores les importa algo? No, padre, los tipos cobran y se van. ¿Quién se queda como un boludo parado en la popular? ¿Vos o ellos? ¿Y los dirigentes? ¿Vos te pensás que les calienta algo? ¡Si son una manga de chorros!

Hizo una pausa para tomar otro mate y para que su discurso penetrase mejor en las mentes de sus amigos. Volvió al ataque:

–El fútbol está armado para que ganen los grandes, nada más. Es un negocio, pibe. Es todo un circo que vive de los giles como ustedes. A ver, mirá los goles el domingo. ¿Alguno de ustedes sigue siendo tan nabo de mirar los goles? –Los otros asintieron.– ¿Ves que la Argentina es un país de boludos? Todos ahí como giles, comiéndose sesenta mil propagandas... ¿Para qué? ¿Para ver a esos maricones que la van de héroes y que a la primera de cambio cuando les ponen dos mangos sobre la mesa se van a jugar a Europa? ¡Por favor, muchachos, no jodamos!

Cada vez más enardecido, siguió:

–A ver vos, García –el aludido lo miró atentamente–, vos sos hincha de Gimnasia: si no juegan con River o Boca, ¿cuántos minutos te pasan del partido? ¿Uno? ¿Uno y medio? Y vos, Martínez: ¿no me contaste que para ver los goles de Colón los grabás y después los ves cincuenta veces y te hacés el bocho de que viste el partido entero? –El otro asintió.– ¿Ven lo que digo? Entiendanló, el fulbo no sirve para nada. ¡Para nada! O vos, Pasos, que sos de River... ¿te volvió un tipo feliz que hayan ganado tres campeonatos al hilo? –Los ojos grises de Pasos se entornaron en un gesto suave que era también de infinita tristeza.– Es todo verso, es todo mentira...

Y como si fuera el resumen de su discurso, reiteró:

–Todo mentira, no hay vuelta.

Tagliaferro calló. Los demás se pasaban el mate en silencio. Algunos miraban para cualquier lado para que los otros no vieran las huellas de la turbación que les había sembrado. El Gordo advirtió, aliviado, que había conseguido el milagro de que se pusieran a hablar de otra cosa. El podía tener mucho autocontrol y todo lo que quisieran, pero tampoco era de fierro, qué tanto.

Los otros se fueron yendo, en una mañana

dominguera extrañamente movida. Cuando llegó el turno de Tagliaferro, le alargó el mate al que cebaba y se puso de pie con dificultad. Una mujer algo mayor se acercaba presurosa a la parada.

–Necesito ir a Luján, muchacho. A la basílica.

Cuando la mujer se acomodó atrás y él encendió el motor, su espíritu comenzó a poblarse de sensaciones confusas. La señora tenía aspecto de abuelita de libro de cuentos. Tagliaferro se mordió el labio inferior mientras dudaba en hacer la pregunta que se le había ocurrido. Finalmente se decidió:

–¿Le molesta si enciendo la radio, señora?

–No, muchacho, para nada.

Apenas formuló la pregunta se arrepintió de haberla hecho. ¿Por qué había salido con eso? ¿Qué razón había para encender la radio? Ninguna, Gordo, ninguna, se amonestó.

La radio era un cachivache vetusto que no tenía nada que ver con el Renault 19 hecho un chiche de Tagliaferro. Era un artefacto antiguo que había pertenecido originalmente a un Siam Di Tella que en los años sesenta le había permitido a Tagliaferro parar la olla en su casa cuando lo habían echado de la empresa. En los setenta había cambiado el Siam por un Dodge. Después por un Peugeot y por un Senda. Pero la radio siempre había sido la misma. Era uno de esos ejemplares con dos perillas a los lados que sólo funcionan en amplitud modulada y que tienen una serie de teclas negras debajo del visor para cambiar velozmente de lugar en el dial. Adaptarla al tablero del Renault había sido complicado, y en el taller lo habían mirado como si estuviese totalmente pirado. Pero a

Tagliaferro le importaba un cuerno. La radio, esa radio, era para él un talismán infalible, un salvoconducto, un pasaporte para un retorno pacífico a su casa y a los suyos. Y otra cosa: con esa radio había escuchado al Calamar salvarse de todos los descensos.

Pero ese viaje a Luján parecía una señal venida de los infiernos. Porque el aparato tenía un inconveniente (en realidad tenía varios, pero existía uno verdaderamente delicado): por alguna extraña razón que Tagliaferro no había logrado determinar, la radio callaba indefectiblemente apenas salía un par de kilómetros de la Capital. Cuando traspasaba la General Paz comenzaban las interferencias. Y veinte cuadras más allá lo único que salía del receptor era el sonido propio de una sartenada de papas fritas a medio cocinar.

Haciendo un cálculo sencillo, entre la ida y la vuelta se iba a perder el partido completo, que ya debía estar empezando. Podía escuchar los primeros minutos, sí, hasta que saliera de la autopista en Liniers, pero, ¿y después? Tagliaferro detuvo en seco la sucesión de sus pensamientos. ¿Qué estaba haciendo? ¿No era cierto todo lo que acababa de decir? ¿No eran esas frases que acababa de pronunciar frente a sus amigos la rotunda verdad a la que había llegado luego de meses de exploración interior,. de introspección dolorosa, de disciplina moral? ¡Seguro que lo era! De modo que Tagliaferro, apenas encendió la radio, sintonizó una emisora de tangos que se extinguió poco más allá de Ciudadela. Sufrir por un motivo tan pedestre, qué barbaridad, se dijo. Se recordó a sí mismo en tantos domingos de amarguras.

¿No habían sido infinitamente más abundantes que las inusuales jornadas de triunfo?

A la altura de Morón apagó la radio, que ya estaba en plena fritanga. Parece mentira, qué rápido se va por la autopista, se dijo. Al ver que estaba a la altura de Morón lo cruzó una noción sombría: Platense volvería a jugar aquí después de varias décadas en primera. Sacudió la cabeza. Disciplina, Gordo, disciplina, se repitió. Pero sus labios empezaron a musitar una letanía que a cualquier sacerdote le hubiese resultado extraña: Tigre, All Boys, Brown, Los Andes. Su ánimo ya era definitivamente sombrío. De pronto el pánico lo cruzó en varias oleadas sucesivas: San Telmo, Lamadrid, J. J. Urquiza. ¿Y si no era una, sino dos o tres categorías perdidas al hilo?

Intentó reaccionar. ¿Y a mí qué carajo me importa? Supuso que había sido un grito íntimo, pero se dio cuenta de que algo del alarido interno se le había escapado porque la señora lo miraba con un poco de temor y los ojos muy abiertos. El Gordo le sonrió con dulzura por el espejo y después clavó los ojos en la ruta.

Moreno: la autopista se redujo a dos carriles. Y por esto te cobran peaje, los muy turros, pensó. La pasajera iba ensimismada contemplando el paisaje por la ventanilla. ¡La ventanilla!, se dijo. En invierno o en verano, él iba con la ventanilla del conductor baja, salvo que el pasajero le pidiera lo contrario. ¿Y si probaba cerrar todo el auto, a ver si la radio emitía al menos un susurro? Corrió el codo y cerró. Encendió el catafalco negruzco y esperó. Acercó todo lo que pudo la oreja al receptor. El rumor de una voz era

169

inconfundible. Tragó saliva. Subió el volumen al tope y la vocecita adquirió mayor consistencia. Tratando de no perder de vista la ruta, acercó aún más la oreja. Insultó en voz baja. Era uno de esos programas religiosos en los que el conductor repartía sanaciones radiofónicas en un castellano levemente extraño. Movió el dial hacia la derecha. Folklore. Un poco más: tango. Luego topó con el final de la banda. Inició el camino inverso. A la izquierda del pastor evangélico detectó el sonido inconfundible de un relato deportivo, pero demasiado lejano como para que se entendieran las palabras. Giró la perilla: ahí estaba el partido de Platense. Escuchó con el alma en vilo el relato de una jugada intrascendente en el mediocampo. ¡Cómo van, que digan cómo van, carajo!, pensaba. Pero de inmediato entendía que a esa altura debía tener la expresión crispada, los ojos inyectados, la expresión tensa del hincha angustiado, y se decía que no, que de ningún modo, que no debía echar a la basura todos esos meses de autoeducación que lo habían librado al fin de su dependencia Calamar.

¿No estaba acaso hermosa la mañana? ¿No bañaba el sol, radiante, el campo y la autopista? El Gordo volvió en sí por un instante. La temperatura del taxi con todas las ventanillas cerradas y el sol cayendo a pique debía andar por los 35 grados. Tagliaferro observó a la pasajera y vio que se abanicaba con una revista, mientras dos gruesos gotones de sudor le resbalaban por los lados de la cara. Estuvo a punto de bajar las ventanillas, pero se dijo que entonces perdería definitivamente cualquier esperanza de comunicación radial con el mundo. De manera que optó por encender el aire acondicionado. El fresco me va a venir bien para poner en orden las ideas, se dijo.

No te enchufes, Gordo, no te enchufes, se repetía. La cosa está perdida. No hay manera de que zafemos. Momento: ¿zafemos quiénes? ¿Acaso yo soy Platense? ¿Tenés acciones ahí, Gordo boludo? Los que se van a la B son ellos, no vos. Los que van a perder con River son ellos. Los jugadores y los dirigentes, qué tanto. Vos sos Abelardo Celestino Tagliaferro, a sus órdenes, de profesión taxista, estado civil casado, padre de dos hijos y abuelo de tres nietos. Enterate. Lo demás es todo grupo. Para qué calentarse. Si al descenso se van a ir igual y después te vas a tener que bancar a toda esa manga de palurdos de la parada, empezando por el Piolín y terminando por el negado del morocho Alvarez.

Empezaron las rotondas de Luján. Tagliaferro miró por el espejo y vio a la pasajera con las manos en los bolsillos, el gorro calzado hasta las orejas, la bufanda enrollada en tres vueltas alrededor del cuello y los lentes empañados. El Gordo notó que la temperatura había bajado unos treinta grados de un saque. Apagó el acondicionador de aire. Descartada la estrategia del encierro, optó por ventilar bien el taxi. Tal vez lograra captar algún kilohertz extraviado en el éter. El último tramo hasta la iglesia lo hizo veloz, con las cuatro ventanillas bajas y el aire como un torbellino en el interior del tacho.

Cuando paró frente a la catedral y se volvió a mirar a la pasajera, advirtió con sorpresa que el pelo de la mujer había adquirido una cierta disposición salvaje y que sus ojos no paraban de parpadear alarmados. Ella pagó y se bajó velozmente. Daba la impresión de haber encontrado un nuevo motivo para agradecer a la Virgen. Tagliaferro dio vuelta a la plaza y se dispuso a emprender el retorno. Entonces los vio. Cuatro hinchas de River, ataviados con camisetas, vinchas y banderas, venían sacudiendo los trapos y cantando a voz en cuello. El Gordo consultó su reloj. Debía estar empezando el segundo tiempo. No se atrevió a preguntarles el resultado del partido, pero la actitud festiva de los tipos lo hundió en una desesperación creciente.

Momento. ¿Qué te pasa, Gordo? Pará la moto. Pará un poquito. Que se desesperen ellos. Todos esos nabos que se sienten los dueños de las camisetas y de los clubes. Pensar que él mismo hasta hacía poco había sido uno de ellos. Y desde pibe, para colmo. Pero de más grande fue peor. El ascenso se le subió a la cabeza. Y la definición por penales con Lanús, Dios santo. Lo había ido a ver con la Clarisa. Al final del partido él se había desmayado y habían tenido que sacarlo de la popular entre cinco tipos bien grandotes. Pero quién te quita lo bailado. Y el desempate con Temperley, mama mía, cómo habíamos sufrido. Cortala. Cortala, Gordo palurdo, con la primera persona del plural. ¿Ma qué "nosotros", enfermo? Si vos seguís tan pobre como cuando vinimos de España. ¿Qué hizo Platense por vos? ¿A ver?

Al pasar el peaje no pudo evitar la tentación. Se mintió que sería la última, como esos fumadores que escatiman los puchos del primer atado que compran luego de una larga abstinencia. El cobrador estaba escuchando los partidos en la cabina. ¿Cómo va River?, preguntó. Hincha de cuadro chico, sabía que la gente no tiene ni idea si uno le pregunta por Platense, Banfield o Ferro. Decime que va perdiendo, decime que va perdiendo, pensó. "Va ganando", informó el fulano, con cara de gallina agradecida a la vida.

Cuando se levantó la barrera se alejó de allí sintiéndose perdido, perplejo, como si la noticia lo hubiese dejado navegando en aguas desconocidas. Al pasar por Francisco Alvarez sus dedos comenzaron a tamborilear sobre el volante mientras silbaba inconscientemente, entre dientes, la melodía de un viejo estribillo que decía "Partirá, la nave partirá, dónde llegará, nunca se sabrá" o algo así. Una letra de porquería que tenía que ver con el arca de Noé. Pero, ¿por qué? Eran las 11,31. Una canción del año del pedo. Cosa rara. Abelardo Tagliaferro se derrumbó a las 11,35 cuando se dio cuenta de que lo que había estado tarareando los últimos diez kilómetros no era ninguna canción pasada de moda, sino la perpetua melodía del "No se va, Platense no se va, Platense no se va, Platense no se va", y las lágrimas se le desbarrancaron por las mejillas en dos torrentes tibios.

Cuando entrevió que toda resistencia era inútil, y como los chicos cuando se apuestan a sí mismos que si logran determinada proeza la vida les concederá premios impresionantes (al estilo de: si logro saltar toda la cuadra sobre el pie derecho sin trastabillar, entonces la rubiecita de la panadería gusta de mí), Tagliaferro se convenció de que si llegaba a la Capital Federal y encendía la Motorola antes de que terminara el partido, el Calamar iba a lograr dar vuelta su destino y los demás partidos se le iban a acomodar para seguir con chances.

173

Apretó el pie derecho contra el piso del auto y éste saltó hacia adelante a una velocidad francamente peligrosa. Era digna de verse la imagen de ese gigante que volaba aferrado con ambas manos al volante como un piloto de carrera, cuya cara bañada de lágrimas recientes se enrojecía por el esfuerzo de cantar a los alaridos un viejo estribillo con la letra cambiada. A la altura de Moreno tuvo miedo de que la promesa de llegar a tiempo para oír el final no fuese suficientemente grandiosa como para lograr el conjuro. De modo que prometió dejar de fumar a las cuatro de la tarde y para siempre. Temeroso de que los hados lo consideraran débil de espíritu, agregó la promesa de una dieta estricta que lo llevara treinta y cinco kilos abajo de su peso actual en un plazo máximo de tres meses. Mientras encendía la radio para ir ganando tiempo, y mientras volaba a la altura de Morón, las promesas se iban acumulando sobre sus espaldas. Prometió volver a misa todos los domingos. Prometió no volver a madrugarle un pasajero a ningún colega por un plazo de seis meses que luego extendió a dos años. Prometió dejar de construir fantasías eróticas con la peluquera de la vuelta. Prometió regalarle flores a la Clarisa todos los viernes hasta que la muerte los separase. Estuvo a punto de prometer que no iba a joderlos más a los nietos para hacerlos de Platense, pero se contuvo a tiempo porque Dios no podía pedirle sacrificio semejante y porque supuso que ya había acumulado suficientes méritos con las promesas anteriores. A la altura del Hospital Posadas, en Haedo, levantó el volumen de la radio hasta darle su máxima potencia. Sintonizó la emisora que siempre lo acompañaba para los partidos. Por detrás del ruido a fritura se adivinaban voces de relato. Descolgó el rosario que llevaba anudado al retrovisor y empezó a rezar en voz alta. A la altura de Ciudadela la radio recuperó por completo sus funciones. Tagliaferro interrumpió el Ave María y entrecerró los ojos. Estaba bañado en sudor y parecía diez años más viejo que en la mañana.

Habían perdido. Habían perdido por robo. Estaban jugando el descuento pero no había manera de remontar esa catástrofe. Las conexiones con las otras canchas hablaban de la algarabía de los cuadros que se habían salvado. En un arrebato de amargura infantil se sintió despechado porque Dios hubiese hecho caso omiso de sus promesas de regeneración absoluta. Mientras tomaba la salida de la autopista hizo un último esfuerzo para que no le importara. Se detuvo en una cuadra desierta, llena de galpones en las dos veredas. Se dijo que no podía ponerse así. Que un dolor de ese tamaño sólo podía sentirse por la pérdida de un ser querido. Que no podía tirar a la basura los esfuerzos de los últimos meses. Y todavía le faltaba sobreponerse a la escenita que iban a hacerle los muchachos en la parada. Control, Gordo, control. Mejor seguir haciéndose el distante, el superado, tal vez así lo dejaran en paz. Tardó quince minutos en arrancar de nuevo rumbo a la parada.

Abelardo Celestino Tagliaferro dobló la esquina sin prisa. Apretó suavemente el embrague, puso la palanca de cambios en punto muerto, con las manos levemente posadas sobre el volante arrimó el auto a la vereda y lo detuvo sin brusquedad al final de la hilera de autos amarillos y negros. Apagó el motor, quitó la llave del tambor, aspiró profundamente y dirigió la mano izquierda hacia la puerta.

Cuando logró incorporarse no se dirigió inmediatamente hacia la esquina. Fue a la parte trasera del taxi y abrió el baúl. Hurgó un momento bajo la caja de herramientas y encontró lo que buscaba. Desplegó la enorme tela rectangular con ademanes tiernos. Se anudó la bandera blanca con la franja central marrón en el cuello y la extendió a sus espaldas como si fuera una capa. Tanteó otra vez y halló el gorrito tipo Piluso. Se lo plantó hasta las orejas. Cerró el baúl. Levantó los ojos hacia la esquina. Abiertos en un semicírculo los otros se pasaban el mate y le clavaban a la distancia siete pares de ojos inquisitivos.

Tagliaferro no caminó enseguida, porque acababa de entender que todos los hombres son cautivos de sus amores. Uno no entiende por qué ama las cosas que ama. El intelecto no sirve para escapar de los laberintos del afecto. Por eso es tan difícil enfrentar el dolor: porque uno puede engañarse inundando con argumentos razonables las llagas que tiene abiertas en el alma, pero lo cierto es que esas llagas no se curan ni se callan. Y por eso un hombre puede amar a una mujer que a los otros hombres les parezca funesta, o puede poner su corazón al servicio de amores que a los otros se les antojen inútiles o intrascendentes.

Abelardo Tagliaferro estiró los brazos, prendió las manos a la tela, como un extraño superhéroe excedido de peso, y supo que lo importante no es a quién o a qué uno ama, sino el modo en que uno ama lo que ama. Recién entonces caminó hacia la parada.

LA MULTIPLICACIÓN DE ELENITA

A mí lo que me revienta, con perdón de la palabra, es ver la casa sucia y desordenada. Y cuidado que la nuestra es una casa grande y con muchas habitaciones y con jardín delantero y patio trasero. Porque si fuese un departamento de esos que se construyen ahora, del tamaño de un pañuelito, con dos ambientes, baño y cocina, vaya y pase. Eso se mantiene ordenado y limpio con el mínimo esfuerzo: una buena limpieza a fondo cada tres o cuatro días y una buena barrida cada mañana y cada tarde para mantenerla y todo queda reluciente. Pero en una casa llena de ventanas y de puertas es distinto porque el polvo se mete por todos lados y echa a perder el trabajo que hace una.

Por eso me levanto tan temprano, porque si no la mañana se hace agua y cuando me quiero acordar son las once y a lo mejor me falta todavía baldear el patio o encerar el comedor y es un embrollo porque es la hora de preparar el almuerzo para papi, porque al pobrecito le gusta comer temprano y yo la verdad que no le puedo decir nada, que bastante tiene él con sus nanas y bastante poco me pide, así que lo menos que puedo hacer es tenerle la comida lista a las doce, porque a esa hora él se levanta un ratito de la cama y se sienta en la cocina a mirar el noticiero de la tele, y yo me tengo que acordar de subir la campanilla del teléfono del pasillo porque como el pobrecito no escucha casi nada tiene que poner altísimo el volumen del televisor, y la otra vez llamó la tía Beba justo a esa hora y yo me quise morir porque no escuché el teléfono y ella se creyó que no la había querido atender, y cuando volvió a llamar a la noche yo le expliqué lo de la tele y le pedí disculpas y ella me dijo no te hagás problema, nena, pero a la tía Beba yo la conozco y aunque me dijo no te hagás problema nena, lo dijo como reprochándome y a mí me dejó mal, así que ahora cada vez que paso por el pasillo a la mañana me fijo que el teléfono esté alto para que no me vuelva a pasar.

Pero estaba diciendo lo de la hora y lo de la comida de papi. Diga una que el pobrecito se arregla con cualquier cosa. Una sopita, un revuelto de verduras, unos fideítos con manteca, esas cosas livianitas. Nunca jamás pide un guiso, ni una fritura, porque él sabe que le hacen mal y aunque antes me peleaba con eso, ahora, desde que tuvo lo del intestino y el doctor le dijo que no podía creo que se le pasó, o a lo mejor es que cuando lo dijo el doctor me miró a mí y yo no sé pero me sentí un poco mal, como si yo fuera la responsable de que papi se hubiese sentido así, pero no es fácil con papi, pobrecito, porque él tiene su carácter y como dice a veces en la vida no le quedan diversiones y si encima se tiene que cuidar con las comidas, pero desde aquel susto cuando tuve que llamar de madrugada al Pami y llevarlo urgente a la clínica me parece que entendió y aparte yo me pongo más firme por el susto y porque el doctor medio que me hizo responsable. Igual yo me conseguí unas revistas con recetas de comida sana que son muy ocurrentes y sabrosas, aunque a veces es una lástima porque los ingredientes son difíciles de conseguir, o medio caros, y la verdad que el asunto de la plata es otra cosa que me tiene nerviosa, porque la jubilación de papi no es gran cosa, y los ahorritos que teníamos los usamos para reparar los techos de los dormitorios porque se llovían, y ésa es otra maldición de las casas que los departamentos no tienen: que siempre hay alguna reparación para hacer y todo cuesta dinero y no es nada fácil. Para peor a mí me bajó mucho lo de los alumnos de música, porque antes me acuerdo que en vida de mamá yo tenía casi todas las tardes ocupadas con los alumnos salvo los lunes y en cambio ahora casi nada. Yo no sé los chicos de ahora, pensar que cuando nosotras éramos chicas era lo más natural del mundo que nos mandaran a estudiar algún instrumento, o a aprender corte y confección como Anita, pobrecita que en paz descanse, pero ahora casi nada, apenas vienen las nenas de Funes, una para piano y la otra para guitarra, que yo realmente no sé si vienen con ganas o porque las manda la familia que siempre fue tan buena gente y se sienten en deuda con papi por aquel asunto del asfalto y del agua de la época cuando él estuvo de secretario de Obras

Eduardo A. Sacheri

Públicas. Y yo creo que vienen sin ganas porque la verdad que mucho no aprenden y encima la más grande acaba de cumplir los doce y las chicas de ahora a esa edad empiezan a comportarse como mujeres en todo el sentido de la palabra, no sé si me explico, y a pensar en muchachos y si ahora se distrae y practica poco y nada, no me quiero imaginar lo que será dentro de un tiempo.

Igual si lo pienso un poco sería todo un lío tener más alumnos, porque la época en que tenía muchos era en vida de mamá, que llevaba la casa a la perfección y a mí me tenía como una reina y cuando le ofrecía ayudarla en la limpieza me decía dejá, Elenita, dejá, vos atendé tus cosas que yo me ocupo. Así que me parece que ahora igual no podría, con eso de tener que empezar con la cocina a las once, porque entre pitos y flautas, entre que preparo el almuerzo y lo ayudo a papi a venirse a la cocina y aunque yo como en dos bocados porque me pongo nerviosa pensando en todo lo que me falta hacer, no me puedo levantar y dejarlo ahí a papi como si nada, así que me quedo haciéndole compañía hasta que a él le agarra un poquito de sueño, una modorrita, y lo ayudo hasta la pieza y le pongo la inyección, que menos mal que aprendí a darlas porque lo del enfermero nos salía sus buenos pesos, y vuelvo a la cocina y lavo los trastos y cuando me quiero acordar ya son las dos y me quedan sin hacer una o dos habitaciones. Eso siempre y cuando no sea miércoles, que es el día que encero los pisos de parqué del comedor y de la sala, porque eso me lleva un tiempo terrible; pero no lo puedo dejar de hacer porque es un parqué muy fino que papá mandó poner cuando era secretario y el dinero no era problema y la madera la trajeron de Suecia y era la época en que recibíamos mucho en casa, y la verdad que ver el brillo que tiene todavía hoy es hermoso porque se nota la calidad de la madera. Pero bueno, a lo que iba es a que cuando me quiero acordar ya son las tres o tres y cuarto y si no me apuro no me puedo tirar a descansar ni un ratito, y la verdad es que lo necesito porque ya no soy una jovencita y la casa como ya dije me demanda un gran cuidado, y si no me recuesto a esa hora después ya no puedo porque a las cuatro y media le tengo que llevar la píldora a papi, porque si no se la doy yo se olvida de tomarla y ya me pasó dos veces que le dejé el encargo a él pero se olvidó y no quiero ni pensar que pueda volver a pasarle lo del intestino y haya que salir corriendo a la clínica y el doctor me vuelva a mirar como cuando lo de las comidas. Así que por eso me tengo que levantar cuatro y media a más tardar, pero igual me viene bien porque después de la píldora lo dejo sentado en la mecedora con la almohadilla térmica para la cintura y me voy a hacer las compras, que me llevan un buen rato no tanto por la cantidad que compramos sino porque es importante que llevemos una dieta equilibrada y que comamos de todo, y entonces tengo que ir a menudo a la pescadería y a la verdulería y a la carnicería y todo eso, y encima antes lo de almacén lo compraba todo en lo de Cáceres, y a la estación iba sólo para las otras cosas los martes y los viernes, pero ahora voy todos los días porque me parece que Cáceres es medio carero y son tiempos en los que una tiene que cuidar hasta la última monedita, y el supermercado de la estación tiene mejores precios. El único problema es que a la vuelta tengo que dar un rodeo para no pasar delante de lo de Cáceres con las bolsas del supermercado porque sería un papelón ya que toda la vida le compramos a él y es por eso y no por otra cosa que sigo yendo a comprarle de vez en cuando, aunque sea lo del día, una manteca, una leche, algo de queso o de fiambre, pero voy con vergüenza porque supongo que se tiene que dar cuenta de que compro mucho menos que antes, aunque igual no me dice nada. A papi no le cuento que voy al supermercado porque si se llega a enterar de que le dejo de comprar a Cáceres es capaz de hacerme un escándalo y a mí me da miedo que le pase algo con la presión y las coronarias como la otra vez. Así que cuando entro con las bolsas me apresuro a guardar las compras rapidito y tiro las bolsas a la basura para que él no las vea cuando viene a la cocina. Y ojo que me da lástima porque es una picardía desperdiciar todas esas bolsitas que me vendrían bárbaro para sacar la basura, pero prefiero economizar las otras con tal de no arriesgarme a que papi se lleve un disgusto, o a que Cáceres las vea alguna vez colgadas del clavo donde ponemos la basura para que la retire el basurero.

Eso de ir a hacer las compras a la tarde a veces es medio hincha, con perdón de la palabra, sobre todo en invierno que oscurece tan temprano y se pone tan frío. Debe ser por eso que muchas mujeres prefieren ir de mañana. A casi todas las vecinas me las cruzo a' la mañana, y las saludo mientras van a comprar y yo estoy afuera baldeando la vereda. Pero yo no puedo ir de mañana, aunque alguna vez hice la prueba de ir bien temprano antes de la limpieza, y me acuerdo de que me sentía horrible porque miraba la hora y veía que eran las nueve o las diez y pensaba en toda la casa sucia, mi cama sin tender y la vereda sin baldear, y de sólo imaginar el polvo depositado sobre la mesita ratona de la sala o sobre el modular o la mesa del comedor me agarró como un ahogo y un hormigueo en el cuello que solamente me da cuando me pongo muy pero muy nerviosa, y por eso no lo hice más y decidí ir siempre siempre de tarde.

A mí no me gusta improvisar porque si no sé lo que va a ocurrir y no tengo todo organizado me pongo nerviosa y las cosas me salen mal. Por eso no sé por qué se me ocurrió la maldita idea, con perdón, de ofrecerle a papi si el jueves tenía ganas de almorzar albóndigas con puré. Yo sé que tiene que comer bien livianito, pero resulta que el jueves habíamos discutido con papi por un asunto de su higiene personal, que no viene al caso, y él se puso muy enojado y yo también y él me dijo algunas cosas muy feas y yo también perdí un poco la paciencia y le alcé la voz y después, como me pasa siempre, cuando me serené me dio lástima y me sentí mal porque el pobrecito ya está grande y es natural que se le pasen ciertas cosas y no está bien que yo me impaciente, porque ya habrá que ver cómo estoy yo cuando llegue a la edad de él. Pero en el momento de la discusión perdí los estribos y le dije que era un viejo hincha y aunque después me horroricé de haberle dicho semejante cosa a papi me salió así, y cuando se me pasaron los nervios me dio una vergüenza bárbara pensando si mamá me hubiese

visto hablarle así a papá me hubiese dado un
cachetazo, y la pobre Anita que en paz descanse y era
tan dulce jamás se hubiese atrevido a semejante cosa.
Y como me sentí espantoso y una mala hija le ofrecí a
papi lo de las albóndigas pensando que tan mal no le
podían caer y aparte yo las albóndigas las hago muy
limpitas y no caen nada pesadas porque la cebolla la
hiervo primero y a la salsa apenas le agrego una gotita
de aceite y sale relivianita y no se repite nada nada.
Pero como una estúpida, y otra palabra no me cabe,
me olvidé de que no tenía salsa de tomate porque,
vamos a ser sinceras, con lo del intestino de papi y lo
que dijo el doctor yo hacía meses que no me salía de
lo de la comida livianita; y no sé cómo pudo habérseme
pasado semejante cosa aunque supongo que fue por
los nervios de la discusión, si hasta me salieron unas
ronchitas en el cuello que me salen cuando me pongo
muy tensa y tardan un montón en írseme, así que tal
vez fue por eso que me olvidé de revisar la alacena y
para peor el viernes me levanté tardísimo, pero
tardísimo; que no sé si me aflojé después de discutir
o qué pero el asunto es que me levanté como a las
siete, y dejé mi cama sin hacer para no atrasarme con
el desayuno de papi que ya me estaba llamando desde
su dormitorio, y creo que de no ser por sus gritos soy
capaz de seguir durmiendo, porque abrí los ojos al
sentir que gritaba Elenita, Elenita, y primero me
sobresalté pensando que se sentiría mal como la vez
del intestino pero no, porque enseguida por la luz
que entraba por la persiana me avivé de que me había
quedado redormida y a duras penas tuve tiempo de
ir hasta la cocina y preparar rapidito el té y las

tostadas, y como estaba atrasadísima cuando
después volví a la cocina dejé las tazas y los platos
con las migas en la pileta y me puse a plumerear la
sala y a barrer y cuando abrí las persianas me quise
morir porque vi que las chicas de Funes que habían
venido a la clase de piano y de guitarra la tarde
anterior me habían rayado todo el piso y yo me di
cuenta de que era mi culpa porque las dos vinieron
con mocasines de suela y yo no las hice caminar con
los patines de lana que tengo para no rayar, como
hubiera sido lo correcto en el parqué recién encerado,
sino que las dejé entrar así nomás y no les dije lo de
los patines porque una vez me pasó que se pusieron
a jugar con ellos y se apuraban a propósito para
resbalar mejor y a mí me había dado un miedo atroz
de que pudieran romper algo o lastimarse, y la sala
está llena de adornos de esos que le gustaban tanto
a Anita, y cómo le explico después a la madre que se
lastimaron en clase de piano y guitarra; y yo sé que
la realidad es que ese piso es demasiado bueno para
dejar que lo pisoteen ese par de chiquilinas
malcriadas pero no tengo otro sitio para la clase, y la
verdad es que a una le da rabia que los chicos de
ahora sean tan maleducados.

Pero el daño estaba hecho, y además me acordé
justo entonces que hacía como dos semanas que no
iba al almacén de Cáceres e iba a aparecer únicamente
para comprarle una miserable latita de tomate, y me
llené de angustia porque sentí que se me iba a caer la
cara de vergüenza, pero por otro lado ir hasta la
estación era imposible porque ya se me había hecho
tardísimo y a papi le gusta comer puntual, y cuando

miré la hora sentí como un ahogo porque eran las
diez y media y la casa era una mugre y un desorden y
me acordé de todo junto y me quise morir porque
estaban la cama sin hacer y los trastos del desayuno
sin lavar y el parqué de la sala todo marcado y ni
hablar de la vereda que en esta época del año se llena
de las basuritas que largan los árboles de la vecina y
yo sentí que no me podía ir así de ninguna manera
con todo desprolijo, pero por otro lado a papi le había
prometido lo de las albóndigas y papi está en una
edad en la que reacciona como un chico y si no
cumplía con el agasajo prometido me iba a hacer una
escena de capricho y justo yo, estúpida de mí, que le
había prometido las albóndigas justamente como un
modo de hacer las paces después de nuestra pelea
del día anterior; y por un lado pensaba en papi y en la
cara que iba a poner si le decía que lo de las albóndigas
lo dejábamos para otro día para ponerme a limpiar, y
por el otro lado me imaginaba la escena de irme de la
casa a comprar la lata de tomates dejando todo en
ese estado deplorable y sentía como si las sábanas
arrugadas y las migas en la pileta y los rayones en el
parqué de la sala me hicieran cosquillas y me dieran
mordiscos en los talones para no dejarme en paz y
entonces sentí como un vahído, un malestar como si
me bajara la presión y me acaloré de repente y aun
sin verme en el espejo me di cuenta de que el cuello
debía estar llenándoseme de esas horribles ronchitas
rojas, y aunque no era la primera vez que me pasaba
esta vez era peor, mucho peor, y yo trataba de decidir
si limpiaba la casa o si lo contrariaba a papi, y no
podía decidir y cada vez me angustiaba más y miré de

nuevo la hora y eran las once menos cuarto y me acuerdo que grité de pura impotencia porque la hora se iba y fue entonces que sucedió esa cosa extraña, esa horrorosa sensación corporal de derrumbarme en el sillón con cubierta floreada de la sala, rendida y sin fuerzas, doblada en un espasmo de arcadas y tos, y al mismo tiempo y aunque no pudiera ser posible me vi a mí misma de pie en medio de la sala con las manos en la cintura y la mirada preocupada y la piel irritada, y yo me sentí enloquecer porque no podía ser cierto pero tampoco estaba soñando, y de repente esa imagen mía que estaba de pie en el centro de la habitación chasqueó la lengua como hago yo cuando tomo una decisión que me cuesta y empezó a caminar hacia la habitación de papi, y aunque era ridículo yo le tuve miedo porque era como una especie de fantasma que vestía como yo y caminaba como yo y empezaba a llamarlo a papi desde el pasillo, y entonces lancé un grito porque no entendía lo que pasaba y a mí eso me aterra, y me levanté y salí corriendo hacia la habitación de papi pero me detuve de pronto porque recostada en el marco de la puerta de la pieza estaba esta especie de fantasma hablando con papi como si tal cosa, y él no se daba cuenta de que no era yo, porque le decía Elenita a ella, y le preguntaba por qué había pegado ese grito y la del umbral le contestaba que no, que no pasaba nada, que no había gritado y con mucha calma, como hago yo cuando no quiero que papi me haga lío con alguna cosa, le explicaba que se le había hecho tarde con el almuerzo pero que tenía ganas de cocinarle las albóndigas con puré y que si él la esperaba se iba de una corridita a comprar

187

una lata de tomate que le hacía falta, y yo me quise morir porque papi hablaba con ella sin notar que era una falsa Elenita, porque la verdadera que soy yo estaba parada unos metros atrás en el pasillo, y no lo soñé porque ahí estaba el espejo grande con marco de bronce y toqué mi imagen con cara de susto en su superficie helada y uno en los sueños no tiene esa sensación de frío en la punta de los dedos al tocar un espejo, y papi le estaba contestando que sí m'hija, que no había problema, que él se quedaba escuchando la radio un rato más y listo, y entonces yo me sobresalté porque la falsa Elenita se dio vuelta hacia mi lado para ir a la cocina y yo no sabía lo que iba a ocurrir cuando me viese, pero no ocurrió nada y me pasó por al lado y ni me miró porque iba con la vista fija adelante y sonriendo con cara de alivio como si la paciencia de papi con el almuerzo la hubiera tranquilizado, y tuve que apoyarme contra la pared para no desmayarme mientras la escuchaba en la cocina quitándose el delantal y colgándolo del gancho de la puerta del patio y sacando la bolsa de las compras del segundo cajón de la alacena y agarrando el monedero marrón que siempre dejo en la canastita sobre la heladera y abriéndolo y ojeando rapidito adentro con un tintineo de monedas para asegurarse de que le alcanzaba, y yo me tapé la boca con la mano para no volver a gritar porque esa Elenita falsa hacía las cosas en el mismo orden y con el mismo cuidado que yo, tanto que parecía yo misma, y pensé en decirle a papi lo que estaba pasando pero tuve miedo de impresionarlo y decidí que no, y en ese momento sentí el golpe de la puerta de calle y sus pasos en las lajas y el ruido del portón de la vereda y entendí que se había ido nomás al almacén, y también advertí que era como yo pero era distinta porque a mí no se me hubiese ocurrido jamás golpear de ese modo la puerta de calle porque papi puede sobresaltarse y además se puede descascarar el revoque sobre el marco y la rajadura de la pared se agranda y encima cae un polvillo que es un incordio para limpiar.

A mí hay dos cosas que me ponen muy nerviosa. Una son las sorpresas porque me asusta que me pasen cosas que yo no sabía que me iban a pasar sin haber tenido tiempo de pensar qué hacer. Y la otra son las cosas que no entiendo, porque yo soy mucho de pensar las cosas y cuando me pasa algo raro de repente me angustio y seguro que no sé qué hacer. Y lo que acababa de ocurrir era una sorpresa y no lo entendía, así que me puse muy nerviosa y me largué a llorar, pero en la cocina para que papi no me oyera. Pensé en llamar a la policía pero me iban a tratar de loca. Después se me ocurrió llamar al doctor López, que es un hombre tan bueno y que sabe tanto y papi lo aprecia mucho y es el único al que obedece con el asunto de sus cuidados, pero me dio mucho miedo de que también pensase que estoy loca así que decidí no avisarle a nadie hasta saber bien qué hacer. Pero al mismo tiempo algo tenía que decidir porque no me podía quedar de brazos cruzados, y entonces me acordé del estado en que estaba la casa porque levanté la vista y desde la pileta asomaban las tazas sucias del desayuno y me incorporé de un salto y las lavé rapidito y cuando terminé pasé volando por mi pieza a tender la cama y a ordenar las cosas y puse una tanda de ropa sucia en el lavarropas y seguí haciendo cosas porque me daba cuenta de que trabajar me calmaba la ansiedad y al ratito ya había terminado con los dormitorios, y fue lindo porque cuando entré a la pieza de papi él me sonrió y me ayudó todo lo que pudo moviéndose a un lado y a otro para no estorbar mi labor, y cuando me estaba yendo para seguir con la vereda me dijo que se le hacía agua la boca pensando en esas albóndigas y yo le sonreí sin contestarle porque ya dije que no lo quería preocupar.

Después salí a barrer la vereda que, como yo había pensado, estaba llena de las basuritas de los árboles de la vecina, y es por eso que hace unos años mandé a cortar los árboles de la vereda nuestra, porque aparte de que llenaban de hojas y cositas con las raíces rajaban las baldosas y una vereda con baldosas rotas da una impresión horrible sobre las casas, así que mandé que los cortaran, pero hubo un momento en el que casi me muero porque mientras estaba agachada enjuagando el trapo en el balde (porque yo siempre paso el trapo después de barrer la vereda porque si no queda todo desprolijo) sentí unos pasos en la vereda y era ella, la falsa Elenita que venía tan campante con la bolsa de las compras y tarareando bajito como hago yo cuando estoy muy contenta y entró a casa por el caminito de lajas y la verdad es que fue muy descuidada porque ni siquiera cerró el portón y así se puede meter cualquier perro a hacer sus necesidades en el pasto o en los canteros de plantas. Primero no supe qué hacer porque verla me llenó de miedo otra vez, pero tampoco podía dejar la vereda a medio limpiar, así que la terminé ligerito y volví a entrar. De la cocina venía un aroma muy suave de la cocción de la salsa y se escuchaba el trajín de las cacerolas. A lo mejor tendría que haber ido a la cocina a ver qué pasaba con la falsa Elenita, pero no fui porque lo pensé dos veces y me di cuenta de que la salsa la estaba haciendo bien limpita por el perfume suavecito que se sentía y sobre todo porque si ella se encargaba de la cocina yo me podía poner a encerar como Dios manda el comedor y la sala y dejar la casa en orden y a la tarde todo podía volver a la normalidad, con la casa limpia y papi levantándose después de la siesta y comentando que estaba todo reluciente mientras yo le cebo unos mates (poquitos, porque el doctor me dijo que no abusemos de las infusiones). Más tarde iría a la verdulería y todo estaría bien, salvo por esa falsa Elenita que ya debía estar poniendo la mesa a juzgar por el tintineo de vajilla que se dejaba oír desde la cocina. A la hora del almuerzo yo me sentí un poco mal porque cuando llegué a la cocina restregándome las manos en el delantal resulta que ya estaban sentados, papi en su sitio de siempre y la impostora en el mío, y papi la felicitaba por la comida y la falsa Elenita sonreía y se ponía colorada y me dio una bronca terrible porque así cualquiera, porque yo me había deslomado limpiando todo y todavía me faltaba lustrar el parqué de la sala y ella lo único que había hecho eran esas albondiguitas y así cualquiera, así que entré resoplando y me senté haciendo ruido en una de las sillas vacías y los miré enojada, pero ellos estaban vueltos hacia la tele viendo el noticiero y ni me miraron. Obvio que con la bronca que tenía no quise probar bocado, así que cuando la Elenita de mentira se puso de pie y le preguntó a papi qué quería de postre yo también me paré y salí de la cocina sintiéndome muy enojada porque era muy desconsiderado que ni siquiera me hubiesen dirigido la palabra en todo el rato.

Después me calmé porque terminé con el piso de la sala a eso de las dos y mientras recorría la habitación sobre los patines de lana y veía que todo había quedado perfecto y del piso subía ese olor cargado y limpio que deja la cera nueva y revisé las diferentes habitaciones y pasé el dedo por las repisas y encendí las luces y me agaché a cerciorarme de que no había quedado mugre en los pisos y en las patas de la cómoda y comprobé que todo estaba limpio, me invadió una sensación de bienestar que durante esa mañana tan extraña había creído perdida para siempre, y como me relajé me dio sueño y la pieza estaba toda ordenadita y la cama tendida con el doblez de la sábana en el lugar exacto y la almohada bien acomodada en su sitio preciso. La falsa Elenita debía estar mirando tele porque se escuchaba bajito el murmullo del aparato y primero me dio un poco de bronca porque si no necesitaba recostarse era porque todo el trabajo pesado lo había hecho yo pero después se me pasó un poco porque tuve que reconocer para mis adentros que la cocina la había dejado impecable. Eso sí, de la siesta me levanté temprano para estar segura de ser yo la que le cebara el mate a papi. Cuando entré a su pieza con el termo y las demás cosas él me saludó como si nada, y yo me tranquilicé porque con lo del almuerzo me había agarrado un poco de miedo de que ahora que estaba la falsa Elenita él no me reconociera o algo por el estilo, pero todo anduvo bien y yo supongo que la otra se debe haber dado cuenta porque a eso de las seis se fue a la verdulería y cuando volvió no salió de la cocina hasta la hora de la cena. Por eso después del mate con papi, cuando me di cuenta de que la otra iba a ocuparse de la verdura y la cocina aproveché y busqué las herramientas del jardín y saqué los yuyos y las hojitas secas de los canteros y del patio, que hacía como una semana que no arreglaba eso, y terminé como a las siete con la cintura un poco dolorida pero me quedé contenta porque quedó precioso. Tan chocha me quedé que casi no me importó que fuera ella la que acompañase a papi desde su dormitorio a la cocina para la cena, y que de nuevo se sentara en mi sitio y papi hablara sólo con ella de la serie que estaban viendo en la tele. No le di el gusto de sentarme en otra silla, y preferí quedarme de pie observándolos desde el umbral. Eso sí, me fui a acostar bien temprano y dejé que fuera ella la que se encargara de acostarlo a papi y de dejar todo listo en su dormitorio y de limpiar la cocina. Y hasta me divertí un poco al cerrar la puerta de mi habitación con llave, para que no se le ocurriera arrebatarme mi cama. Igual después, ya avanzada la noche, abrí y dejé un poco entornado para poder escuchar en el caso de que papi necesitase algo. Dormí bien, porque empecé a pensar que a lo mejor lo que estaba pasando no era tan malo, y que tal vez sólo era cuestión de acostumbrarse y organizarse debidamente. Además estaba muy cansada, porque había trabajado todo el día y por los nervios, y porque al fin de cuentas una no es una mula de carga.

El sábado cuando me desperté me quedé helada. La falsa Elenita había entrado a la pieza en algún momento y estaba de pie, en camisón, con las manos en la cintura, delante del placard abierto eligiendo la ropa que iba a ponerse. No sé si grité o el alarido me salió para adentro o si no dije nada, pero ella no se volvió a mirarme. Lo que pasó después fue espantoso. La falsa Elenita corrió un par de perchas, como indecisa, y miraba de vez en cuando la percha del rincón, que desde donde yo estaba no se veía. Empezó a respirar cada vez más fuerte, como resoplando, y se puso colorada y siguió revolviendo las perchas hasta que le empecé a ver en el cuello las mismas ronchitas que me salen a mí cuando me pongo muy nerviosa porque tengo que decidir algo y me cuesta, y de pronto la falsa Elenita se sentó de golpe en la silla que tengo a los pies de la cama pero al mismo tiempo siguió parada frente al placard, y yo no lo podía creer pero la miré a la Elenita de la silla y tenía una cara de horror enorme que me hizo acordar del día anterior cuando era yo la que desde el sillón floreado de la sala no podía creer lo que estaba pasando, y al mismo tiempo la otra Elenita de mentira seguía de pie y agarraba fuerte, como decidida, la percha del rincón y la sacaba del ropero como con furia, y yo cuando vi lo que sacaba me quise morir, y me acordé por qué esa percha estaba en el rincón y entendí que la Elenita que ahora se había sentado en la silla no quisiera sacar justo ésa, porque era esa blusita fucsia que me regaló la tía Inés para mi cumpleaños de hace tres años y que yo no me voy a poner en la vida, porque tengo el cutis muy apagado y es sabido (como decía mamá) que a la gente como nosotras les quedan horribles los colores de la gama del rojo, que en cambio le sentaban tan bien a Anita, que en paz descanse, porque ella tenía el cutis como el de papi, esa piel rosada y suave que todo le quedaba una maravilla. Y aparte la tela es medio elastizada y el talle un poco chico y me marca demasiado, no sé si se entiende, y me da vergüenza porque con ropa así parece que una quisiera exhibirse. Y tanto es así que cuando la tía me la regaló yo le di las gracias y no dije nada pero me juré no usarla jamás en mi vida y si no la regalé a la parroquia fue por miedo a que la tía me hiciese alguna vez una pregunta de la blusa. Ojo que si yo estaba horrorizada la Elenita falsa de la silla estaba directamente desencajada. Se tapaba la boca con la mano y veía incrédula cómo la otra se apoyaba esa blusa chillona sobre el cuerpo, todavía sin sacarla de la percha, y se contoneaba un poco mirándose en el espejo y sonreía. Ni qué hablar la cara que pusimos las dos cuando la Elenita esa se quitó el camisón y se puso la blusa como si nada, y no nos sirvió en absoluto que la combinara con la pollera negra recta que es mucho más clásica y el negro sí que nos queda bien. Estábamos las dos sorprendidísimas de verla tan campante salir al pasillo con esa facha, porque la Elenita de ayer (ya no sé cómo llamarla porque ya no había una sino dos Elenitas falsas), yo que sé, había hecho eso de las albóndigas en lugar de limpiar la casa, pero por lo demás no hizo nada raro, pero en cambio la que acababa de salir se veía a la legua que estaba dispuesta a irse muy oronda a hacer los mandados con ese aspecto de loca, mientras la otra Elenita seguía derrumbada en la silla. Cuando le pasé por al lado me pareció que volvía a sobresaltarse como si recién entonces me viera por primera vez, pero no me pude parar a pensar en eso porque la Elenita de la blusa fucsia salía ya de la cocina hacia la calle con la bolsa de las compras y descolgaba la llave del clavito de la puerta y le avisaba a papi que a la vuelta le hacía el desayuno. Menos mal que yo me había apurado, porque cuando papi oyó eso se desconcertó porque eran casi las siete y él es muy regular con sus horarios y a él le gusta desayunar temprano, antes de ir al baño y todo eso, y ya estaba preguntando en voz alta qué pasaba cuando yo me asomé apenas a su pieza y le dije que nada y lo tranquilicé y le expliqué que ya me iba ligerito a la cocina a prepararle el té y las tostadas.

Cuando salía de la pieza de papi con la bandeja del desayuno de vuelta hacia la cocina me la crucé en el pasillo a la primera Elenita falsa, la de las albóndigas, que se había vestido con ropa de entrecasa como para limpiar y venía cargando el balde y el secador y el escobillón y todo lo demás, y se había puesto un pañuelo en la cabeza porque era sábado a la mañana y el sábado es el día de pasar el plumero a los techos y a las lámparas y vuela mucho polvo y el pelo se pone a la miseria; pero me miró apenas y bajó los ojos y me pasó por el costado rapidito y como asustada y yo no le dije nada. Igual la verdad es que con esa Elenita nos entendíamos de mil amores para la limpieza porque ella se dedicó a lo de los techos y yo mientras tanto puse al día la ropa de plancha que con el embrollo del día anterior se me había pasado completamente por alto, y cuando terminé la vi frotando con esmero los vidrios de las ventanas y vi que lo hacía del modo correcto, con un papel de diario apenas húmedo en vinagre, y me pude ir tranquila a la vereda a baldear y todo eso. Lástima que en la calle me encontré de narices con la Elenita de la blusa fucsia que volvía muy campante de hacer las compras, y me pasó por el costado igual que si yo fuera un poste y entró a la casa como si nada; pero para colmo de males cuando alcé la vista me encontré con que doña Sara, la de enfrente, se había quedado tiesa con la escoba en una mano y mirando hacia nosotras, y como yo no sabía qué hacer ni qué cara poner la saludé con un gesto y bajé los ojos y terminé con la vereda como pude y me metí adentro igual de avergonzada que si me hubiese exhibido desnuda, con perdón, por la peatonal a la vista de todos, porque ahora me daba cuenta de que si la situación se desorganizaba y la noticia se desparramaba por el barrio iba a quedar fuera de control, y lo peor era que no tenía con quién hablar de lo que estaba pasando porque con papi ni pensarlo y con la Elenita de ayer tampoco porque se ve que me tenía miedo ya que en el pasillo había evitado mirarme y después también, y con la Elenita de la blusa ni loca porque desde que entró en la cocina se dedicó a edificar un caos detrás de otro, porque cuando la fui a ver me quedé tiesa viendo que había sacado la cacerola enlozada y la tenía a los golpes sobre las hornallas y yo temí que la cascase toda, pero el acabose fue cuando sacó la sartén de teflón para preparar el revuelto de verduras y no tuvo mejor idea que ponerse a revolverlo con una cuchara común, y yo sentí que los rayones me los estaba haciendo propiamente en la piel, y para peor ahí, delante de sus narices, tenía la espátula de goma que es lo que hay que usar con la sartén de teflón pero no le importaba nada; aunque cuando lavó cinco tomates y vio que eran demasiados, y sin secarlos y sin envolverlos en papel de diario los embutió en la heladera sin más ni más no pude resistirme y le señalé con la mayor educación de la que fui capaz que así se iban a echar a perder, pero la muy insolente ni siquiera me miró y siguió trabajando con el almuerzo como si tal cosa, así que yo me metí en mi pieza a llorar de la impotencia y de la desesperación acordándome de que doña Sara, la de enfrente, nos había visto a la Elenita de la blusa fucsia y a mí y sólo Dios sabía a quién se lo había contado, y ese miedo me generó una postración tan grande que no tuve fuerzas para interesarme por lo que ocurrió en aquel almuerzo, ni el estado en el que esa desprolija dejó los utensilios de cocina.

Sólo me incorporé de un salto bien entrada la hora de la siesta, aunque por supuesto no había pegado un ojo, cuando sentí las voces de las chiquilinas de Funes y enseguida la tapa del piano y el chirrido del banquito, y me levanté como loca temiendo que lo que yo suponía fuese cierto y era nomás, porque por la rendija que dejaba la puerta que da del pasillo a la sala vi que la Elenita de la blusa fucsia se disponía a darles la clase de piano a las chicas Funes, y alzando un poco la vista vi que la Elenita de las albóndigas espiaba lo mismo que yo pero desde la puerta que desde la sala da al comedor, y ninguna de las dos entró. Menos mal, porque nomás de acordarme de la cara que puso la vieja de enfrente al ver a dos de nosotras no me quería imaginar el escándalo que podrían armar aquellas dos mocosas. Por supuesto que decidí no moverme de ahí en toda la clase, porque esa Elenita de la blusa no me daba ninguna confianza a juzgar por su modo de vestir y de trabajar en la cocina, y la verdad es que me dio toda la impresión de que trataba a esas dos criaturas con demasiada liberalidad, y las chicas se tomaron a chiste la clase, y cada vez tocaban peor y lo hacían al mismo tiempo, el piano y la guitarra, y la Elenita de la blusa no sabía qué hacer y les pedía en voz baja que se portaran bien y las nenas no le hacían caso y ella resoplaba para calmarse y se ponía colorada y yo estaba enojadísima porque si seguían gritando lo iban a despertar a papi de su siesta y él se pone de muy mal humor cuando pasa eso, y la volví a mirar a la Elenita de la blusa y supe lo que iba a pasar porque ya lo había visto a la mañana con la otra y me sentí desfallecer porque ahora iba a suceder delante de esas dos salvajes, con perdón, pero ya era inevitable porque la Elenita de la blusa estaba toda roja y con las manos crispadas sobre las teclas del piano y las ronchitas en el cuello y de pronto se puso de pie y empezó a los gritos a decirles que eran dos mocosas maleducadas y que le habían colmado la paciencia y que no quería volver a verles el pelo en esa casa, y las chicas la miraban con los ojos muy abiertos pero también miraban hacia el piano, porque ahí seguía la otra Elenita, la de la blusa, sentada un poco encorvada con las manos sobre las teclas y cara de estar muy sorprendida por esos gritos que se escuchaban a su espalda.

Yo no sé si hice bien o hice mal, pero abrí del todo la puerta del pasillo y entré apresurada en la sala y agarré con una mano a la más grande y con la otra a la más chica y me las llevé hacia la puerta de calle, mientras la Elenita de los gritos seguía diciéndoles de todo con la voz casi estrangulada de la furia, y las acompañé hasta el portón y les sonreí y les dije chau y ellas seguían mirándome con los ojos abiertísimos y mudas, pero no me pude quedar porque tenía que hacer algo con la Elenita de los gritos que seguía vociferando con unos alaridos que se escuchaban desde la vereda, y cuando entré casi corriendo se confirmaron mis peores temores porque lo oí a papi muy enojado preguntando desde la pieza qué era todo ese barullo, pero no pude encarar a la Elenita gritona porque cuando llegué a la sala ella había salido hacia la habitación de papi y en el centro de la sala estaba la primera falsa Elenita, la de las albóndigas, que se miraba fijo con la Elenita de la blusa que seguía sentada en el banquito del piano, y entonces nos miramos las tres pero fue un segundo porque tuvimos que salir corriendo todas para la pieza de papi porque ahora los gritos venían de allí, porque la Elenita gritona había entrado y no precisamente para calmarlo a papi con lo de su siesta, sino que estaba gritándole unas cosas horribles y había cerrado la puerta y se ve que estaba apoyada del lado de adentro porque por más que empujábamos y empujábamos no podíamos abrirla y las tres estábamos muy angustiadas y justo en ese momento sonó el timbre y yo fui a ver quién

era por el visillo de la puerta de calle y la Elenita
gritona seguía vociferando cosas espantosas sobre
papi y yo pensé que era todo un desastre porque si a
papi le subía la presión tendríamos que llamarlo al
doctor López y yo la verdad que no me sentía con
ánimo para explicarle nada a nadie y cuando corrí la
cortinita para mirar por el visillo vi que en la vereda
no sólo estaba la madre de las chicas Funes sino doña
Sara la de enfrente y otros tres vecinos de la cuadra y
un policía, y estaban todos con mucha cara de
enojados y por un momento pensé en salir a tratar de
calmar los ánimos pero después pensé que no iban a
entender y encima los gritos seguían y ya no sólo
gritaba Elenita la última sino las dos anteriores, que
se ve que de algún modo habían conseguido entrar a
la pieza de papi, y cuando crucé la sala vi que el piso
estaba todo marcado por los zapatos de esas
chiquilinas barulleras, pero ni pensar en ponerme a
componer ese desastre con esos gritos cada vez más
destemplados que venían de la pieza; y la verdad que
ahora no sé qué hacer porque papi se debe haber dado
cuenta de todo y la primera Elenita vaya y pase porque
hasta nos habíamos complementado bien en las tareas
de la casa, pero la segunda, la de la blusa fucsia, ya
se había puesto a hacer cosas raras que a mí no se
me hubieran ocurrido en toda la vida, aunque a lo
mejor hablando un poco y explicándole cómo hacer
ciertas cosas podía mejorar, pero tampoco, porque
estaba también la Elenita de los gritos que le había
hablado a papi de una manera inaceptable, y ahora
encima las chicas de Funes seguro que no iban a volver
a clases, y con ese escándalo en el barrio todo iba a

Eduardo A. Sacheri

ser un infierno e íbamos a ser la comidilla de todo el mundo, y así se vuelve todo muy difícil, muy descontrolado, y en semejante lío ni ganas de vivir le quedan a una.

POR ACHÁVAL NADIE DABA DOS MANGOS

La verdad es que por Achával nadie daba dos mangos. Y si terminó atajando para nosotros en el Desafío Final que armamos contra 5° 1ª. en marzo del '86 fue porque se sumó una cantidad descomunal de casualidades, de situaciones y de contingencias que, si no se hubiese dado, habría hecho imposible que Achával terminase donde terminó, es decir, defendiendo nuestro honor debajo de los tres palos.

Cuando lo conocí, en 1° 2ª, pensé: "Este tipo tiene cara de otario". Pero me dije que no tenía que ser tan mal bicho como para juzgar a alguien simplemente por la cara, de modo que me obligué a darle una oportunidad. Jugamos contra 1° 1ª por primera vez en mayo de 1981. Apenas nos conocíamos, y Cachito –que iba a terminar atajando durante toda la secundaria– todavía se daba aires de mediocampista y se negaba a ir al arco. Por eso no tuvimos mejor idea que decirle a Achával. Error de pibes, claro. Porque cuando hacíamos gimnasia el tipo ya nos había demostrado que era un paquete que no servía ni para una carrera de embolsados. Pero en el apurón de juntar los once para el desafío, y ante la evidencia cruel, el viernes a la tarde, de que éramos diez y de que el resto de la división eran mujeres y ninguno de los diez quería ir al arco, Perico lo encaró y le dijo que teníamos un partido el sábado y que si quería podía jugar de arquero. El otro aceptó encantado, y yo pensé: "Bárbaro, un problema menos".

El asunto fue en la mañana del sábado. Cuando lo vi llegar se me bajaron los colores. Se había puesto una chomba blanca, un short con bolsillos, unas medias de toalla hasta la mitad de la pantorrilla y zapatillas blancas. Me quise morir. Un tipo que te viene a jugar al fútbol vestido de tenista es un augurio de catástrofe. Mientras nos calzábamos los botines detrás del arco el fulano se mandó para la cancha. Se paró bajo el arco y lo miró con curiosidad, como si fuese la primera vez en su vida que veía un artefacto como ése. Los chicos que estaban peloteando cerca le tiraron un pase. Esperó con las manos a la espalda, como un alumno aplicado. Que un tipo te venga a jugar en chomba blanca es delicado. Pero que espere el balón con las manos cándidamente cruzadas a la espalda se parece a una tragedia. Supongo que mi cara dejaba traslucir el espanto, porque Agustín me codeó y trató de tranquilizarme: "Andá a saber, capaz que al arco el tipo es una fiera". Pero ni él se lo creía. No hace falta que diga que cuando la pelota le llegó hasta los pies la devolvió sin intentar siquiera el más modesto de los jueguitos. Y le pegó de puntín, sin flexionar la rodilla. "Dios santo", pensé. Pero era tarde.

Cuando empezó el partido salimos todos como salvajes contra el arco de ellos. Pavadas que uno hace a los trece años, qué se le va a hacer. Nos esperaron, nos aguantaron, y a los diez minutos nos tiraron un contraataque que parecía el desembarco en Normandía. Cuando los vi disparando hacia nuestro arco, con pelota dominada, cuatro tipos contra Pipino, que era el único juicioso que se había parado de último, dije: "Sonamos". Pero guarda, que ellos también tenían trece, y cada uno estaba dispuesto a hacer el gol de su vida. De manera que el petisito Urruti, que jugaba de siete, en lugar de tocar al medio, lo pasó a Pipino por afuera y se jugó la personal. La pelota se le fue larga, pero Achával seguía clavado a la línea como si fuera un arquero de metegol. La verdad es que viéndolo así, alto, tieso, con las piernas juntas, lo único que le faltaba era la varilla de acero a la altura de los hombros. Cuando el petisito le pateó tuve un atisbo de esperanza. La pelota salió flojita, a media altura. Fácil para cualquier tipo que tuviera la mínima idea de cómo se juega a este deporte. Pero se ve que Achával no era el caso. Porque en lugar de abrir sencillamente los brazos y embolsar la pelota se tiró hacia adelante, como para cortarle el paso al balón en el camino. Pobre, supongo que habría visto alguna vez un partido por la tele y pretendía que lo tomásemos en serio. Lo doloroso fue que calculó tan horriblemente mal la trayectoria que la pelota, en lugar de terminar en sus brazos, le pegó en el hombro izquierdo, se elevó apenas y entró en el arco a los saltitos. En lo personal hubiera deseado insultarlo en cuatro idiomas y dieciséis dialectos, pero como no había nadie dispuesto a tomar su puesto en la valla me mordí los labios y volvimos a sacar del medio.

El segundo gol fue, sin dudas, más pavo que el primero. Un tiro libre más o menos desde Alaska. Pipino la dejó pasar al grito de "Tuya, arquero", porque el delantero más cercano estaba fácil a diez metros de la pelota. Pero Achával no estaba listo para semejante momento. No atinó a agachar su metro ochenta y cuatro para tomar la pelota con las manos. Intentó un despeje con la pierna derecha. Y pasó lo que tenía que pasar cuando el tipo que intenta pegarle de derecha te viene a jugar un desafío con medias tres cuartos de toalla blancas y zapatillas de tenis: le pifió, la pelota le pegó en la pierna izquierda y siguió el camino de la gloria. Riganti –el que había pateado– tuvo al menos la honestidad de no gritarlo. Yo ya tenía tal calentura que para no insultar a Achával estaba masticando mis propios dientes como chicles.

Cuando los de 1° 1ª vieron el paquete que teníamos al arco decidieron aprovechar el festival hasta las últimas consecuencias. Pateaban desde cualquier lado, y si nos comimos solamente siete fue porque Agustín y Chirola terminaron jugando pegados uno a cada palo y sacando pelota tras pelota de la propia línea. El tercero y el cuarto fueron casi normales. En el quinto había pateado Zamora. La pelota fue al pecho de Achával, quien, dispuesto a complicar todo lo complicable, dejó que el balón le rebotase y le quedara servida a Florentino. En el sexto gol Achával quiso experimentar en su propia piel qué sentía un arquero al despejar un centro con los puños. Fue casi un milagro: logró que sus puños se encontraran con la pelota en el aire. Lástima que el puñetazo lo dio sobre su propio arco, y tan bien colocado que lo sobró a Chirola, que estaba cuidándole el primer palo.

Perder 7 a 3 en nuestro primer desafío fue traumático para nuestros tiernos corazones adolescentes. Pero por lo menos sacamos dos conclusiones importantes: Cachito renunció a sus aspiraciones de ocho gambeteador y se resignó a vivir el resto de la secundaria bajo los tres palos. Y a Achával no volvimos a llamarlo en la perra vida para jugar los desafíos. Quedamos con diez, pero gracias a Dios lo solucionamos rápido. En junio nos cayó Dicroza directamente de los cielos. Le habían dado el pase del ENET para no echarlo. Creo que no hubo un solo año en el que el tipo terminase con menos de veinte amonestaciones. Pero su espíritu belicoso, que según el rector García lo convertía en un individuo "totalmente indisciplinado", bien orientado por el plantel, bien contenido, bien guiado hacia las pantorrillas de los contrarios, era algo así como una espada de justicia que disuadía a los rivales de peligrosas osadías.

De manera que el debut y despedida de Achával se había producido en mayo de 1981. Y así hubiesen quedado las cosas de no ser porque el pelotudo de Pipino tiene más boca que cerebro. Nos recibimos en diciembre del '85, con una estadística preciosa. Verdaderamente una pinturita. Treinta y dos ganados, seis empatados, dieciocho perdidos. Por supuesto que ésa era la estadística general, de primero a quinto. Pero los parciales también nos fueron favorables. Empezamos quinto año sabiendo que 5° 1ª no podía alcanzar a nuestro 5° 2ª, salvo que jugásemos doce mil partidos en el año. Igual mantuvimos la distancia. Jugamos ocho, ganamos cuatro y empatamos uno. ¿Qué más podíamos pedirle a la vida? Nada, absolutamente nada. Cuando nos dieron los diplomas colgamos una banderita en el salón de actos. Me dijeron que García, el rector, preguntó que eran esos números, "32-6-18", en tinta roja, imitando sangre. Pero ninguno de los del palco sabía una pepa del asunto. Los que sí sabían eran, lógicamente, los de 5° 1ª, que sufrieron como viudas toda la ceremonia y que intentaron vanamente quemarnos la insignia una vez iniciada la desconcentración, cuando los invitados se encaminaron hacia el gimnasio para el brindis.

De manera que listo, la vida ya estaba completa. Pero no: va el imbécil de Pipino y se encuentra en Villa Gesell con Riganti y con Zamora, dos de nuestros archienemigos, y los otros lo hacen calentar con que somos una manga de fríos y que por qué no jugamos un Desafío Final a la vuelta de las vacaciones, para "terminar de definir quién era quién en la promoción '85". Y el inocente, el idiota, el boludo de Pipino, en la calentura del momento les dice que sí, que no hay problema. ¿Puede alguien ser tan inútil? Bueno, sí, Pipino puede.

Cuando en febrero empezamos a contactarnos con la idea de seguir jugando juntos, Pipino se vino con la novedad del desafío que había pactado. Chirola se lo hizo repetir varias veces, para asegurarse de haber escuchado correctamente. Después tuvimos que agarrarlo entre cuatro porque lo quería moler a golpes, pero la cosa no pasó a mayores. Agustín y Matute dijeron que ellos no iban a agarrar viaje, ni a arriesgar un prestigio bien ganado a lo largo de todo un lustro, porque cualquier estúpido se fuera de boca hablando con el enemigo.

Pero códigos son códigos, qué se le va a hacer. De manera que cuando se nos pasó la bronca del momento nos dimos cuenta de que no había escapatoria. Agustín insistió todavía con alguna protesta. Nos dijo que pensáramos en el bochorno y en el lugar en el que nos íbamos a tener que meter la bandera si nos ganaban justo ese partido. Nos llamó la atención sobre que el último año del colegio había venido bastante parejo, que nos habían ganado tres de ocho, y que el riesgo de que nos acostaran era grande. Que se hiciera cargo el imbécil de Pipino, a fin de cuentas. Tenía razón. Seguro que tenía razón. Pero ahí habló Pipí Dicroza, nuestro zaguero sanguinario, y dijo que si vos tenés un perro y tu perro muerde a una vieja que pasa por la vereda, al veterinario lo tenés que garpar vos, porque no podés hacerte el otario si el perro es tuyo. Y después lo miró a Pipino, como para que no nos quedaran dudas de la alegoría. Ahí no quedó margen para seguir discutiendo. Había que jugarlo. Jugarlo y punto.

Pero nuestras dificultades recién empezaban. Cuando nos juntamos el sábado siguiente a patear en el colegio, faltaban Rubén, Cachito y Beto. Los esperamos un buen rato, y al final lo encaramos a Pipino, que para expiar parte de su pecado había quedado encargado de convocar a los que faltaban. Con un hilo de voz, muy pálido, nos dijo simplemente que eran "clase '67". Algunos no entendieron, pero a mí se me heló la sangre. Recorrí las caras que tenía alrededor. Todos eran del '68, menos Dicroza, que se había salvado por número bajo. Así que teníamos a tres jugadores haciendo la colimba. Maravilloso, definitivamente maravilloso.

Agustín trató de mantenerse sereno, preguntándole a Pipino si sabía dónde estaban destinados. Ahí Pipino se aflojó un poco. Evidentemente tenía alguna buena noticia al respecto. Con una sonrisa, nos dijo que Beto y Rubén la estaban haciendo en el distrito San Martín, porque el tío los había acomodado y salían cuando querían. A mí me preocupó un poco que después se quedara callado, porque de Cachito no había dicho nada. Agustín lo interrogó al respecto, sin perder la calma. El otro respondió en un murmullo, tan bajito que tuvimos que pedirle que lo repitiera. "Río Gallegos", suspiró. Eso fue todo. Nos sepultó la sombra del silencio. Jugarles un Desafío Final y darles a esos turros la posibilidad de puentear la estadística y abrazar la gloria era un desatino. Pero jugarles sin Cachito al arco era como ponernos un revólver en la sien nosotros mismos. Yo me quise morir. Chirola, en cambio, aprovechó la distracción del resto para ponerle una buena mano a Pipino como un modo de sacudirse la angustia. Pero hasta él sabía que de ese modo tampoco arreglaba nada.

De manera que terminamos por tirarnos bajo los árboles a rumiar las peripecias de nuestro plantel, hasta que alguien tuvo la hombría de sumar dos más dos, pensar en voz alta y decir que íbamos a tener que llamarlo a Achával, porque era el único varón disponible. El Tano preguntó si no era preferible jugar con diez, pero Agustín, que es un estudioso, nos dijo que no valía la pena, porque la cancha medía como ciento cinco metros por setenta y pico, y que en semejante pampa un jugador menos se notaba demasiado. "Un jugador ya sé, pero Achával...", el Tano sacudía la cabeza sin convicción.

Nos pasamos cuarenta y cinco minutos discutiendo en qué puesto ponerlo. Finalmente consideramos que el sitio menos peligroso era ubicarlo delante de la línea de cuatro, como para tapar un poco el aire a la salida del círculo central. A lo mejor era capaz de obedecer un par de órdenes concretas, al estilo de "No te le despegués al cinco" o "Pegale al diez bien lejos del área". A lo mejor algo había aprendido en esos años.

Lo que no fuimos capaces de calcular era que el punto ese se viniera con exigencias al momento de la convocatoria. Cuando lo llamó Agustín le dijo que sí, que se prendía encantado, pero al arco. Agustín no estaba listo para eso. Y cuando insistió, el otro volvió a retrucarle que no tenía problema en asistir, pero que jugaba sí o sí al arco, que era "su puesto natural". Cuando Agustín nos contó me acuerdo que Pipí Dicroza se agarraba el pelo con las dos manos y se reía como loco, pero de los nervios. "¿Cómo que el puesto natural? ¿Se le fundieron los tapones al boludo ese?" Yo pensé que tal vez era una venganza, una cosa así. Al tipo nunca lo habíamos convocado en toda la secundaria, y ahora nos tenía en el puño. Se iba a dejar hacer los goles como un modo de castigarnos. Así que me fui hasta la casa a encararlo.

Pero cuando me abrió la puerta me desbarató las intenciones. Salió a darme un abrazo con cara de Virgen María. Estaba chocho. No me dejó ni empezar a hablar, y de movida me informó que se había ido esa misma mañana a comprar guantes y medias de fútbol. Que durante la semana estaba trabajando en Cañuelas en el campito de unos tíos, pero que me quedara tranquilo porque ya había pedido permiso, y el sábado iba a salir de madrugada para llegar cómodo a su casa, descansar un rato y venirse después de comer para el partido. Y cuando me invitó a pasar y tomar unos mates a mí se me había atravesado como una angustia terrible, de pensar cómo carajo le decía a este tipo que lo íbamos a poner de tapón en el mediocampo para que no estorbara. Mientras la pava silbaba me dediqué a mirarlo. Estaba igual que a los trece. Altísimo. Flaquísimo. Con las patitas enclenques y un poco chuecas. La espalda angosta y los brazos largos. Capaz que para el béisbol prometía, qué se yo. Pero lo que era para ponerlo al arco en el Desafío Final contra 5° 1ª, ni mamados. No había modo. Pero ahí se volvió a mirarme con una sonrisa de angelito y me dijo: "Ya sé que cuando jugué con ustedes en primer año los hice perder, pero quedate tranquilo. Esperé demasiado tiempo una oportunidad como ésta, y no los voy a hacer quedar mal".

Si me faltaba algo para terminar de sentirme el tipo más hijo de mil puta sobre el planeta Tierra era eso. Al mono ese lo habíamos colgado hacía cinco años. Nunca jamás lo habíamos llamado para jugar, por perro. Y en lugar de estar tramando una venganza de Padre y Señor Nuestro, el tipo lo único que

pretendía era no defraudar a sus compañeros de 5°
2ª con un nuevo fracaso.

¿Qué iba a hacer? Me paré, le di un abrazo y le
dije que estuviese tranquilo, que sabíamos que no nos
iba a fallar. Cuando me acompañaba hasta el
portoncito del frente le pregunté, como al pasar, si en
estos años había estado jugando en algún lado. Me
dijo, con el mismo rostro de beatitud infinita, que no,
que en realidad su último partido de fútbol había sido
ése, porque el médico le había recomendado que se
dedicara a correr y él le había hecho caso.

Cuando me tomé el colectivo para casa pensé que
estábamos perdidos. Ibamos a jugar un partido inútil
contra nuestros rivales de sangre. Sin necesidad,
simplemente porque el Pipino era un imbécil
bravucón. Ibamos a jugarlo sin Cachito al arco, porque
estaba haciendo la colimba en Río Gallegos. Ibamos a
poner al arco a un fulano que no la veía ni cuadrada
y que durante los últimos cinco años se había dedicado
a maratonista. Y yo era el estúpido que tenía que
decírselo a los muchachos.

Cuando nos encontramos para entrenarnos el
jueves a la tarde, hice lo único que correspondía hacer
en semejante situación. Les mentí como un cochino.
Les dije que estábamos totalmente a cubierto, que
Achával era una fiera bajo los tres palos, que el tipo
se la había jugado de callado todos estos años pero
que había llegado hasta la quinta división de Ferro y
que estaba esperando club. Paro acá porque me da
vergüenza escribir todas las mentiras que dije en ese
momento. Para peor las dije tan bonitas, o los
muchachos estaban tan necesitados de escuchar

buenas noticias, que se abrazaban, saltaban, cantaban cantitos de cancha. Estaban chochos. Alguno hasta comentó como un buen augurio el hecho de que Cachito estuviera haciendo la colimba en el culo del mundo. Yo los dejé. ¿Para qué les iba a amargar la vida? Si bastante se la iban a amargar el sábado a la tarde.

El día señalado estuvimos temprano, después de comer. Pasé lista a las dos y media y estaban todos excepto nuestra nueva estrella. Con los de 5° 1ª nos saludamos de lejos. Parece mentira, cinco años en el mismo colegio y había tipos de los que nos sabíamos sólo los apellidos. Pero, qué se le va a hacer, cosas de la guerra.

Cuando llegó Achával, cerca de las tres, hubo un momento de cierta tensión. Los muchachos se pusieron de pie y le estrecharon la mano. Supongo que cuando lo vieron, con la misma pinta de poste de alumbrado de toda la vida, sospecharon que el asunto de la quinta división de Ferro era un invento. Igual fueron cordiales. El que estaba raro era Achával. Les sonrió a todos, es cierto. Pero estaba muy pálido, y nos miraba atento y a la vez distante, como si nos viese a través de un vidrio. "El tipo debe estar más nervioso que nosotros", pensé. De reojo, vi que los de 5° 1ª lo habían localizado, y los más memoriosos debían estar recordándoles a los otros las virtudes arquerísticas de nuestro crack recién recuperado. Tuve un momento de zozobra cuando Achával se sacó la campera y los pantalones largos de gimnasia. Pero cuando lo vi me volvió el alma al cuerpo. Buzo verde y amplio, medio gastado. Pantaloncito corto pero sin bolsillos. Medias de fútbol. Zapatillas bien caminadas. "Arrancamos mejor que la vez pasada", festejé para mis adentros.

Cuando empezó el partido se notó que los tipos esos de 5° 1ª estaban dispuestos a lavar sus desdichas de cinco años en noventa minutos. Se lanzaron a correr como galgos hambrientos. Ponían pierna fuerte hasta en los saques de arco. Se gritaban unos a otros para mantenerse alertas y no mandarse chambonadas.

Y nosotros... ¡ay, nosotros! Parece mentira cómo diez tipos que se han pasado la vida jugando juntos, que se saben todas las mañas y todos los gestos, que tocan de memoria porque se conocen hasta las pestañas, pueden convertirse en semejante manga de pelotudos en un momento como ése. Fueron los nervios. Por más que tratásemos de no pensar, la idea se te imponía, me cacho. Les ganaste treinta y dos veces, pero si te ganan ésta, sonaste. Y no importa que Pipino sea un enfermo. Es de los tuyos y arregló el desafío. Así que si perdés, fuiste para toda la cosecha. Como cuando estás en el picado y algún iluminado de tu equipo, que va ganando por diecisiete goles, no tiene mejor idea que decir, para animar el asunto, la maldita frase "El que hace el gol gana". ¿Pueden existir semejantes otarios? Existen. Juro que existen. Bueno, el Pipino había sido una especie de monumento al idiota de esa categoría. Y yo no me lo podía sacar de la cabeza, y supongo que los demás tampoco. Porque si no, no se explica que hayamos arrancado jugando tan, pero tan, pero tan como los mil demonios. No dábamos dos pases seguidos. Hasta los laterales los sacábamos a dividir, y perdíamos todos los rebotes. Dicroza, sin ir más lejos, estaba hecho una señorita dulce y temerosa, una bailarina clásica, mal rayo lo parta.

A los cinco minutos del primer tiempo yo ya estaba mirando el reloj. A los siete, ellos se acercaron por primera vez seriamente al área. Se armó un entrevero apenitas afuera de la medialuna. Zamora la calzó con derecha, de sobrepique, y la bola salió como si le hubiese dado con una bazuca.

Yo recé. La pelota pegó en el travesaño y picó apenas afuera. Achával, que algo hubiera debido tener que ver en el asunto, la miraba como si se tratase de un objeto extraño y hostil, difícil de catalogar, que atravesaba el aire a su alrededor. Despejó Chirola con lo último de lo último. Cuando iba a venir el córner me acordé del despeje con los puños que Achával había perpetrado en 1981 y sentí profundos deseos de llorar. No sabía si cavar una trinchera, llamar a la policía o retirar al equipo. Daba lo mismo. Ellos lanzaron un centro precioso, al primer palo, para que la peinara Reinoso y la mandara para alguno de los altos en el segundo. Para cualquier arquero era un balón complicado. Para Achával era imposible. Cerré los ojos.

Cuando los abrí, el área se estaba vaciando de gente. Chirola pedía por derecha y Agustín por izquierda. Ellos volvían de espaldas a su propio arco. Y ahí, en el borde del área chica, con la pelota bajo un brazo, las piernas apenas abiertas, el chicle en la boca, la mirada altiva, estaba Juan Carlos Achával. El amor de Dios es infinito, pensé. Nacimos de nuevo.

Lástima que el asunto recién empezaba. Supongo

que todas las chambonadas que no cometimos en cinco años de secundario estábamos decididos a llevarlas a la práctica en esa tarde miserable. A los veinte les dejamos libre el camino para el contraataque y quedó Pantani cara a cara con Achával. Encima ese Pantani es más frío que una merluza. En lugar de patear al voleo lo midió, le amagó y se tiró a pasarlo por la derecha. Lo escribo y todavía no me lo creo. Achával, con su metro ochenta y pico a cuestas, estuvo en el piso en una fracción de segundo, hecho un ovillo en torno de la pelota. Ahí los nuestros sí que le gritaron. Y el tipo, cuando se levantó, estaba radiante. Era como si cada cosa que le salía derecha le fortaleciera las tripas, porque de a poco se soltaba en los movimientos y le volvían los colores a la cara. Cuando a los treinta minutos se colgó del aire y sacó al córner, con mano cambiada, un tiro libre de González, yo ya casi no me extrañé. Era como si simplemente lo hubiese estado esperando. Como cuando tenés fe ciega en tu arquero. Como en los mejores días de Cachito. Y al terminar el primer tiempo, cuando le tapó otro mano a mano al nueve de ellos, yo mismo, que soy más callado que una planta, me encontré felicitándolo a los alaridos.

Cuando a los tres minutos del segundo tiempo le sacó un cabezazo a quemarropa a Zamora mientras los otros malparidos ya gritaban el gol, yo me dije: "Hoy ganamos". Esas cosas del fútbol. Cuando te revientan a pelotazos durante todo un partido y no te embocan, por algo es. A la primera de cambio los vacunás. Dicho y hecho. Por supuesto que no fue un golazo. Con la tarde de mierda que teníamos todos, como para andar convirtiendo goles inolvidables. Fue a la salida de un córner, en medio de un revoleo descomunal de patas. Le pegó Pipino, se desvió en uno de los centrales, pegó en el palo y entró pidiendo permiso. Por supuesto que lo gritamos como si hubiese sido el gol del milenio. La bronca que tenían esos tipos no se puede explicar con palabras. Pero guarda: estaban recalientes pero no desesperados. Faltaban treinta y cinco minutos. Y si nos habían metido diez situaciones de gol hasta ese momento, calculaban que cuatro o cinco más iban a tener de ahí en adelante. Se equivocaron, pero porque se quedaron cortos. Yo conté catorce. Y paré ahí porque no quería saber más nada, aunque deben haber sido como veinte en total. Nosotros nos metimos atrás como si fuéramos Chaco For Ever ganando uno a cero en el Maracaná. De giles, qué se le va a hacer. Pero el asunto es que con esa táctica lo único que logramos fue cortar clavos como beduinos. Nuestro delantero de punta estaba parado a la salida del círculo central, pero del lado nuestro. A la cancha faltaba ponerle una de esas señales de tránsito negras y amarillas, con el autito por la subida, para indicar que el pasto estaba en pendiente pronunciada contra nuestro arco. La revoleábamos de punta y a los cielos, y a los veinte segundos la teníamos de nuevo quemándonos las patas.

Menos mal que estaba Achával. Sí. Aunque parezca increíble. En medio de semejante naufragio, el único tipo que tenía la cabeza fría y los reflejos bien puestos era él. Se cansó de tapar pelotas, de gritar ordenando a la línea de cuatro, de calentar a los delanteros de ellos para hacerles perder la paciencia. Vos lo veías esa tarde y parecía que el tipo había nacido en el área chica, debajo de los tres palos. A los quince del segundo cacheteó una pelota por encima del travesaño que a cualquier otro, incluso a Cachito, se le hubiese metido. A los veintidós cortó un centro abajo cuando entraban cuatro fulanos de 5° 1ª para mandarla a guardar, y sin dar rebote. A los treinta se lanzó como una anguila para sacar un puntinazo que se metía en el rincón derecho contra el piso. Más le tiraban y el tipo más se agrandaba. Le llovían los centros y Achával los descolgaba como si fueran nísperos.

Nunca en la perra vida vi a un tipo atajar lo que esa tarde le vi atajar a Juan Carlos Achával. La cara se le había transformado. Estaba rojo de la alegría, de la tensión y de la manija que le dábamos nosotros con nuestro aliento. Gritábamos sus tapadas como si fueran goles. Estábamos en sus manos enguantadas, y el tipo lo sabía. Lo malo era que no lo ayudábamos para nada. Lo único que hacíamos era pegotearnos contra el área y hacer tiempo en cada ocasión que teníamos. Pero el reloj parecía de goma.

A los treinta y cinco yo sentía que íbamos por el minuto ciento quince. Me acuerdo de que iba justo ese tiempo porque Agustín acababa de gritarme que faltaban diez, que parásemos la pelota en el mediocampo. Pero no tuve ni tiempo de contestarle porque lo que vi me dejó helado. El nueve de ellos acababa de pasar a los dos centrales y estaba entrando al área recto al arco. Por primera vez en la tarde, Achával, aunque le achicó bien, erró el zarpazo cuando el otro se tiró a gambetearlo. Estábamos listos, porque el petiso acababa de dejar a nuestro arquero en el piso a sus espaldas. Supongo que Urruti (el mismo que le había embocado el primer gol en aquella jornada fatal del 7 a 3) debe estar todavía el día de hoy preguntándose qué cuernos pasó que terminó pateando el aire en el lugar en que debía estar la pelota. Seguro que no vio (no pudo ver, porque nadie pudo verlo) la manera en que Achával se incorporó y desde atrás se tiró como una lanza, con el brazo arqueado por delante de los pies del otro, para tocarle apenitas la bola hacia el costado, sin rozar siquiera el pie del delantero. Poesía. Esa tarde Achával fue poesía.

Después de esa jugada pareció como si el partido hubiese terminado. En los minutos siguientes se jugó muy trabado en el mediocampo, pero ellos no volvieron a posiciones de peligro. Era como si pensaran que si no habían hecho ese gol, no podían hacer ninguno. Supongo que nosotros también nos relajamos, porque de lo contrario no puede entenderse el córner estúpido que les regalamos cuando faltaban dos minutos. Zamora lo tiró bien, el muy turro. Podrido como estaba de que Achával le descolgara todos los centros, esta vez lo lanzó muy pasado y muy abierto. Nosotros, que, como ya expliqué, no parábamos ni a un caracol anciano, la miramos pasar por arriba con expresión de vacas. Lo terrible fue que del otro lado la estaba esperando Rivero, el arquero de ellos, parado en posición de diez, un metro afuera del área. Yo supongo que si lo ponés a Rivero a pegarle setecientas veces a un centro que baja así de pasado, trescientas veces le pifia al balón y las otras cuatrocientas la cuelga de los árboles. Pero esta vez el muy mal parido la calzó como venía y la escupió abajo contra el palo derecho. Ya dije que Achával era lungo, flaco y torpe. Pero la mancha verde de su buzo pegándose a la tierra me indicó que iba a llegar también a ésa. La pelota traía tanta fuerza que, después de rebotar contra las manos de Achával, volvió al centro del área. Cuando González, el maldito que mejor le pegaba de los veintidós presentes, pateó como venía con la cara interna del pie zurdo hacia el palo izquierdo del arco nuestro, necesariamente estábamos fritos. Por más que Achával estuviese en una tarde de epopeya, no podía levantarse en un cuarto de segundo junto al palo derecho y volar al ángulo superior izquierdo para bajar semejante bólido.

Gracias a Dios, esta vez no cerré los ojos. Porque lo que vi, estoy seguro, será uno de los cinco o seis mejores recuerdos que pienso llevarme a la tumba. Primero la bola, sólo la bola, subiendo hacia el ángulo. Pero enseguida, por detrás de esa imagen, un tipo lanzado en diagonal, con los brazos todavía pegados a los lados del cuerpo para mejorar la fuerza del impulso. Después, los brazos abriéndose como las alas de una mariposa volando con un buzo verde, las manos enguantadas describiendo dos semicírculos perfectos, armónicos, exactos. Y al final dos manos al frente del vuelo, encontrándose entre sí y con una bala brillante y blanca, que de pronto cambia de rumbo y se pierde veinte centímetros por encima del ángulo del arco.

Cuando terminó, lo primero que quise hacer fue ir a encontrarme con Achával. No fui el único. Todos tuvimos la misma idea al mismo tiempo. Lo rodeamos cuando se estaba sacando los guantes al lado del palo y lo levantamos en andas como si acabase de hacer un gol de campeonato. Achával nos sonreía desde su modesto Olimpo y se dejaba llevar.

Cuando se liberó de los últimos abrazos, me acerqué para saludarlo cara a cara. No sabía bien qué iba a decirle, pero le quería pedir perdón por haberlo borrado todo ese tiempo, por haber sido tan pendejo de no ofrecerle otra oportunidad después de aquel debut de catástrofe. Cuando le tendí la mano y me largué a hablar, me cortó en seco con una sonrisa: "No tenés de qué disculparte, Dany. Está todo perfecto". Y cuando insistí, me repitió: "Quedate tranquilo, Daniel, en serio. Yo quería esto. Gracias por invitarme".

Le pedimos cincuenta veces que se quedara con nosotros a tomar unas cervezas, pero dijo que tenía que rajarse en seguida para Cañuelas. Le dijimos que no, que no podía, porque a la noche habíamos quedado en la pizzería de la estación con las chicas del curso para salir todos juntos. Volvió a sonreír. Nos dio un beso y se despidió con un "Bueno, cualquier cosa después los veo", pero a mí me sonó a que no pensaba pintar por la pizzería ese sábado a la noche.

Llegué a casa como a las siete, con el tiempo justo para comer algo, pegarme un buen baño, vestirme y volver a salir, porque habíamos quedado en encontrarnos a las nueve. Pasé por lo de Gustavo y después nos fuimos los dos hasta lo de Chirola. A una cuadra de la pizzería vimos que Alejandra y Carolina venían caminando para el lado nuestro.

Lo raro empezó después

Cuando estuvieron cerca nos quedamos de una pieza: las dos venían llorando a mares. Gustavo les preguntó qué pasaba.

–¿Cómo...? ¿No saben nada? –La voz de Alejandra sonaba extraña en medio de los sollozos. Nuestras caras de sorpresa significaban que no teníamos ni la más remota idea.– Juan Carlos... Juan Carlos Achával... se mató en un accidente en la ruta 3, viniendo para acá.

Yo sentí que acababan de pegarme un martillazo encima de la ceja.

–¿Cómo viniendo? Yendo para Cañuelas, querrás decir... –en medio de mi espanto escuchaba la voz de Gustavo.

–No, nene –Carolina siempre le dice nene a todo el mundo–, viniendo para acá, esta madrugada...

Chirola me miraba con cara de no entender nada y Gustavo insistía en que no podía ser.

–Te digo que sí –Alejandra porfiaba entre sollozos–, hablé con la hermana y me dijo que se había venido temprano en la chata del tío porque a la tarde tenía el desafío de ustedes contra el otro quinto... ¿no es cierto?

Supongo que de la tristeza me habrá bajado la presión de golpe. Para no caerme redondo me senté en el cordón de la vereda. No entendía nada. Las chicas tenían que estar equivocadas. No podía ser lo que decían. De ninguna manera.

Pero entonces me acordé de la tarde. De la bola que Achával había cacheteado, arqueado hacia atrás, por encima del travesaño. De la otra, la que había sacado con mano cambiada del ángulo derecho. De la

223

que le había afanado de adelante de los pies al petiso Urruti. Y por encima de todo me acordé del doblete con Rivero y con González. Me vino la imagen de Juan Carlos Achával lanzado de un palo al otro, sostenido en el aire a través de los siete metros de sus desvelos, con las alas verdes de su buzo de arquero y todo el aire y la bola brillante y la sonrisa. Y entonces entendí.

UN BUEN LUGAR
PARA ESPERAR SIN PRISA

El anciano abrió los ojos con la sacudida que dio el auto al abandonar la ruta pavimentada. El camino era ahora un sendero de pedregullo que corría entre una doble hilera de robles hasta donde alcanzaba la vista. Avanzaron despacio durante otros cinco minutos y se detuvieron sobre una gran explanada de adoquines, frente a un edificio antiguo de fachada amplia y elegante. Un hombre de traje azul y una mujer de chaquetilla blanca salieron del edificio, bajaron los escalones de la entrada y se acercaron. Ambos sonreían ampliamente. El anciano prefirió mirar hacia otro lado porque le molestaba que lo hicieran centro de una atención que siempre le parecía desmedida. Buscó y halló los ojos del chofer en el espejo retrovisor.

–Lindo lugar, ¿no? –el conductor hizo un gesto que pretendía abarcar no sólo el edificio sino la enormidad del campo que lo circundaba.

–Lindo... es cierto. –Y luego de pensar un momento

el viejo agregó como para sí:– También, con lo que va a costarme más vale que sea lindo.

La puerta del auto se abrió desde afuera y un doble "Buen día, señor" vino del lado de la sonriente pareja de anfitriones. El anciano contestó con una inclinación de cabeza. Tomándose con dificultad del respaldo delantero y del marco de la puerta giró sobre el asiento y apoyó los pies en los adoquines del patio. Antes de bajar dio un par de palmadas firmes en el hombro del chofer, que lo miraba sonriendo.

–Cuidate, pibe, y no te mandés ninguna macana.

El otro bajó los ojos húmedos. El viejo estiró la mano hacia el piso del auto. Tomó el bastón, lo apoyó con cuidado en la unión de dos adoquines y se incorporó resoplando. Saludó a los que habían salido a recibirlo con un flojo apretón de manos. Contestó distraídamente las preguntas sobre su salud y el largo viaje que acababa de culminar, y caminó con cuidado hasta la parte trasera del vehículo. Un muchachito de overol gris acababa de abrir el baúl y miraba el interior.

–Le encargo mucho los dos baúles, m'hijo. Por la valija despreocúpese.

El chico asintió. Bajó primero dos pesados y antiguos baúles de cuero negro y los apoyó cuidadosamente en el piso. Después sacó una valija más bien pequeña y bajó la tapa metálica del auto con un chasquido. El coche arrancó y emprendió el regreso por el camino de robles.

El muchacho de gris levantó el primer baúl, resopló bajo su peso y caminó hacia la entrada del edificio. Subió los cuatro escalones y adelantó una pierna para empujar la puerta vaivén sin que ésta rozara el baúl que cargaba. Sólo la soltó cuando hubo pasado. El viejo, que había seguido con atención los movimientos del chico, aprobó en silencio.

La mujer vestida de enfermera emprendió la marcha y el hombre de traje azul, que evidentemente era el administrador, acomodó su paso a la lenta marcha del recién llegado.

–Tenemos todo listo según su pedido, señor. Su sobrino vino personalmente la semana pasada a supervisar que todo estuviese en orden, señor.

–Sí, sí, ya me puso al tanto –el viejo contestó distraído. Iba concentrado en cada sitio en que apoyaba el bastón y sus pies, temiendo tropezarse.

Antes de llegar a los escalones de la puerta el hombre de traje azul volvió a hablar. Su tono de voz era una mezcla de precipitación, ansiedad y timidez, como si temiese disgustar a su interlocutor.

–Disculpe la pregunta, señor... no lo tome a mal... no pude evitar prestar atención a su apellido cuando hicimos los trámites de alojamiento. –El viejo alzó los ojos hacia él, como invitándolo a que acabara por fin de decirle lo que quería.– Disculpe, pero... ¿tiene algo que ver con aquel jugador de hace tantos años...? Porque mi padre me contaba que era brillante...

–No, muchacho, no. –El anciano sacudió levemente la cabeza.– Simplemente compartimos el apellido. Pero su padre no le mintió, según creo. Ese con quien usted me confunde parece que era un gran jugador, es verdad.

–Ah, ya entiendo –El administrador pareció decepcionado, pero siguió sonriendo.– Ocurre que como no es un apellido para nada corriente, yo supuse...

–Claro, claro –el anciano dio por terminado el asunto.

Se apoyó en el brazo que el otro le ofrecía para subir los escalones. Mientras tanto la mujer de blanco sostenía la puerta vaivén para que no se le fuese encima. Entraron a una amplia sala con sillones verdes. El piso de madera clara olía a cera y desde algún sitio llegaba un aroma delicioso a café recién hecho. Al fondo había un escritorio. Sentada detrás, una mujer joven y bonita ordenaba papeles. Levantó los ojos, se incorporó y se acercó sonriendo. Sus zapatos de taco bajo sonaban rítmicos mientras se aproximaba. Le tendió la mano al recién llegado y se presentó como la encargada matutina del servicio. El hombre le devolvió la sonrisa, acompañada por una ligera inclinación de cabeza, y se presentó con su nombre y apellido. La muchacha pareció dudar un instante. Lo contempló con los ojos apenas entrecerrados y por fin se atrevió a hablar.

–Disculpe, señor, mi impertinencia, pero... ¿es posible que usted sea aquel jugador de fútbol famosísimo del cual me hablaba mi abuelo?

El viejo la miró con una amplia sonrisa.

–No, m'hijita, te has confundido. Pero no te preocupes, porque me ha pasado un montón de veces.

Mientras ella se despedía y volvía a su puesto, el anciano pensó que era muy bella. Entonces pasó veloz el muchacho de overol gris en busca del segundo baúl y el administrador le dio la mano, se excusó y giró hacia una amplia escalera de mármol por la que desapareció subiendo los escalones de dos en dos. La mujer de la chaquetilla blanca le pidió que lo esperara unos minutos en los sillones, mientras ultimaba unos detalles con los papeles. El anciano se dejó caer en el más cercano. Comprobó que eran mullidos y confortables, pero como eran bajos y blandos temió que fuera a costarle un buen trabajo ponerse de pie. Mientras aguardaba, desde un corredor lateral se acercó una mujer vestida con una bata rosa y chinelas del mismo color. Usaba el pelo blanco recogido en un rodete sobre la nuca y era casi tan anciana como el recién llegado. Lo saludó a la distancia con un breve "Buen día" y se sentó en un sillón doble que estaba frente al del anciano.

Sobre una mesa baja con tapa de cristal estaban las secciones algo desordenadas del diario del día. Él se inclinó, las acomodó, puso el diario sobre su regazo, sacó unos gruesos lentes del bolsillo interior de su saco, los limpió un poco en la corbata y se los puso. Hojeó las páginas de la sección principal y de la de deportes, pero no se detuvo a leerlas en detalle. Cuando plegó de nuevo el periódico vio que la anciana de enfrente se había puesto de pie y se le había acercado. Se apresuró a dejar el diario en la mesa y se incorporó tan rápido como sus articulaciones se lo permitieron, mientras se disculpaba por su descortesía. La mujer parecía haber estado esperando por algunos minutos. Sonrió y alzó la mano para dar a entender que no había de qué disculparse. Después habló en un murmullo.

–Disculpe que lo haya interrumpido, caballero. Ocurre que no pude evitar observarlo en este rato y me preguntaba... –la mujer envolvía sus palabras en ademanes suaves, y sus mejillas se habían enrojecido.– Bueno, su rostro me resulta extremadamente familiar, y mi difunto esposo, que en paz descanse... él era un simpatizante muy ferviente del fútbol y solía hablar maravillas de un goleador de aquella época, un jugador excepcional de la selección, y yo me preguntaba si por casualidad...

De nuevo el anciano negó suavemente con la cabeza mientras sonreía. Contestó en voz baja:

–No, señora, cuánto lo lamento. Pero desafortunadamente no soy quien usted supone.

En ese momento pasó de nuevo el muchacho cargado con su segundo baúl. Era el más grande y pesado. El chico resoplaba bajo la carga, pero se esforzaba por manipularla con extremo cuidado. El anciano cambió algunas frases más con la dama del rodete hasta que volvió la mujer de blanco para conducirlo a su habitación. El hombre se disculpó hasta otro momento y, mientras estrechaba la mano de la anciana, le daba la espalda y empezaba a caminar hacia uno de los corredores, pensó que las mujeres verdaderamente hermosas lo son durante toda la vida.

Mientras avanzaban al lento ritmo de sus pasos, la mujer de blanco le iba indicando las comodidades del lugar y la ubicación de las distintas dependencias, aunque de nuevo el hombre parecía distraído. Iba en realidad observando las pinturas que ocupaban las paredes que separaban las puertas de las habitaciones. Le gustó particularmente el retrato de un niño sentado con los pies juntos en el umbral de una alta puerta de madera. Por el pasillo volvió a cruzarlos el muchacho de las valijas, que se apresuraba hacia la salida para recoger el equipaje restante.

La mujer lo hizo pasar a una habitación que estaba casi al final del corredor, y el anciano se tomó un largo minuto para inspeccionarla. No era demasiado grande y estaba pintada de color tiza. Los muebles eran escasos. Una sencilla cama de hierro, una cómoda oscura y una silla de respaldo recto ocupaban casi la mitad del espacio. A un costado se abrían la puerta del baño y al otro la del placard. Sobre la pared restante, opuesta a la entrada, había un amplio escritorio de roble, con tres cajones por lado y una silla de espaldar alto y brazos afelpados que parecía confortable. Sobre el escritorio había un block de hojas blancas, un juego de lapiceras y una bandeja con un termo, dos tarros y un mate de calabaza.

Hasta ahí todo estaba en orden. Se acercó y corrió las gruesas cortinas tras el escritorio. Dejaron al descubierto un enorme ventanal que iba de pared a pared, desde la altura del mueble hasta casi la del techo. El anciano vio el campo y al fondo el monte de eucaliptos y álamos y tilos que le habían prometido. Vio los distintos verdes que ofrecían en diciembre e imaginó los ocres oxidados del otoño y los grises desnudos del invierno, y supo que nunca iba a aburrirse de mirarlos desde ese escritorio y esa ventana.

Por fin se volvió sonriendo hacia la mujer y le dijo que todo estaba perfecto. Ella debió haber estado aguardando ansiosa durante el examen, porque al escucharlo aflojó la tensión de su cuerpo y su expresión se abrió en una sonrisa complacida. Le rogó entonces que se pusiera cómodo y que considerara ese lugar como su casa, le ofreció cualquier auxilio que considerara necesario y le recordó el horario del almuerzo.

Cuando se halló solo, el viejo se quitó el saco y lo colgó de una de las perchas vacías del placard. Se aflojó la corbata y desató los correajes del primero de los baúles negros. Golpearon a la puerta. Al abrirla vio al muchacho de gris que traía la pequeña valija marrón que completaba su equipaje. La recibió, la apoyó a un lado y metió la mano en el bolsillo. El chico se apuró a adelantar su mano en un gesto negativo.

–No, por favor, don. No se moleste –dudó un segundo y por fin agregó–: para mí es un honor que alguien como usted viva con nosotros. En serio.

El viejo lo miró fingiendo un fastidio que no sentía.

–Dale, dale, no seas pavote que la fama no se come.

El chico volvió a insistir pero el anciano lo forzó a aceptar un billete nuevo y crujiente. Cuando lo tuvo en la mano, el muchacho no pudo evitar la sorpresa y el hombre disfrutó su alegría avergonzada, pero lo despidió con cierto apremio, porque no quería que se sintiese obligado a rebajarse a una gratitud demasiado servil y prolongada.

Cerró la puerta y se volvió. Midió los límites de lo que sería su hogar en adelante y decidió que era un buen lugar para esperar sin prisa que le llegara la muerte sencilla con la que siempre había soñado.

Se arremangó la camisa, se inclinó sobre el baúl, cuyas correas había aflojado, y levantó la tapa. Estaba lleno hasta el tope de gruesas carpetas colmadas de papeles y recortes. Había carpetas amarillas que en el lomo tenían un letrero que decía "El barrio y las inferiores". Las otras eran celestes y decían solamente "Selección". Seguramente en el otro baúl estaban las verdes que decían "Partidos oficiales". Sacó la carpeta más antigua y la apoyó con cuidado sobre el escritorio. Comprobó que el termo tenía agua caliente y preparó el mate. Se acomodó en la silla. Cebó dejando caer un delgado hilo de agua caliente sobre la bombilla plateada. Una columnita de humo se elevó desde la yerba. Alzó los ojos y vio el campo y la arboleda. Abrió la carpeta. Se calzó de nuevo los lentes gruesos. La hoja inicial estaba muy amarilla, y la recorría la letra redonda y cuidadosa de un niño. Las primeras palabras eran una fecha y once nombres y apellidos. En voz alta, en el silencio de la pieza, entonó esos nombres dándoles forma de equipo, como debía ser: "Galíndez. López y Luccini. Pescio, Garra y Ramírez. Gómez, Echegoyán, yo, Sánchez y Sepúlveda". Cebó otro mate, mientras entrecerraba los ojos para que volviesen a su memoria los rostros de ese equipo formidable de los nueve años. Cuando los tuvo aferrados, apoyó la cabeza en el respaldo, cerró los ojos y empezó a recordar.

CORREO

La mujer entró jadeando, cruzó el local, apoyó los codos en el mostrador alto de madera oscura y saludó con un "Buenos días" que pareció pronunciado con su último suspiro. Un hombre canoso que se hallaba encorvado sobre un escritorio enorme alzó los ojos para verla por encima de sus lentes y le respondió el saludo, sonriendo apenas.

–Es insoportable el calor que hace –la mujer habló mientras se abanicaba con una revista que había sacado de su bolsa de compras.

Antes de responder el hombre consideró si valía la pena iniciar una conversación que tuviera que ver con el calor que hacía. En lo que iba de la mañana había tolerado una docena de esas charlas y sospechaba que para lo único que servían era para provocar más calor aún. Por su parte prefería sobrellevar con aire resignado el horno del pueblo al mediodía, sin gastar tiempo ni saliva en hipótesis sobre la fecha y hora de la próxima lluvia. No obstante, era un hombre cortés y le pareció poco educado echar en saco roto las palabras de la señora. Por eso pensó un momento y escogió la contestación que seguramente la dama estaría aguardando.

–En la radio dijeron que iba a llegar a 39 grados.

–¿Vio, don Matías? ¿Vio? –El rostro de la mujer, encendido por el sudor y por el interés en la tragedia inminente, le anticipó al hombre que no sería sencillo cambiar de tema. La otra continuó:– ¡Y la sensación térmica! ¡Seguro que de 46 o 47 no baja!

Montes, en lugar de responder, acompañó la congoja termométrica de la dama abriendo mucho sus ojos claros, como dando a entender que le resultaba casi inverosímil que el sufrimiento humano pudiese llegar a tanto. Le causaba un poco de gracia (aunque en sus días malos la gracia se le transformaba en fastidio) ese afán masoquista de sufrir con la sensación térmica. Antes los fríos y los calores se medían en un sencillo termómetro y a nadie le había parecido necesario aumentar el desconsuelo de la gente agregando viento al frío o humedad al calor, o vaya uno a saber qué otros extraños enjuagues de esa gente del pronóstico. Ahora, gracias a esta novedad, las personas como doña Nella, dispuestas a sufrir y a hacer sufrir a los demás con el frío y el calor, tenían un arma atroz que amenazaba con prolongar y enriquecer esas conversaciones climáticas más allá de todo límite tolerable. Sin dejar de abanicarse, la mujer agregó:

–Me han dicho que existe probabilidad de chaparrones y tormentas para la tarde o noche.

Al hombre le causó gracia el léxico técnico, pero jamás se hubiese permitido manifestarlo abiertamente.

–Habrá que ver, doña Nella, habrá que ver. –Hizo una mínima pausa como para que la mujer no se sintiese ofendida al ser arrancada de una conversación tan fecunda, y luego se incorporó, tapó la lapicera fuente que tenía en la mano, se acercó al mostrador quitándose los lentes y la interrogó:– Usted dirá en qué puedo servirle, señora.

–Ah, sí... –la mujer pareció recordar repentinamente el motivo de su visita a la estafeta postal–. Venía a despachar esta carta para mi Agustín, a Rosario.

El encargado tomó el sobre, miró el reloj de pared entrecerrando los ojos para distinguir la posición de las agujas y chasqueó la lengua antes de contestar.

–Lo lamento, doña Nella, pero ya lo mandé a Carlitos con la bolsa de despacho a Arrufó.

La mujer adoptó un ligero gesto de contrariedad, miró a su vez el reloj y preguntó:

–¿Y salió hace mucho?

–Hará unos veinte minutos, señora. Usted sabe. Va en bicicleta por la ruta. Si tiene alguien que la lleve, capaz que lo alcanza...

Ella miró largamente el sobre, mordiéndose el labio, y por fin habló como para sí.

–No, no vale la pena... Si no era nada de cuidado. Que salga mañana, nomás. Total, día más, día menos...

Montes temió que de un momento a otro la dama se lanzase a hablar de "su Agustín", que estaba estudiando para ingeniero "allá en Rosario". Había soportado con entereza la charla sobre el clima, pero no se creía capaz de tolerar esta que parecía avecinarse acerca de las virtudes del querubín de doña Nella.

Eduardo A. Sacheri

Por eso se apresuró a pedirle el sobre. Le encajó los sellos, le cobró el timbrado y le deseó un buen día a la señora con una franca sonrisa. La mujer se agachó a recoger las manijas de la bolsa de los mandados y comentó algo sobre el precio del tomate redondo. Montes, que había vuelto prestamente al escritorio, dio un respingo algo sobreactuado acompañado de un "¿Eh, cómo dijo?", propio de quien ha sido interrumpido durante una ardua y farragosa tarea. La mujer pidió disculpas y salió.

El hombre vio en el gran reloj que eran las doce y veinte. Calculó que su ayudante llegaría a Arrufó a la una menos cuarto, dejaría la bolsa en la oficina de correos, recogería el reparto y se encontraría con Aranguren a la una en punto en el cruce con la ruta 23 para que lo trajera en la chata. Era una suerte lo de Aranguren, porque aunque Carlitos era un muchacho joven y sano, a Montes no le causaba gracia que tuviera que mandarse esos cotidianos periplos ciclísticos a la peor hora de sol. Por suerte con Aranguren salvaba el viaje de vuelta con la bici montada en la caja de la pick up. Así estaba de regreso antes de la una y media, y podían dejar acomodado el reparto antes del almuerzo. Se hacía tarde, por cierto. Cuando le echaba llave a la puerta vidriada de afuera y caminaba por el pueblo hasta su casa, parecía uno de esos sitios fantasmas que aparecen en las películas. Sobre todo con esos calores del demonio.

Antes, cuando el camión de correo se llegaba hasta el pueblo, la cosa era más simple. Pasaba entre las diez y las once, y ellos podían cerrar a las doce y media como todo el mundo, con el trabajo bien armado para

238

la tarde. Pero no. Con la privatización los habían convertido en estafeta clase B; eso significaba no más camión y Carlitos por la ruta con su bici hasta Arrufó, que por esos extraños designios de los organigramas había conservado su rango clase A.

Subió la radio para distraerse, porque esas ideas lo malhumoraban. Los del informativo dijeron que la temperatura había trepado a los 37° y que la máxima superaría holgadamente los 40° durante la tarde. Pensó que doña Nella tendría tema de conversación para el resto del día. Se abrió la puerta con un rechinar de bisagras. Montes se dijo que debería engrasarlas pronto. Era Lisandro Benítez, el de la agencia de lotería.

–Buenas, don Matías, ¿cómo va eso? –Cuando él contestó sonriendo el otro continuó:– ¿Vio la calor que hace? Anuncian como 50° para la tarde.

Montes, resignado, advirtió que debería seguir charlando sobre el clima. Para colmo Benítez se había arrimado hasta allí únicamente para matar el tiempo, porque no traía cartas para despachar. A esa hora acababa de bajar la persiana y hasta las cinco no tenía nada que hacer. Benítez vivía quejándose de lo mal que andaba todo y formulando oscuros pronósticos para el futuro propio y ajeno, pero Montes sabía que exageraba. Era cierto que vendía un billete de lotería de tanto en tanto, pero levantaba quiniela clandestina que era un contento: en las tardes del pueblo no había muchos otros modos de pasar el rato que apostando unos billetitos.

–¡Qué bien que se está acá, don Matías! ¿Cómo hace para tener todo tan fresquito?

Montes no contestó, pero no pudo evitar echar

una mirada orgullosa a la oficina de correos. Era amplia, sombría, de techo muy alto. El piso y las paredes estaban recubiertos de madera oscura, antigua y cuidada. Los muebles eran pesados y lustrosos. El sector de atención al público estaba separado de los escritorios por una baranda de madera de nogal, de barrotes torneados, firmes y sólidos. Ese lugar era su orgullo. En los treinta y cinco años que llevaba trabajando en el correo había consolidado pacientemente ese reducto. Había salvado el viejo mobiliario de sucesivas inspecciones que pretendieron renovarlo con cachivaches de fórmica y otras yerbas. Se había opuesto tenazmente a cambiar los pisos y los revestimientos. El escritorio que usaba lo había rescatado de una demolición y lo había pagado de su bolsillo. Las puertas altas y estrechas las había vuelto a su cedro original después de rasquetearlas amorosa y obsesivamente durante semanas, para removerles el esmalte sintético gris que algún supervisor idiota les había zampado muchos años atrás. Montes nunca se había detenido a pensarlo, pero en más de tres décadas de esfuerzos titánicos había llevado esa oficina de correos a la apariencia opulenta y serena que él mismo había conocido en su niñez, cincuenta años antes. La madera apagaba los sonidos estridentes, entibiaba los inviernos y refrescaba los veranos, y además perfumaba los papeles y las ropas.

Vaya si daba trabajo mantener así ese sitio. Cada dos años debía dedicar varios fines de semana a lijar todo de punta a punta, para después barnizar y lustrar. Terminaba extenuado, aunque feliz del resultado. No era un hombre de mandarse la parte, pero como el otro había sacado el tema se atrevió a llamarle la atención sobre los ventiladores de techo. Eran dos y eran enormes. No tenían nada que ver con los aparatos modernos. Contaban con una sola velocidad, pero el tamaño de sus aspas y la cadencia de su movimiento bastaban para mantener fresca la oficina. Eran muy antiguos, aunque Montes los había instalado apenas cuatro años atrás. Los había rescatado de la estación de tren, cuando cerraron el ramal y clausuraron las dependencias del ferrocarril. Había ido a despedirse de Carranza, el jefe de estación. Hablando de bueyes perdidos Montes le había elogiado los ventiladores y el otro le había ofrecido que se los llevase, con un gesto vago y ausente. En otro momento Montes hubiese saltado de alegría. Pero era tanta la desolación de Carranza ante la clausura del ramal y ante la jubilación abrupta que le tiraron por la cabeza, que el otro no tuvo ocasión casi de sentirse a gusto con el obsequio. Hasta se sintió turbado, como profanando una tumba, cuando al día siguiente se presentó con la caja de herramientas y una escalera para descolgarlos.

Benítez, como Montes había temido, venía con ganas de charlar. Para disuadirlo sin ofenderlo, él siguió encorvado sobre el escritorio, con los lentes calzados sobre la nariz, manipulando la enorme planilla que tenía allí extendida. El quinielero preguntó de qué se trataba y Montes le explicó que era un resumen semestral de envíos. Un cuadro estadístico en el que debía volcar los totales, semana a semana, de todos y cada uno de los tipos de correspondencia que se habían despachado, encomiendas, giros y telegramas incluidos. Había columnas para asentar las unidades y otras para volcar el dinero recibido. En total era un gigantesco cuadro de doble entrada en el que había que escribir con lapicera fuente y estaba prohibido borrar, de manera que si se equivocaba debía empezar todo de nuevo. Cuando el otro preguntó si no era más fácil hacerlo con computadora Montes recordó la imagen de Carlitos pedaleando hasta Arrufó y jadeando para llegar al encuentro de la chata de Aranguren, y no pudo evitar una sonrisa triste. Lo peor era que él mismo desconocía qué hacían con todo ese trabajo. Se limitaba a enviarlo, siempre varios días antes de la fecha límite. Jamás, en los veinte años que llevaba confeccionando esas estadísticas, había tenido noticias, desde la superintendencia provincial, del sentido de aquella labor.

Cuando terminó la explicación, Benítez pareció impresionado y un poco cohibido ante la seriedad del asunto. Consultó su reloj pulsera y se despidió hasta la tarde. Montes se alegró módicamente de quedarse solo, porque temía distraerse, cometer un error y echar a perder todo el asunto.

A la una y media volvió Carlitos. Montes lo supo sin levantar la vista, porque escuchó el ruido metálico de la bicicleta al topar con los escalones de la vereda. El auxiliar entró en silencio. Era extraño, porque el muchacho era extremadamente locuaz. Montes alzó los ojos hacia él esperando que de una buena vez por todas se largase a comentar sobre los 50° de sensación térmica. Pero no ocurrió. Permaneció un largo instante de pie, recortado en el suplicio brillante del sol de la calle. Metió la mano en el bolsillo del pantalón, titubeó y le alargó a Montes dos sobres arrugados.

Montes no necesitó calzarse los lentes para advertir que eran dos telegramas. Buscó el destinatario. Estaban dirigidos a ellos. El de Carlitos estaba abierto. Fue el primero que leyó. Rasgó el sobre del suyo. El texto era prácticamente idéntico. Montes apoyó los telegramas en la mesa, se recostó en la silla y dejó que los anteojos quedaran colgando sobre su pecho. Alzó la vista y se encontró con la mirada ansiosa de Carlitos.

–¿Qué significa prescindir, don Matías?

Montes, que en general se ofuscaba con la ignorancia de su ayudante, se avino a explicarle con paciencia. Cuando terminó, Carlitos se derrumbó sobre su silla. Permanecieron largo rato en silencio.

–¿Y ahora qué hacemos? –inquirió por fin el chico.

Montes demoró en contestar.

–Llevate el reparto ahora. Así no tenés que volver por acá para arrancar a la tarde.

–¿Seguro, jefe? Mire que no me cuesta nada.

–En serio te digo.

–Como quiera, don Matías. ¿No se va a comer a su casa?

Montes se rascó la oreja y suspiró. Al fin dijo:

–No. No tengo hambre. –Después agregó, como si acabase de ocurrírsele:– Además acá está más fresco.

–Eso sí –convalidó el otro–. Y encima parece que hoy va a llegar como a 50 grados.

Montes sonrió, melancólico, mientras el otro cerraba la puerta y montaba en la bici. Se incorporó para acercarse a la ventana. Movió la cortina y vio el asfalto calcinado de la calle principal. Aun con todo cerrado le llegaba el ruido áspero de las chicharras. Volvió a sentarse. Acomodó la planilla gigantesca y retomó la labor donde la había dejado.

Sólo cuando terminó con la última anotación de la última columna levantó la mirada hacia el reloj. Eran las cuatro. La oficina estaba oscura y supuso que el cielo se había nublado. De nuevo fue hasta la ventana. Era cierto: el cielo se había puesto gris y oscuro, pero el calor seguía siendo de plomo.

Le dio la espalda a la ventana y miró toda la extensión de la oficina. Se detuvo en los escritorios, en el parqué del sector del público, en la baranda oscura, en el retrato de San Martín, en el afiche de propaganda de las cajas para encomiendas. Una sensación de vacío le subió desde los intestinos, le revolvió las tripas y le anudó la garganta. Redactó a las apuradas una nota en la que decía que en el horario de la tarde la oficina estaría cerrada.

La clavó con una chinche en el marco de la puerta. No había caminado veinte metros por la vereda cuando el calor se le impuso como una marea turbia que lo ahogaba. Sonó un trueno solitario y volvió el silencio de la siesta. El pueblo seguía inerte. Pese al sofocón que sentía, Montes se apresuró para no cruzarse a nadie en el trayecto hacia su casa. Era raro, porque aunque había vivido cincuenta años en ese pueblo, todo le parecía distante, ajeno, desconocido. Como si desde esa mañana al pueblo lo hubiesen cambiado por otro.

Su casa estaba pasando la loma. La subió como pudo, agitado, sudado, moviendo los brazos como para hacerse lugar en el aire hirviente. Cuando estuvo arriba vio adelante su casa. Se dio vuelta. A sus pies, allá abajo, estaba el pueblo. La calle asfaltada, las pocas manzanas a los lados, la plaza pobre. Montes comprendió que el pueblo era el mismo de siempre. Él era el distinto. Se detuvo a mirar la oficina del correo. Ahí estaba, a unas pocas cuadras, algo borrosa por la reverberación de ese calor infame. Sonó otro trueno, más cercano que el anterior, pero Montes presintió que no iba a llover.

Se escucharon algunos truenos más durante lo que quedaba de tarde. Pero al caer la noche un viento caliente sopló un rato, levantó el polvo de las calles y se llevó hasta el recuerdo de las nubes. Casi a medianoche salió la luna. A la una había trepado lo suficiente como para iluminar el pueblo y el campo, y dos siluetas que volvían hacia la loma. Eran dos hombres que venían a buen paso. Cada uno cargaba un enorme bidón en cada brazo. Se detuvieron en lo alto de la subida y se dieron vuelta para ver el pueblo.

En la noche clara se veía la cinta gris del asfalto que bajaba y dividía el caserío con un tajo que terminaba en la ruta, del otro lado. Los dos hombres esperaron, de pie en la calle de tierra. Cuando arrancó la sirena de los bomberos, las llamas subían un buen par de metros sobre la altura de las terrazas.

–Lindo fuego –comentó Carlitos, con los ojos grandes y fijos en la mancha incandescente que ahora, bajo el agua de las mangueras, había dejado de crecer.

–Cierto –respondió Montes. Después agregó–: Y también qué querés. Con toda esa madera.

Siguieron un rato con la vista clavada en el incendio.

–Vamos –dijo Montes, al fin. Dieron de nuevo la espalda al pueblo, aferraron los bidones y bajaron la loma hacia la casa.

SEGOVIA Y EL QUINTO GOL

A veces el pasado es un candado de piedra que nos cuelgan del pescuezo, y nos encorva como un lastre y nos golpea en las rodillas cada vez que intentamos dar un paso. Hablo de esos pasados de bronce, esos pasados de gloria que los viejos lustran con esmero y frente a los cuales le exigen a uno respeto y sacrificio, reverencia y silencio. Esos pasados que a uno le gustaría sacarse de encima por lo menos por un rato para ver qué se siente ser un recién nacido con nada más que futuro, un futuro livianito y en blanco por delante.

Nosotros cargábamos con un pasado de ésos. Supongo que si quiero que el lector me entienda tendré que agregar un par de datos. Cuando digo nosotros me refiero a los muchachos del Club Esperanza de Gobernador Flores, un pueblo que a duras penas aparece en los mapas de la provincia. Cinco mil habitantes, una acopiadora de granos, la calle principal, que es un tramo de la ruta, y el club. Eso sí: el club. En esos tiempos, como ahora, el pueblo era insulso, como sus calles y sus casas. No teníamos municipio ni hospital ni regimiento. Pero teníamos el Club Esperanza, que era como un faro que guiaba a nuestra comunidad por el escarpado sendero de la Historia.

Si decíamos en Santa Fe o en Rosario que éramos de Gobernador Flores se nos quedaban mirando esperando aclaraciones, o nos preguntaban dónde cuernos quedaba eso. Pero si se hablaba de fútbol y uno decía que era del Club Esperanza la cosa era distinta. Cualquiera que hubiese jugado alguna vez en la liga sabía de dónde veníamos. Porque el Esperanza era una potencia, una gloria, un templo de hazañas. Dieciséis campeonatos de la liga. Ocho subcampeonatos. Siete amistosos ganados frente al equipo profesional de Newell's y nueve victorias sobre el de Rosario Central. Pilas de jugadores que triunfaron hasta en Buenos Aires salidos de nuestra cantera.

Las primeras líneas de esta historia me costaron horas, como si hubiese tenido que arrancármelas del alma. Pero cuando llego al Club Esperanza y a sus condecoraciones las palabras salen como catarata, como el avemaría o el padrenuestro; porque es un rezo laico que uno aprendió de chico recitado por su padre y por su tío, y después lo repitió una vez y otra vez, y lo levantó como un amuleto, como un talismán, como un escudo para asombro de los incrédulos y espanto de los enemigos.

Nacer en Gobernador Flores tenía sentido exactamente por eso: porque con el club teníamos la gloria que venía adherida a la camiseta amarilla. Todos los chicos se morían por vestirla. Por supuesto que íbamos a la pileta y al frontón de paleta. Naturalmente intentábamos defendernos con el básquet. Pero todos los corazones latían por lo mismo. En mi pueblo te recibías de estrella sólo si te fichaban en las inferiores de fútbol; de lo contrario tu vida transcurría entre penumbras.

En mi caso hasta me signaba mi apellido. Mi abuelo, José Manuel Lupis, socio fundador y campeón en dos oportunidades; mi padre, Antonio José Lupis, arquero tricampeón de las formaciones de principios de la década del '50, y yo, Ignacio Lupis... pero mejor sigo con la historia.

Llegué a primera en 1966, con 17 años. Mentiría si dijese que me deslumbró la tribuna llena, o que materialicé un sueño inalcanzable. En realidad, desde que a los 7 años empecé a entrenar con los más chiquilines me estuve preparando para eso como el hito central de mi destino. Ese sábado le ganamos 2 a 0 a Sport Club Las Tejas. No metí ningún gol, pero como soy marcador de punta nadie pudo reprochármelo. Mi debut fue un paso más en un camino simple, en el que las huellas estaban profundamente grabadas y uno tenía apenas que poner los pies en los lugares precisos.

Eso sí, sinceramente no estaba listo para lo que ocurrió a partir de agosto de ese año. Nadie estaba preparado para eso. Por primera vez en la historia del club perdimos cinco partidos consecutivos. Por primera vez en la historia del club estuvimos dos fechas en el anteúltimo puesto de la tabla. Por primera vez en la historia del club nos salvamos del descenso por milagro. Fue en esos meses cuando empecé a sentir la piedra colgada del cuello y la mirada impaciente de los viejos.

Los dirigentes del club no perdieron tiempo. Contrataron a un técnico rosarino, sin que se les moviera un pelo al echarlo a Cantilo, el entrenador que había ganado cinco títulos en una década. Ese verano el tipo nuevo nos entrenó como si hubiésemos sido comandos para la guerra. Nos habló de fútbol moderno y nos dijo que estábamos anclados en el pasado. Nos hizo un montón de diagramas en un pizarrón que hizo traer de la escuela. Cuando los viejos nos cruzaban en el bufet nos hacían preguntas y nosotros les contábamos. Ellos ponían cara de entendidos y satisfechos, y decían que había que saber cambiar a tiempo y adaptarse al deporte moderno.

Lástima que cuando arrancó el campeonato en marzo perdimos tres partidos al hilo, empatamos uno y perdimos otros tres. El genio rosarino nos juntó una tarde, declaró que no le entendíamos el mensaje y que tenía una oferta para dirigir en primera B en un equipo de Buenos Aires. Nos estrechó la mano y disparó del pueblo.

Los viejos dijeron que era lógico. Que no se podía renunciar a la mística de medio siglo. Que no podíamos jugar de espaldas a la historia que nos había hecho grandes. Y aunque el año en el campo era muy malo y daba la impresión de que en la tesorería del club no quedaba una moneda, los de la comisión anunciaron que, en un esfuerzo titánico destinado a enderezar nuestro destino, habían contratado a otro entrenador que vendría desde Rosario. Este nos hizo

un discurso enfatizando el amor a la pelota, habló de
la danza sagrada de la gambeta, archivó el pizarrón y
nos mandó a jugar como mejor pudiéramos. De nuevo
los viejos nos sacaban charla en el bufet y asentían
satisfechos cuando les contábamos los berretines del
técnico. Claro, decían, por supuesto, decían, este tipo
sí que sabe cómo se siente el fútbol en el Esperanza,
decían, este hombre sabe de vestuario y de potrero,
decían, ahora el asunto es pan comido.
Pero con éste también fuimos una lágrima.
Perdimos tres, empatamos dos y perdimos otros dos.
El fulano ni nos avisó que se rajaba. Después de la
última derrota en lugar de volver con nosotros en el
micro se piró en auto directo a Rosario y si te he visto
no me acuerdo.
La comisión directiva cayó en un absoluto
desconcierto. Definitivamente no quedaba un peso.
Las dos eminencias le habían costado mucho más
dinero al club que las diez temporadas del entrenador
Cantilo. Por supuesto, como la desesperación es más
atroz que la vergüenza, intentaron convencerlo para
que volviera. Pero como Cantilo es un señor hizo lo
que tenía que hacer y los sacó carpiendo. Después se
sentó mansamente a contemplar cómo a los dirigentes
les caían en la cabeza los escombros de la gloria.
Los viejos dejaron de acercársenos a charlar en el
bufet. Cuando pasábamos cerca podíamos oírlos.
Palabras sueltas, porque en general tenían el buen
gusto de bajar la voz, pero palabras suficientes:
"técnica", "aquellos tiempos", "sangre", "hombres",
"pelota al pie". Y "jóvenes", sobre todo la palabra
"jóvenes" dicha con los ojos entrecerrados de hastío,

Eduardo A. Sacheri

con un rictus amargo en los labios, con unas buenas cucharadas de desprecio que nos salpicaban las orejas al pasarles al lado. Era cierto que éramos jóvenes. Muy jóvenes. En abril dejó de jugar Melo, el goleador del '64. Adujo un problema en la rodilla, pero yo sentí que era para no quedar pegado al destino del descenso. Con su partida quedamos nada más que los pibes. O, como seguramente dirían los viejos, nos quedamos "sin verdadera sangre de campeones". Ninguno de los que fuimos titulares durante el resto del catastrófico año 1967 tenía más de veinte años, y ninguno había salido campeón.

Después de los entrenamientos, sentados a la mesa del fondo, con un par de gaseosas de litro entibiándose sobre la fórmica, las manos en los bolsillos y caras de espectros, esperábamos que se hicieran las siete y nos íbamos a casa. Era como si tuviésemos la peste. Nadie se nos acercaba y no nos acercábamos a nadie. Si nos quedábamos hasta las siete era para cumplir con la tradición y para que no nos tildaran de cobardes. Ahí sentado, con el dolor de algún tijeretazo helado venido de la distante mesa de los viejos, me entretenía recitando para mis adentros el credo de nuestros pergaminos: dieciséis campeonatos de la liga. Ocho subcampeonatos. Siete amistosos ganados frente al equipo profesional de Newell's y nueve victorias sobre el de Rosario Central. A veces, antes de dormir, lloraba.

Consiguieron un técnico ignoto que por unos pesos aceptó cargar con el muerto los meses siguientes. Lo más tétrico era ver la cara con que nos miraba. Se le notaba en la expresión que pensaba que éramos horribles y que no teníamos remedio. Tal vez tenía razón. Pero él también era un imbécil y nosotros nunca se lo dimos a entender con semejante claridad. Ni siquiera el apático ese pudo aguantar hasta el final. Cuando faltaban cinco fechas y el anteúltimo nos llevaba seis puntos, se mandó a mudar. Lástima que no me enteré a tiempo, porque me quedé con las ganas de putearlo en la cara.

A esa altura, el descenso tenía color de certeza. Sin embargo, los genios de la comisión guardaban un as en la manga. Resulta que no se quién era amigo de no sé qué fulano que había estudiado con Onganía, y en plena Revolución Argentina ésos eran contactos provechosísimos. De buenas a primeras se introdujo una ligera modificación en el reglamento de la liga, según la cual el descenso directo del último clasificado se cambió por un partido final y decisivo entre los dos últimos, en cancha neutral. "Cláusula de repechaje", la llamaron. Naturalmente los equipos que venían arriba de nosotros peleando el descenso protestaron ferozmente, pero, como carecían en sus comisiones directivas de personajes que fueran conocidos de otros personajes que hubiesen estudiado con Onganía, nadie les llevó el apunte.

La jugarreta, aunque nos cubrió de mugre, nos mantuvo conectados a esa especie de respirador. Podíamos perder hasta el último partido del campeonato, con tal de que ganásemos el desempate. Nos tomamos muy a pecho eso de perder, porque a duras penas empatamos uno de los cinco que faltaban y terminamos nueve puntos debajo del Atlético

Podestá, el penúltimo. Con esa performance, hasta los más fanáticos optimistas se derrumbaron. El amigo del amigo de Onganía sacaba pecho ante quien se le parara enfrente y ponía cara de "Yo ya no puedo hacer más de lo que hice".

Entre la última fecha y el desempate hubo un intervalo de tres semanas. Los de la comisión les pidieron, les rogaron, les imploraron a los técnicos de las divisiones inferiores que se hicieran cargo de los malandras de la primera para ese desempate angustioso. Los tipos contestaron que ni mamados. El Club Esperanza, después de cincuenta años de éxitos y laureles, se iba de cabeza al tacho, y ellos no eran suicidas. Dijeron que se debían a las inferiores, para hacer nacer desde allí un "futuro nuevo". Con eso lo decían todo. Si no hubiésemos estado tan tristes habría sido como para reírse. En el club del pasado, ahora se llenaban la boca con el futuro. Lástima que nosotros estábamos en el medio, como un presente ominoso y detestable.

Entonces fue cuando lo convocaron a Segovia, o más bien le tiraron el equipo por la cabeza, con la orden de que lo manejara esas tres semanas. Augusto Celestino Segovia era el canchero, aunque también era el chofer del micro cuando jugábamos afuera, utilero en los entrenamientos y control en la tribuna popular cuando jugábamos de locales. Era un tipo servicial y silencioso al que nadie conocía demasiado a fondo, aunque hacía como veinte años que trabajaba en el club. Los de la comisión dijeron que le habían ofrecido el cargo por sus méritos y conocimientos futbolísticos, pero todo el mundo sabía que no era cierto. Que se lo enchufaron para que no diésemos más lástima todavía por no tener a alguien que nos dirigiese en los últimos entrenamientos. Y que era demasiado pobre como para darse el lujo de decir que no y quedarse sin laburo. Segovia era el candidato ideal porque no tenía ningún prestigio que pudiese apostar y perder en nuestro naufragio. Dándose aires de estadistas, los de la comisión lo presentaron al plantel una mañana de jueves, como si no lo conociéramos desde siempre. Después se fueron y nos dejaron frente a frente.

Segovia nos miró. Entrecerró los ojos porque el sol de noviembre le caía de frente. Se hizo visera con la mano y recorrió nuestros rostros. Después chistó, escupió al pasto y nos dijo que estábamos jodidos, que en el pueblo nadie daba un peso por nosotros, que nadie tenía la menor esperanza de que mantuviésemos la categoría y que eso no era malo, porque íbamos a jugar sin presiones y en una de ésas hasta embocábamos un gol. Dijo que en los partidos decisivos pasan cosas extrañas, pero aclaró que no nos hiciéramos demasiadas ilusiones porque no son lo mismo cosas extrañas que milagros.

Cuando lo escuché me pasó algo raro. El tipo nos estaba desahuciando antes de la primera práctica. Pero lo hacía sin asomo de burla, ni de hostilidad, ni de soberbia. Entendí que estaba tan solo y tan triste y tan asustado como nosotros, y pensé que era mejor así, después de todo.

En esas semanas nos hizo practicar fuerte, correr mucho y trabajar unos cuantos movimientos defensivos. La idea no era mala. Si lográbamos terminar el partido en cero había alargue y penales. Y pateando desde doce pasos podía irnos bien o mal, pero las chances mejoraban a ojos vistas. Segovia nos hizo practicar defendiendo con cuatro, con cinco, con dos líneas de cuatro y con dos líneas de cinco.

El día del partido decisivo nos juntamos en el club para tomar el micro. El presidente no resistió la tentación y nos arengó en la playa de estacionamiento. Habló de entrega, de pasión, de amor a la camiseta. Y terminó, naturalmente, recitando la letanía atroz de nuestro pasado de bronce: dieciséis campeonatos de la liga. Ocho subcampeonatos. Siete amistosos ganados frente al equipo profesional de Newell's y nueve victorias sobre el de Rosario Central. El tipo estaba para una película: de pie en el estribo del ómnibus, con el brazo derecho extendido y el dedo índice apuntando al cielo. Parecía uno de esos curas de las películas de vampiros, que levantan un crucifijo para hacer retroceder a los espíritus impuros. Sólo que éste en lugar de cruz te tiraba en la cara todos los campeonatos que el club había ganado y te dejaba la sensación extraña de que el vampiro y el espíritu impuro eras vos, ni más ni menos.

Nos siguieron doce o quince autos. La verdad que dolía. Yo me acordaba del último campeonato que habíamos ganado, el del '64, cuando hubo que fletar un tren especial porque nadie en Gobernador Flores había querido perderse la vuelta olímpica número dieciséis en terreno de los visitantes. Teníamos que jugar en cancha de Colonia Benítez, que quedaba tan lejos de nuestro pueblo como del de ellos. Pero de nuestra gente no vino casi nadie, apenas un puñado de familiares y amigos que ocuparon una tribunita baja que daba contra el lateral, junto a una de las áreas.

Con el pitazo inicial salimos a hacer aquello que nos había pedido Segovia que hiciéramos. Salimos a morder en cada pelota dividida, a embarullar el mediocampo, a comerles los tobillos a los rivales para que no hilvanaran dos jugadas. Corrimos como flechas. Trabajamos como esclavos. Luchamos como gladiadores. Aguantamos como mártires. Lástima que todo eso duró cuatro minutos y treinta y ocho segundos, porque a esa altura del partido nos embocaron el primer gol de cabeza y se acabó la epopeya. El gol no fue culpa de nadie y fue culpa de todos. Una de esas distracciones zonzas de las que habíamos cometido setecientas a lo largo de todo el año.

No había que ser un genio para entender que habíamos perdido. En toda la temporada no habíamos remontado un solo resultado en contra. Siempre que nos habían embocado, habíamos terminado con la canasta llena. ¿Iba a ser diferente esta vez, con los nervios crispados y la amargura del descenso pegándonos las patas contra el pasto? Me tocó a mí sacar la pelota del arco y llevarla hasta el medio. No atiné a patearla para acelerar el trámite. La llevé bajo el brazo todo el trayecto. Tenía frío, y eso que era diciembre y una tarde preciosa. Aunque no quería, repetía el rezo laico de los míos: dieciséis campeonatos de liga, ocho subcampeonatos, siete amistosos ganados a Newell's, nueve ganados a Central. Mi abuelo era José Manuel Lupis, socio fundador y

257

Eduardo A. Sacheri

bicampeón. Mi padre era Antonio José Lupis, héroe de las formaciones de la década del '50. Y yo era Ignacio Lupis, marcador de punta que participó del descenso de Deportivo Esperanza en 1967. Tenía mucho frío y unas ganas bárbaras de ponerme a llorar, pero me contuve. Mi viejo me había deseado suerte en la cocina de casa, pero no había venido. Miré el banco de suplentes. El arquero lloraba y los demás trataban de consolarlo para que no lo viésemos. Segovia presenciaba el naufragio a dos pasos de la línea de cal, con los brazos cruzados.

Planté la pelota en el círculo central y le saqué a Salvatierra, el número 5. Era un pase de medio metro, pero le erré por dos y la pelota se la llevaron los de Podestá. En otro momento Salvatierra me habría puteado con toda la razón del mundo, pero ese día no dijo nada y se quedó mirando la estampida de rivales que nos pasaban por los costados como un malón de ranqueles. Nos embocaron el segundo gol a los veinticinco y después se tomaron un respiro. Se tiraron atrás y nos regalaron la bola. Eso les servía a ellos para tomar aliento y a nosotros no nos servía para nada. El arco de Podestá nos quedaba tan cerca como las cataratas del Niágara. Podíamos estar así nueve años sin conseguir hacerles un gol ni de chiripa.

Volvieron a enchufarse al comienzo del segundo tiempo. Coparon de nuevo el mediocampo y nos atacaron por donde quisieron cuantas veces se les dio la gana. El 3 a 0 fue a los cinco minutos, y el 4 a 0 a los diez. Miré hacia nuestra tribuna y me entristecí. Si habían venido sesenta, ahí no quedaban más de veinte. Y todavía faltaban como treinta y cinco minutos de agonía. Y faltaba también volver en el micro, y volver al club, y volver a las calles de mi pueblo, y pasar a la historia en el grupo de los palurdos que lograron la hazaña feroz de mandar al Esperanza al descenso por primera vez en su trayectoria legendaria.

Pero a los doce minutos se dio una jugada curiosa. El 4 de ellos remató desde el borde del área nuestra. Dicho sea de paso, a esa altura atacaban hasta con los marcadores centrales, porque sabían que éramos tan peligrosos como un bebé armado con un chupete. La pelota pegó en el travesaño. Picó en el área chica, la cabeceó de palomita el número 9 y la estrelló en el palo derecho. El número 11 la tomó de sobrepique, le dio un sablazo descomunal y la pelota dio de lleno en el otro poste. La terminó sacando el 5 de ellos, que la quiso poner de emboquillada por encima del arquero pero se le fue apenas por arriba. Lo horrible pasó en ese momento, porque lo que se escuchó desde la hinchada de ellos no fue el típico ¡¡¡¡Uuuuuuhhhhhh !!!! que se deja oír en esos casos, sino risas. Los tipos se reían. A esa altura nos tomaban a la joda. Estaban tan relajados, tan seguros, tan a salvo, que lo que estaban viendo ya no era un partido de desempate por el descenso. Era un número de circo, y no hace falta decir quiénes eran los payasos. Ni siquiera nos insultaban. Nos miraban casi con ternura, como uno mira a un perrito haciendo alguna chambonada.

No sé si Segovia sintió lo mismo. Pero algo le habrá pasado a él también con esas risas. Porque se metió un metro adentro de la cancha, él que era tan prudente, y se lo sacó de encima al juez de línea con un empujón que casi lo sienta de culo, él que era tan

Eduardo A. Sacheri

pacífico, y pegó un grito que sacudió los cielos, él que
era tan silencioso: "¡¡¡AGUANTEN, MUCHACHOS, AGUANTEN...
QUE ESTOS PELOTUDOS EL QUINTO GOL NO LO METEN NI
MAMADOS!!!".

Yo lo miré, asombrado. Su cara oscura estaba roja
de la bronca. El nudo de la corbata se le había corrido
en el forcejeo. Los pelos engominados se le habían
abierto en una especie de paraguas desorganizado. Y
como en ese momento nadie gritaba, su arenga se
escuchó en todos los rincones del estadio.

Mi arquero me tiró el balón sobre la izquierda,
mientras los hinchas de Podestá se preguntaban unos
a otros qué había dicho nuestro técnico. La paré de
espaldas a la línea y la bajé mansita. El 7 de ellos se
dispuso a sacármela como había hecho cada vez que
lo había intentado. Pero por primera vez en la tarde
me animé. Hamaqué apenas la cintura y la acaricié
con la suela derecha. El tipo se comió el caño y pasó
de largo. Sentí que el corazón empezaba a latirme de
nuevo. Se dio vuelta como una tromba. Lo lindo de no
tener nada que perder es eso, que detrás de la ruina
se acaba el miedo. Así que le volví a tocar la bola suave,
aunque ahora lo tuve que saltar para que no me
cepillara, porque me vino con los tapones de punta.
Giré y me encaré con el 8. El tipo no estaba listo para
que le amagara por afuera y me le escapara por
adentro. Levanté la vista. Estaba el 5 con aspecto de
muralla. No necesité pensar qué hacer para pasarlo,
porque con enorme felicidad, con gigantesca alegría,
con descomunal regocijo, sentí que el 7 de Podestá
me acababa de hachar desde atrás con una patada
feroz a la altura de las pantorrillas, porque se había

quedado calentito con el doble caño. "¡Así, Lupis, así!", saltó Segovia de nuevo. "¡Enséñenles a esta manga de yeguas!" Desde atrás del alambrado los de Podestá empezaban a mirarlo feo. Para colmo de bienes, ellos tiraron un contraataque fulminante y la pelota le quedó servida al 9 para cocinarlo a nuestro pobre arquero. Pero por primera vez en el partido el delantero tiró al bulto, apurado tal vez por ir a gritarle en la jeta el quinto gol a Segovia. Y como tiró al bulto colaboró con el milagro de que nuestro arquero Martínez la encontrase y la embolsara por primera vez en toda la tarde. Cuando se levantó, Martínez tuvo la ocurrencia de quedarse con la bola bajo el brazo izquierdo, mientras con el dedo índice de la mano derecha le hacía el gestito de que no, de que no, de que no se lo había hecho, mientras sonreía como un arcángel. Segovia lo aplaudió y gritó: "¡Dele, arquero, dele, que ese no tiene huevos!", con lo que logró calentar a todo el banco de suplentes, porque el técnico de Podestá era precisamente el papá del delantero cuyas cualidades anatómicas había puesto en tela de juicio nuestro ahora locuaz entrenador. A los veinte minutos empezamos a hacer tiempo. Nos soplaban y nos tirábamos. Nos rozaban y nos derrumbábamos entre gritos de agonía. Los tipos le vociferaban al árbitro que éramos unos tramposos y que descontara. Y el gil les decía que sí, que se quedaran tranquilos que él iba a adicionar todo lo necesario. Yo ya no tenía frío, y cuando a los veinticinco minutos el 11 de ellos se comió el gol hecho porque se enredó las patas y la pelota le quedó atrás, me le acerqué y le dije que era un boludo, y el tipo me puteó de arriba abajo y yo empecé a sentirme contento. El técnico/padre gritaba como un poseído para que nos ahogaran en la salida. Segovia más que a indicaciones se dedicaba a hacer bromas sobre las condiciones de los contrarios, y se tuvo que poner una toalla en la espalda porque los de Podestá, colgados del alambrado, le tiraban unos gargajos que parecían una lluvia de meteoritos. Pasamos un par de sofocones más a los treinta y a los treinta y dos, pero el colmo fue el penal que tuvieron a los cuarenta y uno. En realidad fue a los treinta y seis, pero nos pasamos cinco minutos discutiendo como si fuera la injusticia más grande del planeta. El pobre win de ellos mostraba los tapones del botín de nuestro back estampados como un sello a la altura de la canilla, pero hicimos un quilombo inolvidable. Fue el único penal de mi vida que vi rebotar en los dos postes y salir justito para el despeje de un defensa. Lo abrazamos a Martínez como si fuese Amadeo Carrizo, y el pobre 9 se agarraba la cabeza. Al pasar me le reí en la cara y el tipo ni siquiera me insultó, tan grande era la amargura que tenía.

Los últimos cinco minutos faltó poco para que nos colgásemos del travesaño, los once en línea. Segovia nos decía los minutos que faltaban pisando la línea del lateral, y el lineman lo obligaba a retroceder una y otra vez, pero él se lo sacaba de encima y seguía con eso y con gastar a los de Podestá con que el quinto gol no lo metían ni en pedo. El último minuto nos lo pasamos tirándola al lateral, y ellos apurándose para sacar, y nosotros reventándola de nuevo y los tipos

otra vez adentro, y cuando sonó el silbato fue todo
rarísimo porque nosotros levantamos los brazos y los
tipos se quedaron con las manos en la cintura y
parecía que los que se habían ido eran ellos y no
nosotros, y encima Salvatierra que es un turro se sacó
la camiseta y se la ofreció al 5 de ellos diciéndole que
se la regalaba para que se secase las lágrimas de
amargo, y lógicamente el otro le puso una mano que
le aflojó tres dientes y fue como una señal, porque
cuando lo vi me di vuelta buscando a alguno de
Podestá y justo Dios me puso en el camino al 7 ese
que me había bajado después de pasarlo de caño, y le
di tiempo para que armara la guardia porque nunca
me gustó pegarle a un tipo desprevenido, y donde
levantó los puñitos de escuálido desnutrido le surtí
uno de los piñones más lindos que coloqué en la vida,
y supongo que no sólo iba dirigido al nabo ese sino a
todos los de la comisión y a todos los viejos del bufet
y a todos los del pueblo y a todos los ilustres miembros
de mi familia y a todos y cada uno de los dieciséis
campeonatos y los ocho subcampeonatos y los siete
amistosos contra Newell's y los nueve contra Central,
y cuando me quise acordar eso era un revoleo de piñas
que daba gusto, y entre medio del quilombo lo vi a
Segovia dándose con el padre del delantero cuyos
genitales nuestro coach había puesto en tela de juicio,
y como el otro era un urso como de dos metros me le
acerqué a darle una mano, y lo pusimos fuera de
combate el tiempo suficiente como para salir pitando
para el lado del alambre donde estaban los veinticinco
patriotas que se habían quedado a hacernos pata en
el segundo tiempo, que a esa altura estaban escalando

el alambre para participar también del sano debate cívico que tenía lugar en el verde césped, y me acuerdo de que Segovia se dio vuelta hacia mi lado, mientras corríamos, me sonrió y me dijo: "¿Viste, pibe? Por suerte la vida es más larga que la tristeza", mientras seguíamos galopando con la lengua afuera, y yo supe para siempre que tenía razón.

EL RULO Y LA MUERTE

La primera reacción del Rulo cuando se encontró cara a cara con la Muerte no fue tanto de pánico como de sorpresa. Se había levantado al mediodía, como casi siempre, y antes de almorzar ya se había puesto levemente en pedo. Comió poco, porque el calor en la casilla era agobiante, pero la sed le hizo tragar varias cervezas.

La Muerte no golpeó a la puerta, por supuesto. Simplemente le dio un empujón seco que hizo chillar las bisagras y penetró en la pieza con paso decidido. El Rulo la vio de costado, iluminada desde atrás por el sol cruel de las dos de la tarde. La Muerte lo buscó primero a la derecha, después giró hacia el otro lado y ahí lo encontró, tirado a la bartola en el sillón destartalado que el Rulo usaba para mirar la tele. Aunque nunca la había visto antes, no le quedaron dudas de que estaba frente a la Muerte, y por eso la sorpresa primero y el miedo después le borraron hasta el último vestigio de mamúa de las venas.

Era alta, ligeramente encorvada, y su cabeza era un cráneo grisáceo que parecía tener una grieta a un costado de la frente, pero el resto del cuerpo, pensó el Rulo, era un cuerpo cuerpo y no un esqueleto. Flaco, flaquísimo, pero un cuerpo con piel y pelos y forma de cuerpo. Su ropa llamaba la atención por lo extraña. Usaba una camisa de vestir, sin corbata. Un saco gastado a rayas marroncitas, un pantalón de jean gastado en las rodillas y mocasines.

–Buenas tardes –saludó la Muerte, y el Rulo respondió en un murmullo porque lo sobresaltó la voz ronca y gastada propia de un hombre, aunque uno hablase siempre de "la" Muerte, como mujer.

El Rulo tragó saliva y preguntó qué necesitaba el señor. La Muerte soltó una risita y dijo que era gracioso eso de llamar "señor" a alguien que trae una calavera en lugar de cabeza, pero después se puso seria:

–No te hagas el tonto, Rulo, que soy la Muerte y vengo a buscarte.

–Mierda –alcanzó a decir el Rulo, pero después se quedó en silencio porque le parecía todo demasiado raro y pensó que a lo mejor se había quedado dormido y eso era una pesadilla.

La ilusión onírica le duró poco porque repentinamente la Muerte alzó una botella de cerveza vacía por el pico y la hizo trizas contra el vidrio de la ventanita del fondo, que también estalló en pedazos. No bien se apagó el estruendo de los vidrios comenzaron a oírse las puteadas del vecino y las súplicas de su mujer que intentaba calmarlo diciendo que el de adelante era un borracho perdido y que no le hiciera caso. La Muerte se volvió hacia él y habló moviendo apenas la quijada.

–No seas pánfilo, Rulo. No puede ser un sueño. ¿O vos ahora soñás con ruidos?

El Rulo tuvo que darle tácitamente la razón porque se dio cuenta de que siempre tenía sueños mudos. La Muerte siguió:

–Yo diría que no perdamos tiempo y vayamos procediendo.

–¿Lo qué? –alcanzó a preguntar el Rulo.

–Hoy te toca a vos, Rulo. No soy "la" Muerte, pero soy "tu" Muerte. Es decir: hoy te toca, ¿qué vas a hacerle? –alzó los hombros como dando a entender que no era algo tan importante, y se sentó en la silla de madera que había junto a la puerta.

El Rulo trató de ordenar sus ideas.

–Atendeme. Atendeme un poquito –empezó diciendo, porque esas eran las palabras que siempre usaba cuando necesitaba ganar tiempo–. ¿Cómo es eso de morirme? –Se puso de pie.– Mirame. Mirame un poco. Si soy un pendejo, fijate, un pendejo. Recién en abril cumplo treinta y cuatro. Y estoy hecho un violín, macho. En serio.

Mientras hablaba hacía ademanes rápidos, con las manos vueltas hacia sí y movimientos veloces de los dedos, en ese gesto universal de quien pretende que su interlocutor lo observe a fondo. La Muerte contestó con serenidad:

–Sí, Rulo, lo que decís es cierto, digamos, pero... ¿qué tiene que ver? ¡O te creés que sos el primero en estirar la pata estando sano y "hecho un violín", como decís vos!

El Rulo volvió a sentarse, derrumbado por el tono sereno, fatal e inexorable de la Muerte, que siguió hablando:

–Bueno, si nos ponemos estrictos todavía te queda un ratito. Se supone que te toca morirte a las 4.03 p.m. en el semáforo de la ruta. Te tiene que pisar un Scania, un camionazo frigorífico que va para Bahía Blanca. El mionca cruza con luz verde pero vos no lo ves venir, cruzás mal y te deja hecho papilla en el asfalto.

El otro palideció. Era cierto que dentro de un rato iba a cruzar la ruta porque había quedado con los muchachos en verse después de la siesta en la cancha de los monoblocks. Se le ocurrió preguntar algo:

–Ah sí, decime un poco, y si me pisa semejante camionazo, ¿cómo carajo me lleva puesto sin que lo vea venir? No puede ser, macho.

–Pero sí, hombre. Te garantizo que te atropella –ahora la Muerte usaba un tono dulce y ligeramente didáctico–. Ocurre que a las cuatro de la tarde vas a estar tan borracho que vas a salir de la casilla y vas a cruzar la villa casi sin darte cuenta. Con el calor que hace, por añadidura, te vas a gastar las últimas monedas en un cartón de vino frío que vas a comprar en el boliche de Chirinos y te lo vas a bajar en cinco tragos. Cuando llegues al borde de la ruta vas a tener encima un pedo cósmico, si me permitís la vulgaridad. Y vas a mandarte a cruzar con el mismo cuidado con el que cruzarías de la pieza al patio. Y ahí, ¡páfate!

La Muerte remarcó la imagen del impacto haciendo chocar un puño en la palma abierta de la mano, y el chasquido le hizo correr al Rulo un sudor frío que le bajó desde la nuca. Pero insistió:

–Y si el fato este es a las cuatro, ¿por qué me viniste a ver ahora que no son ni las dos y media?

–Es cierto, Rulo, es verdad –la Muerte torció los huesos de la cara en lo que pretendió ser una sonrisa–. Pero te cuento algo. Sufro terriblemente el calor, ¿sabés? Y vos viste cómo está hoy: sofocante, verdaderamente inaguantable. Se supone que tengo que apersonarme en el lugar de los hechos con una antelación mínima de treinta minutos.

El Rulo frunció el ceño y la Muerte aclaró:

–Media hora antes, Rulo, media hora antes. Para preparar todo, revisar la rutina, evitar imprevistos, esas cosas. Pero tal como te he dicho sufro el calor de manera horrorosa. Y la sola idea de pasarme treinta minutos ahí, al rayo del sol, calcinándome con una sensación térmica de cuarenta grados, en el cruce de la ruta 3, que no tiene un árbol ni por equivocación, y encima con el reflejo del pavimento dándome en las órbitas, es realmente horrible, imaginate. De manera que pensé que mejor lo arreglábamos acá, en tu casa. Se supone que no puedo alterar el esquema pero, aquí entre nosotros, ¿quién se tiene que enterar? De manera que vos no levantás la perdiz y yo te proporciono un óbito tranquilo, cómodo, sereno, y te libro del despanzurramiento producto de tu colisión alcohólica con el camión frigorífico. ¿Me seguís, Rulo?

El modo de hablar de la Muerte era tan razonable que el Rulo, a pesar de sí mismo, se encontró asintiendo, obediente. Pero se le ocurrió otra objeción.

–Momento, momento. Si me matás en la ruta, ¿cómo vas a estar media hora en el semáforo con esa facha? Alguno se va a apiolar, disculpame, pero sos una cosa medio asquerosa, sin ofender, claro.

–No, Rulo, más allá de lo de asquerosa o no, los demás no van a verme. Hoy soy *tu* muerte, Rulo. Sólo vos podés verme. Tampoco es cosa de andar por ahí espantando a medio mundo cada vez que hay que bajarle la caña a alguien, imaginate.

–Pero igual decime... ¿siempre vas vestido así?

La Muerte negó moviendo el cráneo hacia los lados.

–Nada de eso, Rulo, en absoluto. Nos vestimos para la ocasión, generalmente. Imaginate que me toque un ministro, o un banquero, o algo de ese estilo. En esos casos uso un traje negro que, aunque esté mal que lo diga yo, y no lo tomes como falta de modestia, me queda que ni pintado. Para situaciones menos solemnes uso uno marrón claro.

El Rulo miró el atuendo de la Muerte, arrugando un poco la nariz, en un gesto de disgusto. La Muerte advirtió su expresión, porque siguió hablando algo ofuscada.

–Ya sé que estoy casi impresentable, Rulo. Pero tené en cuenta el calor que hace y... –pareció dudar sobre decir lo que realmente estaba pensando, hasta que se decidió abruptamente:– y aparte ¿qué querés? ¿Vos te viste? ¿Qué podés pretender, Rulo?

El aludido bajó la vista para mirarse. Tenía puestas unas alpargatas chancleteadas, un pantalón corto muy sucio y una musculosa más mugrienta todavía.

–Y otra cosa –la Muerte siguió justificando su vestimenta paupérrima–, ¿vos viste lo que es tu "humilde morada", Rulo? No te ofendas, pero vivís en un agujero.

El Rulo, para sus adentros, asintió sin resistencias. La casilla se caía a pedazos. Se la había prestado su hermano Lalo, dos años antes, apenas lo había echado la Graciela. Y al principio estaba buena. No se llovía porque Lalo le había puesto una flor de membrana, y también le había mandado un buen contrapiso con carpeta y todo. La puerta era de chapa, bien gruesa. Pero en esos dos años el Rulo había sido incapaz de poner un peso en la casilla. Cada cosa que se había ido rompiendo, así había quedado. La puerta se había picado toda de óxido por falta de convertidor y el techo se llovía en tres o cuatro sitios. Lalo le había dejado instalado el medidor de luz, pero hacía meses que lo habían dado de baja y se había tenido que enganchar. Cuando Lalo venía a visitarlo a él le daba un poco de vergüenza, pero Lalo era un pan de Dios y nunca decía nada. Si hasta le había conseguido trabajo en la obra de Ramos Mejía. Ni esa excusa tenía el Rulo. Hacía un año que estaba con laburo fijo y todavía tenía para otro año más, por lo menos. Miró el reloj y vio que eran casi las tres, y se dio cuenta de que no quería que ésa fuera la última hora de su vida. Siempre le había costado pedir, pero se sobrepuso y preguntó en un murmullo:

–Y decime, dígame, bah –titubeó un poco más–, ¿no hay modo, yo que sé, de conseguir un poco más de tiempo...? Algo como para despedirse, ¿vio? Un tiempito, no más...

–Ay, Rulo, Rulo. No es mi intención ofenderte, en absoluto, pero... ¿para qué carajo querés más tiempo, si me disculpás la mala palabra? Vos sabés lo que es tu vida, Rulo. Es un asco, muchacho, un vómito por donde la mires...

El Rulo la miró con resentimiento. No le gustaba que hablaran de sus cosas, y mucho menos que le vinieran con reproches. Si seguía dejándola hablar, esa calavera iba a terminar diciéndole lo mismo que la Graciela, quejándose de que era un vago y un borracho que no servía para nada.

–¿Por qué no te metés en tus cosas, pelotudo?

–Ah, no, Rulo. Si te ponés grosero te fulmino a la primera de cambio, ¿eh? Ya que te estás sirviendo agua, ¿me das un vasito? La verdad es que estoy que me derrito.

Cuando el Rulo se lo alcanzó vio con un poco de asco cómo la Muerte derramaba el líquido en el agujero negro de sus fauces, abierto entre los dientes amarillentos. Cuando terminó de beber, la Muerte le alcanzó el vaso, le hizo una mueca de sonrisa y agregó:

–Bueno, Rulo, tenemos que ir procediendo.

–Pará la moto que recién son las tres, carajo –el Rulo estaba pálido–. Aparte... –dudó y por fin terminó la frase– aparte me gustaría despedirme de mis chicos.

–¡Já! ¡Despedirte! ¡Esa sí que es buena! –la Muerte se golpeó los muslos con las palmas–. Olvidate, Rulo. ¿Te pensás que soy un encargado de relaciones públicas? Además otra cosa, muchacho: no los llamás en la puta vida, disculpame la grosería, no los vas a ver ni por equivocación, ¿y ahora querés hacerte el emotivo y llamarlos? No seas sinvergüenza, Rulo, no seas descarado, hacé el favor.

El Rulo se mordió los labios y pensó que la Muerte

decía la verdad, pero igual la miró con odio porque
aborrecía que se lo echaran en cara.

–¿Y vos qué sabés? ¿Así que yo no tengo nada de
bueno? ¿Quién te dijo, pelotudo, quién te dijo?

–Momentito, Rulo, momentito. Ya te dije que si te
vas de boca te dejo seco acá sin tanta diplomacia, no
te pasés de vivo –la Muerte lo amonestó, pero su tono
de voz era casi divertido–. Y sinceramente, querido,
sos patético, un asco, qué querés que te diga. Vivís
en una pocilga –la Muerte enumeraba tomándose los
dedos de una mano con el pulgar y el índice de la
otra–. Te gastás en chupi casi todo lo que ganás, tu
mujer te echó por vago, a tus hijos no les pasás ni la
hora y tenés trabajo porque tu hermano Lalo es un
bendito y en la empresa lo quieren tanto que no se
animan a echarte, que es lo que te merecés porque
faltás cada dos por tres y no sabés levantar ni dos
hiladas de ladrillos como Dios manda.

El Rulo bajó los ojos. No estaba triste porque se
fuera a morir, sino sobre todo por morirse sin
emparchar nada de lo que la Muerte le decía.

–A ver, Rulo, a ver, contame. ¿Qué sabés hacer?
Pero bien. ¿Qué sabés hacer bien, bien? Decime algo
en lo que seas bueno en serio.

El Rulo bajó los ojos, enfurruñado. Si no le gustaba
que le vinieran con reclamos, menos le gustaba que
lo forzaran a hablar de sí mismo. Pero cuando la
Muerte insistió, se decidió a contestar.

–Al fútbol. A la pelota juego bien en serio. Llegué
a la cuarta de Vélez.

–Ah, ¿sí? ¿Y de qué jugabas? –la Muerte seguía
con su tonito divertido.

Eduardo A. Sacheri

–De segundo marcador central. Siempre jugué de seis.

–¡Qué tierno, Rulo, qué tierno! –la Muerte lo miraba como examinándolo–. Ahora decime... ¿no sos un poco petiso para jugar de central? Digo, no te ofendas, pero te veo un poco chiquito para semejante puesto. No sé, para ir de arriba, para pechar a los delanteros rivales... Te veo algo livianito, si me permitís.

El Rulo le clavó los ojos. Esa hija de puta no sólo venía a liquidarlo sino que lo gastaba con lo único de lo que se sentía realmente orgulloso.

–Ah, bueno. Ahora vos sabés de fútbol también. Dejame de joder.

La Muerte se incorporó de su silla con un respingo.

–Mirá, flaquito. Para que sepas yo no estuve muerto toda la eternidad, ¿sabés? –Antes de seguir hablando levantó el mentón, desafiante.– Y está mal que lo diga pero siempre fui un arquero más que pasable, por no decir realmente bueno, por no decir excelente.

El Rulo notó, algo sorprendido, que la Muerte se había calentado en serio con ese asunto. Entrecerró los ojos en el gesto que siempre hacía cuando tenía que pensar rápido en algo muy complicado. Cuando supo cómo seguir, atacó:

–Bueh, no te quiero ofender, pero la verdad es que pinta de arquero, lo que se dice de arquero, no tenés ni ahí, macho. ¿Qué querés que te diga?

La Muerte adelantó los brazos con las manos algo levantadas, en el gesto de quien quiere detener una discusión.

–Mirá, Rulo, no sigamos con esto, que yo no vine a discutir sino a llevarte.

–Como quieras, como quieras. Yo no más te digo que tenés tanta pinta de arquero como yo de astronauta.

–Decí que andamos cortos de tiempo, pero no sabés con qué gusto te haría tragar tus palabras y esa sonrisita pavota que tenés, te lo garantizo.

–¡Eh, che, no te calentés, que no es para tanto!

–Ahora era el Rulo el que parecía burlón. Pero sólo parecía, porque el corazón le latía con golpes sordos que le retumbaban desde los pies hasta los párpados. Se sorbió los mocos, que era algo que siempre hacía para calmarse los nervios.– Vos decís que yo no tengo pinta de marcador central; yo te digo que vos en la puta vida debés haber jugado al fútbol. Lástima que no tengamos tiempo para un desafío... –respiró hondo. En su mar de nervios estaba satisfecho, porque el discurso le había salido de corrido.

La Muerte se puso de pie y se le acercó. Aunque empezó a temblar, el Rulo sostuvo la mirada a la altura de las cuencas vacías que se le aproximaban. La Muerte se detuvo a diez centímetros de su rostro y le golpeó la nariz con un aliento gastado y fétido.

–¿Adónde querés llegar, Rulo? –interrogó en un tono casi íntimo.

–A ningún lado –contestó con sonrisa inocente–. Te digo un desafío para ver quién es quién, nada más que eso.

La Muerte se dio vuelta y comenzó a caminar por el perímetro de la pieza, juntas las manos detrás de la espalda. El Rulo cerró los ojos porque estaba pensando muchas cosas juntas.

–¡Ni lo sueñes, Rulo! ¡Ya sé para dónde vas,

querido! –La Muerte se volvió hacia él y siguió en tono de burla, como emulándolo:– "Si yo gano vos me perdonás la vida" ¿No es eso, Rulo? ¿Vos qué te creés? ¿Que yo nací ayer?

El Rulo negó con la cabeza.

–No. Tenés razón. No puede ser nunca.

Caminó hasta la ventanita destrozada, empujó los vidrios más grandes con la precaución de que ninguno se le clavase en las alpargatas y asomó la cabeza al pasillo de la villa. Y así asomado terminó en un murmullo casi inaudible:

–Cagón...

A sus espaldas la Muerte resopló, como conteniendo la bronca.

–¡¿Qué dijiste?! –la Muerte apretaba las mandíbulas, irritada–. ¿Y a qué querés jugarlo, si puede saberse? –siguió–. ¿Vamos a jugar uno contra uno? ¿O pretendés que arme un equipo de Muertes para enfrentarme a vos y a tus amigotes?

–No. Más bien que tiene que ser algo entre nosotros solos. –El Rulo hizo otra pausa. Experimentaba la extraña sensación de saber lo que estaba haciendo.– Unos penales, digo yo. Tiempo para otra cosa no tenemos, porque ya son casi tres y media. En la canchita que da a las vías. Ya que sos arquero, no me vas a decir que le tenés miedo a un petiso como yo, que ni llego a tocar el travesaño, ¿no te parece?

La Muerte volvió a caminar inquieta por la casilla. Por fin se volvió hacia el Rulo, alzó la mano, lo señaló con el índice y le dijo en tono admonitorio:

–Perfecto. Por penales. Si vos ganás te dejo tranquilo y acá no ha pasado nada. ¿Y si perdés, Rulo?

–No te jodo más y me matás ahí nomás al toque. Nos vamos derechito para la ruta y no te hago más historia.

–¡Ah, sí! ¡Seguro que te la voy a dejar servida en bandeja, pobre de vos! –dijo la Muerte–. Si querés apostar, apostemos en serio.

El Rulo tragó saliva.

–Si te gano yo no sólo te mato hoy mismo, sino que elijo cómo. Y si se me canta un castigo más horrible que el del camión frigorífico, te lo surto como se me antoje. ¿Qué te parece?

El Rulo se mordió los labios. Volvió a mirar a la Muerte. De entrada le había parecido ver que cojeaba un poco de la pierna izquierda, y ahora que la otra se movía a grandes trancos por la pieza confirmó esa observación. Además el calor le jodía, ella misma lo había dicho, y se había tomado como tres litros de agua en ese rato. Le miró los pies y dudó que pudiese patear bien con esos mocasines.

–De acuerdo. Cinco penales cada uno, y si hay empate se define uno y uno.

La Muerte le tendió la mano:

–Es un trato, Rulo. Lamento que te empeñes en retrasar el momento de partir, porque te voy a llenar la canasta.

El Rulo no le contestó. Fue a buscar una pelota casi nueva que guardaba en el primer estante del armario. Mientras revisaba el estante pensó en las largas patas de la Muerte. Si los tiraba altos seguro que la muy turra llegaba cómoda. Pero si los esquinaba bien, a ras del piso, del lado que tenía la rodilla resentida...

Agarró los botines de un rincón y se los colgó del hombro. Se puso a rezar en silencio. Se acercó a la puerta y la abrió de un sacudón. La luz volcánica de las tres y media inundó la pieza. Le hizo un gesto a la Muerte para que pasara primero. Después salieron.

GEOGRAFÍA DE TERCERO

Apenas la vi sentí que me hundía en una especie de pozo sin fondo, en un vértigo de piedras y plomos recién tragados que me llenaron el estómago. O tal vez fue una sensación más brutal, más primitiva, más parecida al más simple de los pánicos. Y lo otro: el peso feroz en las tripas y el vértigo de abismo aparecieron después, cuando ella desapareció de mi vista y pude sentarme en un banco de ese parque inmenso y quedarme con los ojos clavados en el pasto y la cara vacía durante minutos interminables. Ella ni siquiera me había mirado. No me había visto, pero yo me sentía como desnudo delante de una multitud. Y lo peor de todo era justamente comprobar el poder inmenso que, más allá de los años apilados unos sobre otros, esa mujer conservaba sobre mis emociones.

¿Y si me había equivocado? Sí, era enormemente probable. Debía haberla confundido con otra persona. ¿Cuántos años hacía que no la veía? Veinte años, y eso es mucho tiempo. Y además estaba la cuestión de las edades. La última vez que la había visto yo acababa de cumplir los dieciocho. Y a esa altura –intenté tranquilizarme– uno no tiene un cuidado excesivo en recordar fisonomías. Pero sobre todo estaba la cuestión de la edad de ella. ¿Cuántos años podía tener ahora? Traté de volver a 1978: ¿cuántos tenía esa mujer en aquellos tiempos? Yo le atribuía, entonces, setenta u ochenta; de modo que ahora, un cuarto de siglo después, tendría que ser casi centenaria. Entonces no tenía motivos para angustiarme: yo me había confundido y esa mujer no era quien yo había temido. Pero era un razonamiento demasiado frágil. Cuando uno es estudiante secundario todas las personas que superan los treinta años parecen flotar en una ancianidad vaga y distante. Entonces, si en 1978 esa mujer tenía cincuenta en lugar de setenta, la que acababa de cruzarme en el hall del hotel bien podía ser la de mi pesadilla.

Algo muy dentro de mí me instaba a correr a mi habitación, hablar con Lorena, hacer las valijas y escapar de ese sitio. Lorena tendría que entenderme: varias veces, durante esa etapa del noviazgo en la que uno está dispuesto a contar su vida entera, le había hablado sobre esa mujer y sobre el efecto bestial que había ejercido sobre mi vida en la escuela secundaria. Tal vez mi esposa pusiese reparos a la huida. Seguramente iba a decir que yo soy un exagerado, un sentimental, un chiquilín, todas esas cosas que dice cuando mis impulsos la contrarían. Pero ahí sentado, con la respiración todavía entrecortada por la impresión y el disgusto, no me preocupaban demasiado sus posibles reproches mientras aceptase, aun a regañadientes, levantar campamento y volver a Buenos Aires de inmediato.

No obstante, si quería contar con un mínimo de argumentos para la tempestad doméstica que estaba dispuesto a desatar, tenía que asegurarme de que esa mujer que acababa de cruzarme en el hotel era quien yo creía que era. A regañadientes tuve entonces que incorporarme y atravesar el parque hacia el edificio principal del que prácticamente había escapado un rato antes. La mujer que me había espantado iba hacia el bar, de modo que hacia allí dirigí mis pasos con una piedra en la garganta. El lugar resultó estar casi desierto, cosa esperable en esa mañana radiante. Muy pocas mesas estaban ocupadas. En un rincón, cerca del ventanal y de espaldas a una de las mejores postales de las sierras, estaba sentada esa mujer, de espaldas a la entrada. Leía un libro y apoyaba la sien sobre la mano izquierda. Ocupé una mesa detrás de ella y pedí un café.

El primer indicio que me sacudió fue el perfume. Apenas me senté, me golpeó el mismo olor cítrico y penetrante que dejaba flotando en el aula, cuando recorría amenazante los pasillos entre los pupitres. El segundo signo fue el golpecito tenaz sobre la mesa. No veía sus manos pero no hacía falta. Me bastaba el toque regular, cronométrico, patibulario, que producía su lapicera fuente al toparse con la mesa. Cinco segundos. Cinco segundos exactos entre golpe y golpe, y entre medio apenas un silencio de tumbas.

Me ahogué en un sudor horrorizado y quieto. Bajé la cabeza, clavé los ojos en mi propia mesa y miré el

Eduardo A. Sacheri

reloj de soslayo con un subrepticio movimiento de mi muñeca izquierda. Cuando tomé conciencia de mis gestos me sentí un imbécil, porque aunque era un terrible grandulón de casi cuarenta años acababa de adoptar la actitud corporal de los quince, la de 1978, la de tercer año del Nacional de Morón, la del cuarto banco de la fila de la ventana, la de las dos primeras horas de los jueves, la de la clase de geografía, la de la tortura interminable de la profesora Hilda Cerutti de González. Era su perfume y era la nuca recta con el pelo corto y era el toc toc de su lapicera Parker azul sobre la mesa de un hotel de la sierra, y era tan extraño volver a encontrarla allí luego de veinte años que hubiese sido para reírse a carcajadas si no fuera que en realidad me daban unas ganas de llorar que me moría.

Hilda Cerutti de González y el pantano terrorífico de sus clases eran el compendio angustioso de todo mi horror de aquellos años de silencio y obediencia y desesperación. Encontrarla allí era como volver a esos días de amargura. Desde que uno entraba al Nacional en primer año le llovían las historias sobre esa mujer endemoniada. El espíritu se iba macerando en las anécdotas feroces de sus crueldades, de sus desplantes de hielo, de sus ataques de ira, de sus arbitrariedades impredecibles. Como ese engendro nos esperaba en tercero, teníamos dos años enteros para escuchar sobre ella y espantarnos, empequeñecernos y desear nacer de nuevo en otro universo que no la contuviera.

Cuando el primer jueves de marzo de 1978 Hilda Cerutti de González ingresó lentamente en el aula y se paró junto al escritorio y nos miró con las piedras grises y heladas de sus ojos y movió levemente la cabeza hacia los lados abarcándonos en una panorámica acongojante y sus labios se torcieron en una mínima mueca de desprecio y suspiró profundamente y se dio vuelta y anotó en el pizarrón con su hermosa letra cursiva las veintidós letras de su nombre completo como una sentencia irrevocable, entendimos que todo lo que nos habían dicho y anticipado era cierto y que en el fondo se habían quedado cortos.

Hilda Cerutti de González era una mujer cruel, despótica e inconformable, y en aquellos años esas características la volvían poco menos que la profesora perfecta; así nos lo hacían notar el rector y sus alcahuetes en cada oportunidad en que se presentaba la ocasión de alabarla. Durante sus clases estaban prohibidas las preguntas. Ni qué hablar de pedir permiso para ir al baño o de cuchichear con un compañero. Dictaba y escribíamos, hablaba y callábamos, gozaba y sufríamos. Años después y por casualidad me cayó en las manos un libro de geografía americana, amarillento y viejo, muy breve, editado en Chile. Al hojearlo descubrí, con cierta sorpresa, que podía anticipar renglón por renglón su contenido. El autor era un tal Bustamante y estaba impreso en 1942, y si podía adelantarme a cada oración era sencillamente porque para aprobar geografía de tercero con Hilda Cerutti de González tuve que aprender a recitar de memoria desde el primero al último renglón de mi carpeta. Descubrí así en mi madurez que mi carpeta no era sino la versión manuscrita de ese librito. Aquella mujer no sólo era cruel sino además una ignorante que recitaba a su vez de memoria los párrafos de un antiguo librejo olvidado y suficientemente ignoto como para que nadie advirtiese la maniobra y el plagio. No me atrevo a decir que eso volvía estúpida su crueldad, porque supongo que cualquier crueldad es estúpida. Pero al menos diré que su ignorancia tornaba aún más estéril esa crueldad.

Siempre iniciaba sus clases tomando lección. Hacía las preguntas en voz baja, casi en un murmullo, y jamás las repetía. Nos concentrábamos en ese murmullo hasta casi sentir dolor en los oídos. Odiábamos al compañero que hiciera crujir el pupitre o que tosiese o se sonase la nariz mientras nos tocaba el turno, porque si osábamos preguntar "¿Qué?" o "¿Cómo?" la bruja aquella consideraba que nuestra distracción merecía un 1 inapelable. Cuando mencionaba nuestro apellido debíamos ponernos de pie y responder sin demora. Si nos salíamos una palabra del dictado previo estábamos perdidos. Sin alzar la voz decía otro apellido y el aludido debía a su vez pararse y continuar en el exacto punto de la equivocación del anterior. A los que erraban ni siquiera les ordenaba sentarse. Era la única decisión que dejaba en nuestras manos: podíamos tomar asiento enseguida o podíamos seguir de pie un rato. A ella le daba igual porque el aplazo ya estaba sellado en su libreta y estábamos desahuciados sin dudas y sin apelación posible.

Cuando sonaba el timbre nos dedicaba la única sonrisa de la mañana, y aunque era una sonrisa hueca y extraña era posible que estuviese realmente contenta porque el recreo era su momento de gloria. Afirmaba el maletín negro en la mano derecha, levantaba el mentón, dejaba que su cara se llenase de una serena soberbia y salía al patio. Creo que era la profesora que más tardaba en llegar a la sala de profesores y la que primero salía hacia el aula al tocar de nuevo el timbre, pero no lo hacía por puntualidad sino para exhibirse ante la multitud de pibes. A su paso todos callábamos, nos quedábamos quietos, bajábamos los ojos y apenas salíamos de su campo visual nos librábamos de la angustia que nos había dejado su presencia fugaz comentando con el compañero más próximo la última de sus fechorías. Y ella, estoy seguro, se derretía de placer en esos murmullos que nutrían y engordaban su leyenda. Nadie se atrevía a ensayar ni la mínima burla o morisqueta a sus espaldas, porque era sabido que tenía ojos en la nuca. Dos ilusos lo habían intentado, uno en 1969 y otro en 1976, y los había hecho expulsar sin más trámite. Después de rendirla siete u ocho veces pude aprobar geografía de tercero y egresar del secundario. Nunca volví a verla, hasta esa mañana desolada veinte años después; y ahora la tenía adelante, más vieja, algo más canosa, un poco más flaca, pero igual de opresiva que entonces.

Traté de pensar. Era ridículo hablar con Lorena, hacer la valija y escapar del hotel, pero en mi desesperación se me ocurría que era una alternativa excelente. También podía ahogarla en la pileta de natación, asfixiarla en su pieza o precipitarla al vacío por un barranco, pero soy un tipo pacífico y el carácter no me da para semejantes cosas.

Pagué el café y me puse de pie, empujando un poco hacia atrás la silla de madera. El crujido me perdió. Haciendo uso de sus antiguos ojos en la nuca, Hilda Cerutti de González se dio vuelta y me clavó las piedras frías y grises y filosas de sus ojos. Le sostuve la mirada, no por osadía sino por la sorpresa de verla vuelta hacia mí. Pero no estaba preparado para lo que ocurrió después, porque casi en un susurro, con sus palabras cortas y su voz un poco chillona me estampó:

–¿Así que usted es de la zona de Morón? Yo también. Mire qué casualidad encontrar a alguien de allí en un lugar tan lejano como éste.

Sentí que las piernas me tambaleaban. ¿Encima de todo era adivina? ¿Cómo había sabido semejante cosa con sólo mirarme? Al momento entendí: yo llevaba puesta una camiseta blanca y roja del Deportivo Morón, con escudo del gallito y todo. A mí el fútbol me interesa poco y nada, pero mi hijo es todo un fanático y me la regaló para Navidad, y yo la había traído cándidamente a ochocientos kilómetros de mi hogar sólo para que esa bruja pudiera identificarme. Le respondí atropelladamente que sí, que había nacido y crecido en Morón. Apenas concluí deseé haberme mordido la lengua.

–¿Y en qué colegio hizo usted el secundario?

Guardé silencio. Era la oportunidad de mentir y librarme de ella. Al fin y al cabo no era tan grave. Había sido una conversación de medio minuto. Podía salir al sol. Podía caminar hasta el arroyo. Podía aflojarme nadando un buen rato en la pileta. En algún momento me libraría de su perfume penetrante y de los alfileres de sus ojos grises. Era la decisión más simple. Pero a veces la simpleza no me satisface. Casi desconociéndome respondí lentamente que era egresado del Nacional. La vieja acreció su interés. Soltó la lapicera y me hizo un gesto para que la acompañara en la mesa. Era mi última oportunidad para huir, pero se me cruzaron por la cabeza dos o tres de sus crueldades más sórdidas, y las caras de mis mejores amigos de entonces, y rechacé la tentación. Le estreché la mano, le dije mi nombre y me senté frente a ella.

No habló enseguida. Se tomó un minuto para verme y tratar de ubicarme. Repitió mi nombre buscando una clave que le permitiera encasillarme. Me entristeció un poco que no lo lograra. Así, en ese olvido, era como si la humillación y la angustia y el terror que esa mujer me había provocado en la adolescencia tuviesen todavía menos sentido, porque ni siquiera había sido algo personal, algo propio, algo mío. No me lo había hecho a mí; simplemente era uno más en un hormiguero de rostros iguales y anodinos, y si ahora me había invitado a sentarme era seguramente para escuchar de mis labios el recuerdo del terror y de la desesperación y disfrutar por un momento de su antigua y bien ganada fama de hija de puta.

Sonrió apenas con un costado de la boca, ladeó apenas la cabeza y se presentó:

–Bueno, le cuento que yo soy Hilda Cerutti de González.

No dijo más. Yo sentí que sólo faltaba el sonido de la tiza contra el pizarrón dibujando las veintidós letras de su nombre. No dijo más y se limitó a esperar mi reacción. Era evidente que la soberbia no la había abandonado. No dijo que había sido profesora, ni cuál era la materia ni el curso en el que había dictado sus clases. Sabía que no hacía falta y que su tenebrosa celebridad podía prescindir de las aclaraciones a las que se ve obligada la mayoría de los mortales.

Yo soy de esas personas que suelen lamentarse de las contestaciones que dan y de las reacciones que tienen. Cuando discuto con alguien, cuando alguna persona me trata con descortesía, cuando alguno se pasa de piola y se me adelanta o se burla de mí, suelo ser tímido, corto, torpe, y nunca elijo las respuestas adecuadas. Por supuesto que después me arrepiento de mi estupidez y se me suelen ocurrir respuestas ingeniosas capaces de desarmar a mis rivales. Pero es tarde. Nunca se me ocurren en el momento oportuno. Lo raro de aquel encuentro fue que el modo en que actué fue tan espontáneo como siempre, pero mucho menos torpe que de costumbre, como si de pronto hubiese aprendido cómo tratarla. Cuando la mujer calló y se dedicó a esperar mi reacción sostuve su mirada, sonreí también imitando su mueca y me limité a preguntarle:

–¿Perdón?

La vieja tuvo un ligerísimo sobresalto pero se compuso. Ya no sonreía cuando repitió:

–Hilda Cerutti de González.

Entrecerré los ojos. Sonreí más francamente y moví ligeramente la cabeza hacia adelante, como invitándola a que se soltase y hablara con comodidad. Pero permanecí majestuosamente callado. La dama empezaba a parecer impaciente. Disparó una frase breve y cortante, como si no estuviese del todo dispuesta a transigir con mi imbecilidad:

–La profesora de geografía de tercer año.

–Ah... –fue toda mi respuesta.

Me mordí brevemente el labio, con los ojos todavía semicerrados, mientras seguía observándola, como haciendo un esfuerzo por recordarla. Mantuve mi sonrisa leve, un poco porque convenía a mi papel de hacerme el otario y otro poco porque verla incómoda era una sensación nueva y agradable. Cuando habló sus ojos parecían más fríos que nunca y sus labios se habían puesto rígidos en su característica mueca de disgusto:

–¿En qué época estudió usted en el Nacional?

–Del '76 al '80, ¿por?

–Bueno –la mujer vaciló–, porque en esos años yo dictaba clases en todos los terceros...

–Comprendo, comprendo.

No dije más, porque el silencio que siguió era embarazoso y a mí me encantaba que resultara así. Al verla tan tensa me envalentoné y seguí:

–¡Qué raro! ¿No? Porque con mis compañeros nos reunimos todos los años –mentí–. Y casualmente hicimos una cena para las Fiestas –seguí mintiendo– y nos pusimos, naturalmente, a recordar anécdotas del colegio, usted sabe: chiquilinadas, líos, personajes de entonces –culminé mi fábula.

–Claro, claro, por supuesto –aunque trataba de que no se le notara, la vieja estaba ansiosa por conocer su papel en esos recuerdos.

–Siempre somos los mismos, ¿sabe? Unos veinte. No creo que usted recuerde los apellidos. Siempre van Arispe, Butelman, Zelaya, Rincón y algunos más.

–Sí, sí, claro que los recuerdo.

"Seguro que te los acordás, vieja turra", pensé para mis adentros. Había elegido los apellidos de los tipos más destacados del curso, o por capaces o por alcahuetes, pero esos apellidos célebres que todos los docentes recuerdan por años, como para dar verosimilitud al engatusamiento. Me reí tímidamente, con la mirada perdida en el ventanal, como quien recuerda algo muy gracioso.

–Tantos recuerdos, tanta gente. Debo confesarle que a unos cuantos profesores les sacamos el cuero. Se imagina, ¿no?

La vieja pareció recuperar algo de aquella gallardía sanguinaria con la que recorría el patio durante el recreo, mientras cosechaba murmullos y pánico. Pero yo la tenía en un puño y no estaba dispuesto a soltarla. Hablé de todos los profesores que pude. Mencioné a los viejos venerables y a algunos jovencitos y jovencitas a los que metódicamente hicimos la vida imposible. Evoqué a unos por su sabiduría, a otros por su rigidez o por su mal carácter. A medida que hablaba sentía una sensación extraña. Me sorprendió notar con cuánto detalle los recordaba a todos, con sus nombres y sus rasgos y sus cosas. Era como si, una vez levantada la lápida de aquella anciana odiosa, los otros recuerdos de mi secundario lograran salir en libertad ufanos y simples. Para terminar hablé de Aguirre, el de literatura, que era un maestro en todo el sentido de la palabra, y la emoción que me asomó a los ojos fue tan sincera que estuve a punto de rematar su evocación con un "exigente, sabio y amistoso, y no un hijo de tal por cual como usted", pero me contuve a tiempo.

Cuando callé la vieja tardó en hablar. Al fin lo hizo, y su voz era mucho más opaca que al comienzo.

–Veo que tiene grandes recuerdos del colegio, muchacho.

–Sí, sí, señora, muchos recuerdos... –y como si me hubiese percatado de una grosería me apresuré a agregar–, aunque ahora que lo pienso, creo que recuerdo que usted fue nuestra profesora... –puse cara de estar esforzándome en el recuerdo–: En primero y segundo tuvimos a Tolosa, en cuarto a Nicotra... ¡Claro! Sí, señora, cómo no, ahora me acuerdo de usted, por supuesto, Hilda Cherriti de González, seguro...

–Cerutti. Cerutti, no Cherreti –aunque la vieja me corrigió sonriendo, era evidente que hubiera preferido acogotarme.

–Cerutti, perdón, por supuesto.

Miré el reloj, pero ahora lo hice ostensiblemente, con ambos brazos apoyados sobre el pupitre, digo, sobre la mesa del bar. Si hubiese estado menos eufórico habría notado que era el mismo reloj –regalo de mi abuela– que intentaba espiar durante el tormento sin fin de las clases de la vieja, pero en ese momento sublime no me detuve a considerar el aspecto simbólico del gesto.

–¡Qué hora se ha hecho, señora! –A propósito no la había llamado "profesora" en toda la conversación. Me incorporé y le tendí la mano. Cuando estreché la suya la noté fría y húmeda de transpiración.

Salí. Caminé por el parque rodeando el edificio. La divisé a través del ventanal que se abría sobre el paisaje de la sierra. Ella había vuelto a abrir el libro, pero tenía los ojos fijos en la mesa del costado. Ya no marcaba ningún punteo con la lapicera, que descansaba junto a su mano, y tenía una expresión terriblemente sombría y cansada. Parecía más pequeña y más vieja que una hora atrás. Estoy seguro de que el mozo, que se acercó a cobrarle en aquel momento, no habrá sentido ninguna fragancia cítrica y penetrante.

Me di vuelta, caminé hasta el arroyo, me senté en una piedra grande, hundí los pies en el agua clara y sonreí, porque me acordé de mi abuela diciéndome que para algunos malparidos no hay mejor castigo que el olvido.

FOTOS VIEJAS

Mirar fotos viejas constituye un pasatiempo peligroso. Es cierto que, a primera vista, parece una actividad inofensiva. Pero es tal vez allí, en su aparente candidez, donde reside buena parte del riesgo. La situación toda habla de la parsimonia, de la nostalgia, de la mansedumbre, y no parece que bajo esa dulzura puedan agazaparse amenazas. Pero lo hacen, y vaya que lo hacen.

Para contemplar viejas fotografías uno necesita cierta disposición de ánimo. Difícilmente emprenda la tarea al volver de un paseo dichoso, o rodeado del bullicio de la familia en pleno en un día festivo. Nada de eso. Uno tiene que llevar en el alma, en el momento de la decisión, una extraña conjunción de nostalgia y de recogimiento y de un no sé qué de tristeza y de algo perdido que busca asir nuevamente entre sus dedos. ¿Para qué mira uno fotos, si no es para mejor ejercitar y dirigir la facultad de la memoria?

La tarea de contemplar fotos exige, asimismo, una

exclusividad inmaculada. Uno no puede ver fotos viejas mientras escucha un partido de fútbol por la radio, ni mientras almuerza un bife de chorizo con papas. Y no sólo por temor a engrasar esos papeles lustrosos. Simplemente se trata de incompatibilidades evidentes. Por eso uno dejará toda otra actividad de lado. Nada de televisión ni de ensalada mixta: apenas un sillón bien iluminado. Como mucho, una música tenue capaz de reforzar ciertos efectos, pero nada que sea demasiado por sí mismo, nada distractivo, nada capaz de torcer nuestros ojos y nuestro espíritu de eso otro que sí, de eso otro que nos convoca, de esos rostros que nos miran en silencio.

Y digo rostros porque fotos, fotos propiamente dichas, fotos en el sentido cabal de la palabra, son aquellas que retratan a personas. Fotos son porque atraparon a la gente y la fijaron como estatuas en dos dimensiones. Nada de cataratas ni de montañas nevadas ni de mares grises y estáticos. Esas son simples postales y no cuentan. Ni aun cuando haya alguien posando en medio de paisajes gigantescos. Porque ahí las personas son excusas, simples extras que están para justificar lo otro, o para dar la real dimensión gigantesca de la catarata o de la montaña o del océano.

No. Nada de eso. Fotos-fotos son las de la gente, donde el fondo que hay atrás es simplemente eso: un fondo detrás de lo importante. Fotos de rostros que miran en la cándida ingenuidad de desconocer a su interlocutor, ese otro mudo que es uno y que los observa desde el sillón bien iluminado sin otra labor que esa de explorarlos.

Ver una foto significa trampear subrepticiamente al tiempo. Una foto es una ventana a otro presente, a otro mundo, a otra vida. Si uno mira una foto a conciencia, de inmediato debe imaginar el momento en que la tomaron. Debe evocar al fotógrafo, a los posibles testigos, a los protagonistas. Debe pensar en los rápidos pestañeos que precedieron a la toma, en las respiraciones contenidas, en los sonidos del ambiente, en el pensamiento de "Cómo saldré, cómo me veré, qué tan lindo o feo quedaré aquí congelado".

En lo personal, cuando miro fotografías soy más ambicioso. Me imagino lisa y llanamente la vida. Porque una foto es eso. Es la vida como era entonces. Por supuesto que no hablo de la foto del mes ni del año pasado. Hablo de fotos en serio, o las que para mí son fotos en serio. Fotos de... yo qué sé, treinta años para atrás, por lo menos. Porque las que cuentan son ésas. Esas que te hablan desde una vida que era otra, otra totalmente distinta, donde el mundo era otro, y el sol que les pegaba de costado y les dejaba medio en sombra un lado de la cara también era otro, y esa magnolia que se ve borrosa en segundo plano hace años que se secó para siempre apestada por un pulgón que no hubo manera de sacarle, y el colectivo que no se ve pero que pasa detrás de la medianera (y que hace que la nena de la foto entrecierre apenas los ojos aturdida por el ruido), hace años que dejó de andar porque ni siquiera sirve para usarlo de reparto de verduras, tanto tiempo hace de aquella tarde de sol brillante.

Es que uno puede (en realidad uno debe) seguir hundiéndose en la observación. Porque tiene que llegar a la comprensión de que ese mundo era otro porque pensaban en otra cosa. ¿En qué iban a pensar? Si su mundo era ése. Ese que no sabía cómo prevenir la polio; o ese otro que lloraba a Kennedy y le tenía un miedo pavoroso al triunfo mundial del comunismo; o aquel que contaba los días para que Perón volviese a arreglar todo de una vez y para siempre; o el mundo que decía mirá vos, qué bárbaro el Mundial; o el de no sabés, vieja, a la fábrica están trayendo unas máquinas nuevas que son bárbaras, hacen todo solitas.

Ellos miran, silenciosos, en general sonrientes, casi siempre con cara de ingenuos. Claro, pobres incautos, si no tienen la más pálida idea de lo que va a venir. O peor todavía (y eso es lo verdaderamente dramático): ignoran que lo que ellos temen, que lo que ellos saben, que lo que ellos sueñan, que las cosas y los miedos y las certidumbres que pueblan sus vidas ya pasaron, ya se acabaron, ya se fundieron en el polvo. Desconocen la sencilla verdad de que el mundo que vivieron no era *El mundo*, sino simplemente un mundito fugaz, un mundito modesto, un chispazo tan volátil como el fogonazo de luz que los plasmó en esos papeles lustrosos que hemos derramado a nuestro alrededor sobre el amplio sillón del living.

Y aquí es donde resulta inútil y redundante que siga. Porque el simple transcurrir de nuestro pensamiento nos conduce a la evidencia absoluta, al corolario ineludible, a la certeza dolorosa que nos dice que nosotros también poblamos ciertas fotos. Que allí yacemos, en nuestras estatuas planas y modestas. Convencidos del enorme valor, de la importancia indiscutible, de la trascendencia profunda de nuestro respectivo y minúsculo mundito. Este que no es el de nuestros muertos, y que parece tan firme, y tan importante, y tan definitivo, y que sin embargo terminará siendo parte del mismo polvo que nuestros huesos. Quedarán las fotos. Ellas sí han de trascendernos en algún cajón de la cómoda. Y tarde o temprano llegará el tiempo de que alguien nos exhume y nos vea así: silenciosos, convencidos, sonrientes, descorazonadoramente ingenuos.

EPÍLOGO:
MITO Y REALIDAD SOBRE EL DOS A CERO

Una de esas frases hechas de las que el fútbol está lleno es esa que dice que el dos a cero es un mal resultado. Según los que así razonan es malo porque si el equipo contrario anota un gol, los nervios harán estragos en el ánimo de los jugadores que van ganando. Y muy probablemente terminen empatando, o aun perdiendo ese partido. En ese caso, y según una lógica algo estrafalaria pero al parecer generalizada entre quienes cultivan este deporte, el oprobio de la derrota será peor que si hubiesen perdido dos a cero o dos a uno, como si fuese de cobardes, de poco hombres, sufrir una derrota luego de haber obtenido semejante ventaja.

A mí no me resulta una línea argumental del todo convincente. Siguiendo ese razonamiento: ¿es preferible tener un solo gol de ventaja, para que al primer descuido te empaten el partido? ¿No estarán más desesperados los rivales si son dos goles los que los separan de la igualdad? Insisto: el asunto no termina de cerrarme. Yo tengo otra visión del dos a cero. Visto de otro modo, el dos a cero puede ser un resultado hermoso. O al menos, cierta clase de dos a cero.

Permítaseme exponer el caso: supongamos uno de esos partidos chivos, trabados, difíciles, en los que el equipo propio va ganando uno a cero poco menos que por milagro. Uno lo observa, preferentemente en la cancha (puede ser por televisión, o escuchándolo por radio, pero digamos mejor que está viéndolo en la cancha). En verdad tal vez más que mirarlo lo espía con los ojos semicerrados, porque teme que si los abre del todo quede condenado a ver el gol del empate de ellos, la pucha digo. La pelota pega hasta en los ganchos de la red, pero no entra. Uno se convierte en un ser lloriqueante y lastimoso. Por fuera no, porque seguro que hay alguien adelante y tampoco es cuestión de perder un prestigio bien ganado de futbolero curtido. Uno no puede hincarse de rodillas para rogarle al Altísimo que los fulmine a ellos con un rayo, o que les ponga alas a los nuestros, o que se suspenda el partido por terremoto, mientras moquea con voz adolorida. Pero por dentro uno hace promesas. Promete ser más bueno. Promete enojarse menos con el prójimo. Ser buen padre y buen hijo y buen esposo. Promete disfrutar de la vida y de las pequeñas alegrías, pero empezando por ésta, Dios, por lo que más quieras, que no nos empaten.

¿Comprende el lector el contexto sugerido? Bien. Continuemos. Supongamos que faltan dos o tres minutos. Ni cinco ni uno, que quede claro. Faltan dos o tres. Y nuestro equipo recupera la pelota, luego de veinticinco minutos de verla pasar como si fuera un meteorito en llamas. Y, cosa extraña en los matungos que tienen el privilegio de vestir esa camiseta (que uno se pondría no ya digamos gratis, sino pagando encima), salen con pelota dominada. Asombrado, uno nota que parecen, súbitamente, haber recordado que el otro equipo también tiene un arco, porque se dirigen hacia él a velocidad respetable. Coronemos nuestra hipótesis imaginando que, en un alarde de maestría, nuestros jugadores logran organizar lo que técnicamente se denomina "contraataque" por primera vez en una década. Y la embocan. Supongamos que sí, que la embocan. Naturalmente uno saltará, gritará hasta quedarse sin voz, se abrazará a todo lo que se mueva a su alrededor.

Y cuando por fin uno se siente, cuando vuelvan los otros a sacar desde el mediocampo, cuando intente recuperar el aliento, empezará a existir, a palpitar, a ser, el dos a cero. Faltan dos minutos, no lo olvide el lector. De modo que uno no va a preocuparse porque el nueve de ellos se acerque al área. "Déjenlo, déjenlo que pruebe", pensará, generoso. Ni se preocupará de que el árbitro cobre lateral para ellos aunque se haya visto desde Kenya que la pelota pegó última en el delantero. Uno lo perdonará, dulce, tal vez risueño, porque *errare humanum est*, y pobre otario no sabe lo que hace, por eso es árbitro. Uno alzará los ojos hacia la tribuna rival, verá a los hinchas y los considerará con respeto. Esos, que hasta hace cinco minutos recibían de uno sólo feroces insultos, horrendas imprecaciones, sórdidos desafíos, burdas amenazas, se le antojarán ahora dignos varones, meritorios adversarios, altivos escuderos de otra fe tan meritoria y digna como la propia.

Y así, mientras la pelota deambule por el mediocampo, mientras el técnico de los nuestros se ponga de pie sacando pecho, mientras los contrarios se afanen por apresurar un tiro libre inofensivo, uno se va a estirar en el asiento, va a suspirar, va a sonreír al aire, gratuitamente, nomás, y va a experimentar la sensación mórbida de que está hecho. El pasado en el que uno sufría comiéndose las uñas ya no existe. El futuro, ese futuro en el que el referí va a terminar el partido, no lo necesita, no le hace falta. ¿Hay algo tan lindo en la vida como no necesitar nada más que lo que ya se tiene?

No sé cuantas oportunidades le ofrece a uno la vida para sentirse totalmente tranquilo, absolutamente feliz, completamente seguro, inquebrantablemente a salvo, como en los brazos de su vieja, o de la mano de su viejo. Yo conozco ésa.

Se terminó de imprimir en
TALLERES GRÁFICOS D.E.L. S.R.L..
E. Fernández 271/75, Tel.: 4222-2121
Avellaneda, Buenos Aires.
en el mes de Junio de 2011.